# 流浪的終站

三毛
*Echo Legacy*

—總編的話—

# 而我們又想起了妳。

像沙漠裡吹來的一陣風，像長夜裡恆常閃耀的星光，像繁花盛放不問花期，像四季更迭卻不曾遺忘各自的美麗。是三毛，她將她自己活成了最生動的傳奇。是三毛筆下的故事，豐盛了我們那一片枯槁的心田。

三十年了，好像只是一轉眼，而一轉眼，她已經走得那麼遠，遠到我們的想念蔓延得越來越深邃。

是這樣的想念，驅使我們重新出版「三毛典藏」，我們將透過全新的書封裝幀，吸引更多讀者走進三毛的文學世界。「三毛典藏」一共十一冊，集結了三毛創作近三十年的點點滴滴：《撒哈拉歲月》記錄了她住在撒哈拉時期的故事，《稻草人的微笑》收錄她從沙漠搬遷到迦納利群島前期，與荷西生活的點點滴滴。《夢中的橄欖樹》則是她在迦納利群島後期的故事，她追憶遠方的友人，並抒發失去摯愛荷西的心情。

除此之外，還有《快樂鬧學去》，收錄了三毛從小到大求學的故事。《流浪的終站》裡的三毛回到了台灣，她寫故鄉人、故鄉事。《心裏的夢田》收錄三毛年少的創作、對文學藝術的評論，以及最私密的心靈札記。《把快樂當傳染病》則收錄三毛與讀者談心的往返書信，《奔走在日光大道》記錄她到中南美洲及中國大陸的旅行見聞。《永遠的寶貝》則與讀者分享她最心愛、最珍惜的收藏品，以及她各時期的照片精選。《請代我問候》是她寫給至親摯友的八十五封書信，《思念的長河》則收錄她所寫下的雜文，或抒發真情，或追憶過往時光。

她所寫下的字字句句，我們至今還在讀，那是一場不問終點的流浪，同時也是恆常依戀的鄉愁。三毛曾經這樣寫：「我願將自己化為一座小橋，跨越在淺淺的溪流上，但願親愛的你，接住我的真誠和擁抱。」親愛的三毛，這一份真誠，依然明亮，這一個擁抱，依然溫暖。如果我們的眷戀有回聲，如果我們依然對遠方有所嚮往，如果我們對萬事萬物保有好奇——那也許只是因為，我們又想起了妳。

—導讀—

# 三毛傳奇與三毛文學。

明道大學中文系講座教授　陳憲仁

三毛寫作甚早，年輕時即曾在《現代文學》、《皇冠》、《中央副刊》、《人間副刊》、《幼獅文藝》等發表文章。但真正踏上寫作之路，應該是一九七四年與荷西在西屬撒哈拉沙漠結婚後，寫下一系列「沙漠故事」才算開始。

三毛的《撒哈拉歲月》是中文世界裡，首次以神秘的撒哈拉沙漠為背景的作品，對於長期蟄居在台灣島國的人，無異開啟了寬闊的視野，加上她的文筆幽默生動，內容豐富有趣，從第一篇〈沙漠中的飯店〉發表之後，即造成轟動，後來更掀起了巨浪般的「三毛旋風」。

一九七九年十月至十二月，《讀者文摘》在澳洲、印度、法國、瑞士、西班牙、葡萄牙、墨西哥、南非、瑞典等國以十五種語言刊出三毛的〈一個中國女孩在沙漠中的故事〉；《撒哈拉歲月》這本書的翻譯本，一九九一年有日文版；二〇〇七年有大陸版；二〇〇八年有韓文版；二〇一六年有西班牙文版及加泰隆尼亞文版；二〇一八年有波蘭文；二〇一九年有荷蘭文、英文、義大利文、緬甸文；二〇二〇年有挪威文。另外，個別篇章也有越南文、法文、捷克文等譯文相繼出現，可見三毛作品在國際間確有一定的分量。

大家提到三毛，想到的可能都是她寫的撒哈拉沙漠故事的系列文章，其實三毛一生的作品，包括小說、散文、雜文、隨筆、書信、遊記等有十八本，翻譯四種，有聲書三冊，歌詞錄音帶三捲，電影劇本一部。體裁多樣，篇數繁多，顯現她的創作力不僅旺盛，且觀照範圍遼闊。

在三毛過世三十年之際，我們回顧三毛作品，重讀三毛作品，可以以文學的角度、文學的樂趣來閱讀、來發現，則三毛作品中優秀的文學特性，如對人的關懷與巧妙的文學技巧，將能處處顯現。

我們看《撒哈拉歲月》裡，三毛寫〈沙巴軍曹〉的人性光輝：一位西班牙軍曹，因為弟弟在西班牙軍人被撒哈拉威人大屠殺的慘案中死了，仇恨啃咬了十六年的人，卻在一群撒哈拉威孩子誤觸爆裂物、面臨最危急的時候，用自己的生命撲向死亡，去換取他一向視作仇人的撒哈拉威孩子的性命。

又如〈啞奴〉，三毛不惜筆墨，細細寫黑人淪為奴隸的悲劇，寫其善良、聰明、能幹、愛家愛人，對於身處這樣環境下的卑微人物，三毛流露了高度的同情，也寫出了悲憤的人道抗議。

再如〈哭泣的駱駝〉，書寫西屬撒哈拉原住民——撒哈拉威人爭取獨立的努力與困境，呈現其命運的無奈、情愛的可貴，著實令人泫然！

而在中南美洲旅行時，她對市井小民的記述尤多，感嘆更深，哀傷更巨。當進入貧富差距大、人民生活困苦的國家，她的哀感是「青鳥不到的地方」；當她在教堂前面看到：一位中年男人、白髮老娘、二十歲左右的青年、十幾歲的妹妹，都用膝蓋在地上向教堂爬行，慢慢移動，全家人的膝蓋都已磨爛了，只是為了虔誠地要去祈求上天的奇蹟。

「看著他們的血跡沾過的石頭廣場，我的眼淚迸了出來，終於跑了幾步，用袖子壓住了眼睛。坐在一個石階上，哽不成聲。」

凡此，均見三毛為人，富同情心，具悲憫之情，對於苦痛之人、執著之人，常在關懷之中，她與人同生共活、喜樂相隨、悲苦與共。

三毛作品的佳妙處，當然不只特異的題材內容，不只流露的寬闊胸懷，還有她巧妙的寫作技巧。

我們看她的敘述能力、描寫功夫，都是讓人讀來，愛不釋手的原因。就以三毛自己很喜歡的《撒哈拉歲月．荒山之夜》為例，這篇文章寫三毛與荷西到沙漠尋寶，荷西出了意外，陷入沼澤中，三毛憑著機智與勇氣救出荷西。其文學技巧高妙處，約略言之，即有如下數端：

一、伏筆照應：

三毛把荷西從泥沼中救出來的東西「長布帶子」，是因為她穿了「拖到腳的連身裙」，才能將「長裙割成長布帶子」；荷西上岸後免於凍死，是因三毛出門時「順手拿了一個皮酒壺」。當後面出現這些情節，看到這些東西時，我們才恍然大悟，為什麼前面作者要描寫穿的衣服及順手抓起的東西？這種「草蛇灰線」的技巧，三毛作品中，隨處可見。

二、氣氛鋪陳：

當三毛與荷西的車子一進入沙漠，兩人的談話一再出現「死」字、「鬼」字，如：「上次幾個嬉皮怎麼死的？」、「死寂的大地像一個巨人一般躺在那裡，它是猙獰而又凶惡的。」、「我在想，總有一天我們會死在這片荒原裡」、「鬼要來打牆了。心裡不知怎的覺得不對勁」。

成功的營造氣氛，不僅讓讀者有身歷其境的感覺，也是作品成功的要件。

三、高潮迭起：

三毛善於說故事，故事的精采則奠基於「高潮迭起」。〈荒山之夜〉即是這樣的作品，高潮與低潮不斷的湧現：三毛數度找到救星，卻把自己陷入險境；荷西數度陷入死亡絕境，卻又次次絕處逢生。情節緊扣，讓人目不暇給，喘不過氣。

三毛作品除了「千里伏線」、「氣氛鋪陳」、「高潮起伏」等技巧之外，還有一項「情景交融」，運用得更好更妙，像：

〈娃娃新娘〉，出嫁時的景象：「遼闊的沙漠被染成一片血色的紅」，象徵即將面臨的婚姻暴力。

〈荒山之夜〉，荷西陷在泥沼裏，「沉落的太陽像獨眼怪人的大紅眼睛，正要閉上了」，平添蠻荒詭異的色彩。

〈哭泣的駱駝〉，三毛眼見美麗純潔的沙伊達被凌辱致死，無力救援，「只聽見屠宰房裡駱駝嘶叫的悲鳴越來越響，越來越高，整個天空，漸漸充滿了駱駝們哭泣的巨大的迴聲」，以強烈的聽覺意象取代情感的濃烈表達。

三毛這些「以景襯情」的描寫，處處可見可感，如：

一、寫喜：

「漫漫的黃沙，無邊而龐大的天空下，只有我們兩個渺小的身影在走著，四周寂寥得很，沙漠，在這個時候真是美麗極了。」

這是〈結婚記〉兩人走路去結婚的畫面，廣角鏡頭下的兩個渺小身影，襯出廣大的天地，世界是兩人的。此時的愉快心情，完全不必說。筆觸只寫沙漠「美麗極了」，正是內心美麗極了的「境由心生」，同時也是「以景襯情」的寫法。

二、寫愛：

〈愛的尋求〉，「燈亮了，一群一群的飛蟲馬上撲過來，牠們繞著光不停的打轉，好似這個光是牠們活著唯一認定的東西。」

三、寫驚：

〈哭泣的駱駝〉，當三毛知道沙伊達是游擊隊首領的妻子時，那種震驚，「黃昏的第一陣涼風，將我吹拂得抖了一下。」

四、寫懼：

（三毛聽完西班牙軍隊被集體屠殺的恐怖事件後）「天已經暗下來了，風突然厲裂的吹拂過來，夾著嗚嗚的哭聲，椰子樹搖擺著，帳篷的支柱也吱吱的叫起來。」

五、寫悲：

〈哭泣的駱駝〉，〈三毛想到她的朋友撒哈拉威游擊隊長被殺的事件〉「打開臨街的木板窗，窗外的沙漠，竟像冰天雪地裡無人世界般的寒冷孤寂。突然看見這沒有預期的淒涼景致，我吃了一驚，癡癡的凝望著這渺渺茫茫的無情天地，忘了身在何處。」

六、寫哀：

〈哭泣的駱駝〉，沙伊達被殺的地方是殺駱駝的屠宰房。「風，在這一帶一向是厲冽的，即使是白天來亦使人覺得陰森不樂，現在近黃昏的尾聲了，夕陽只拉著一條淡色的尾巴在地平線上弱弱的照著。」

三毛傳奇，一直是許多人津津樂道和念念不忘的。在三毛去世之後，兩岸也出現了不少三毛相關的傳記，足見她的魅力和影響歷久不衰，甚至於近年來，學院中亦陸續有以三毛為題的研究論文出爐，三毛作品的文學價值漸受重視，此刻回思瘂弦〈百合的傳說〉中說過的話：「紀念三毛最好的方式，還是去研究她的作品。」、「研究她特殊的寫作風格和美學品質，研究她強烈的藝術個性和內在生命力，才是了解三毛、詮釋三毛最重要的途徑。」相信，《三毛典藏》的出版，帶給大家的正是這樣的方向與契機！

# 三毛二三事。

三毛家人

## 「三毛」並不存在

在我們家中，「三毛」並不存在。

爸爸媽媽和大姐從小就稱呼她為「妹妹（ㄇㄟˋㄇㄟˊ）」；兩個弟弟喊她「小姐姐」；在姪輩的心中，她是一個稀奇古怪但是很好玩的「小姑」。

「三毛」這個名字從民國六十三年開始在《聯合報》出現，那些甚至連「三毛」的家人都沒經歷過的撒哈拉沙漠生活，讓我們的「妹妹」、「小姐姐」、「小姑」頓時成了大家的「三毛」；但即使在她被廣大讀者接受後的七十年代，家中仍然沒有「三毛」這個稱呼，大家一切如常，仍然是「妹妹」、「小姐姐」。儘管父母親實在以這個女兒為榮，但家人在外從來不會主動表示「三毛」是我的誰。記憶中，母親偶爾會在書店一邊翻閱女兒的書，一邊以讀者的身分問店家：「三毛的書好不好賣啊？」每當答案是肯定的，她總會開心的抿嘴而笑，再私下買兩三本三毛的書，自我捧場。父親則是有一次獨自偷偷搭火車，南下聽女兒在高雄文化中心的演講，到會場時發現早已滿座，不得其門而入，於是就和數千人一起坐在館外，透過擴音器聽女兒的聲音，結束後再帶著喜悅默默的搭火車回台北。

父親還會做一件事，就是幫女兒整理信件。當時小姐姐在文壇上似乎相當火熱，各地讀者雪片般的信件每月均有數百封。一開始，三毛總是一一親自閱讀，但到後來讀者來信實在太多，對身體不好的三毛成為極大的負擔；不回，則辜負了支持她的讀者的美意，一一回信，簡直不可能。於是父親就利用其律師工作之餘，每天花三四小時幫小姐姐拆信、閱讀、整理、分類、貼標籤，再寫上註記，標明哪些是要回的、哪些是收藏的。十多年來甘之如飴，這是父親用行動表示對女兒的愛護。而這十幾大箱讀者的厚愛與信中藏著的喜怒悲歡，已在小姐姐葬禮中全部火化讓她帶走。

「三毛」是她的光圈，但在我們看來，那些名聲對她而言似乎都無所謂。她的內在一直是陳平，一個誠實做自己、總是帶著點童趣的靈魂。她走過很多地方，積累了很多豐富的經歷，但也因為這些經歷、辛苦和離合，她的靈魂非常漂泊。對三毛的好朋友們、三毛的讀者，和身為三毛家人的我們來說，我們各自或許都看到了、理解了、感受了某一個面向的三毛，但又沒有人能真正看透全部的她。因此我們各自保有對她不同的記憶，用各自的方式想念她。這些記憶或許看似瑣碎，但是對我們來說，是家人間最平凡也最珍貴的回憶。在此身為家人的我們，願意和大家分享這些記憶，做為我們對她離開三十年的懷念。

## 從小就不同

「小姐姐」在我們家是一個說故事的高手。三十多年了，關於她，我們家人總有一個鮮明的印象：吃完晚飯後，全家人齊坐客廳，小姐姐把頭髮往上一紮，雙腿盤坐，手上拿一大罐面霜，一邊塗臉按摩，一邊「開講」她遊走各地的事。這些在一般人說來平凡無奇的經歷，從她口中講來則是精采絕倫，把我們唬得一愣一愣的。所以小姐姐總說自己是「說故事的人」，不是作家。

其實三毛從小就顯現她與眾不同的特點，譬如有一次她向母親討了點錢，去買了一支當時非常貴的馬頭牌花生口味的冰棒，然後抓著姐姐到離家不遠的一個山洞（防空洞）裏，把冰棒慎重的放到鐵盒做的香煙罐裏，說：「這裏涼涼的冰棒不會化，明年夏天我們就還有冰棒可以吃啊！」第二年的夏天，姐妹倆真的手牽手回到山洞裏，把已經發黃鏽掉的鐵罐挖出來，一打開，哇！只有黃黃濁濁的水。這是她從小可愛的一面，而這份童真在她一生中都沒有消逝。

另外當時我們重慶的大院子裏有個鞦韆，是她們姐妹倆喜歡去的地方。但因為院裏埋著一些墳墓，於是每到天黑姐姐便拉著妹妹想回家。但三毛從小膽子便大得很，總是在鞦韆上盪啊跳的，非摸黑不肯走。除了善良、憐憫、愛讀書，小姐姐同時勇敢、無懼又有反抗心，從小就很有想法，四個手足中，似乎只有她一個是翻轉著長的。她後來沒去上學，現在回想起來，在那個小小的年紀裏，我們自己對人生的態度已經不自覺的顯現出來了。

## 一切憑感覺

熟悉她的讀者或許記得，三毛曾在沙漠用棺材板做沙發。有時候想想，這個能用棺材板和輪胎把家裏布置得美輪美奐的女人是我的姐姐、陳家的女兒，我們都覺得不可思議。因為回到台灣以後她與爸媽同住，一間不到五坪大的房間，除了書桌、書架和床之外，一切可說非常簡單。但是在她自購的小公寓可就不一樣了，這個位在頂樓不大的鳥居，屋內所見幾乎全部是竹木製：木製牆面、木桌、木鳥籠（裏面裝著戴嘉年華面具的小丑）、竹籐沙發。對我們兄弟姐妹還有我們的小孩來說，那裏是個很特別的地方，完全散發著她個人獨特的美感。

除了家居布置，小姐姐手也非常巧，很會照顧身邊的人，和荷西在一起，可以把他養得白白胖胖，讓他天天想著吃「雨」（粉絲）。但對她自己來說，「吃東西」是非常無所謂且不重要的事，尤其在她專注寫作的時候。她在台北的家有冰箱，但常是空的。她工作起來可以沒日沒夜不吃飯不睡覺，所以我們家人經常買點牛奶、麵包、香腸、牛肉乾、泡麵放在裏面。記得有一次我們去看她，一打開冰箱，裏面空空蕩蕩，只有一條已經咬過幾口的生香腸。我們都大驚失色：「這是妳咬的嗎？」她說：「是啊！肚子餓了嘛！」

另一個她較不在意的便是金錢。小姐姐儘管文章常上雜誌報紙，但是稿費這部分，她一律不管，全部交給母親打理。她常說「我需要的不多」。事實也是如此，她最常穿的是一套牛仔工裝吊帶褲，塑膠鞋和球鞋，高跟鞋是很少上腳的。

## 不為人知的「能力」

在家中，基本上父母親是不喝酒的，即使應酬，也只是沾唇而已。但是這個二女兒不知是否得了祖父或外祖父的遺傳，她可以喝一整瓶白蘭地或威士忌不會醉倒。但她並不常喝，除非找到能一起說話的朋友。至於煙，小姐姐倒是抽得兇，每次去老家巷口的家庭式洗頭店，總是一邊說故事給老闆娘和其他客人聽，一邊手上一根根的抽，一個小時下來，可以抽上十來根，寫作的時候亦是如此。她抽煙總是用火柴而不用打火機，為的是燒火柴時那股「很好聞，有硫磺的味道」，同時燒火柴時「有火焰，有煙會散開，感覺很棒！」對她來說，火柴是記憶的一部分，會幫她增加靈感。

三毛記憶力很好，而這份記憶力或許在語言上也對她助益頗深。我們家父母親彼此說的是寧波話與上海話，到台灣以後，小姐姐日常說的是國語，但和二老講話時則換回這兩種語言。出生在四川的她除了四川話頗為流利，日後又和與她很親近的打掃阿姨學了純正的台灣話，完全不帶一點外省口音。她在台灣的日商公司短暫幫忙的日子中粗通了日文，並在出國後把西班牙文、英文、德文也統統收到自己的百寶箱中。中文和西班牙文是她這九種語言中最精通的兩種，每當父親有歐美的客戶或友人來台時，三毛總會幫著父親，讓大家賓主盡歡。

## 充滿愛的小姐姐

小姐姐一輩子流浪的過程中，或許都在尋找一份心裏的平安和篤定，好不容易有了荷西，他卻又撒手中途離去。除了荷西，小姐姐也很愛她的朋友們。三毛對朋友基本上無分男女、國籍、社會地位、有學問沒學問、知名不知名，一旦當你是朋友，她就拿心出來對你。她笨笨的、不會說捧人的話，但是對人絕對真誠，而且對不足的人特別的關心。她有很多很多的好朋友，而這些朋友對三毛的生命造成或大或小的影響。

不過她似乎習慣四處流浪，她說：「不要問我從哪裏來。」於是有了〈橄欖樹〉。當這首膾炙人口的歌不斷被翻唱之際，身為家人的我們除了為她驕傲，也為她心疼。她流浪的遠方不是一個我們能觸及的地方，但也因為是家人，我們比旁人更能看到她的快樂、傷痛和辛苦。另外一首最能代表她年輕的心情的歌則屬〈七點鐘〉，由三毛作詞，李宗盛作曲，描述年輕時約會的心情。詞裏寫道：「鈴聲響的時候，自己的聲音那麼急迫，是我是我是我……是我是我是我……」是啊！這就是我的小姐姐，這樣的小姐姐。

## 不再漂泊

對很多讀者來說，「三毛」，這個像吉普賽人的女子變魔術一樣的來到人間，寫下一篇篇故事，然後又像變魔術一般的離開。三十年了，三毛仍在你們的記憶中嗎？

在我們家中，「三毛」不存在，但是三十年前的那天，父母親和大姐口中的「妹妹（ㄇㄟˋㄇㄟˊ）」，我和我哥哥的「小姐姐」，走了。

我們很想念她。

儘管，我們不敢說真的完全理解她（畢竟誰又能真的理解誰），但是她非常愛我們，我們也非常愛她，對於家人的我們來說，足矣。對於她的驟然離世，父親有一段話，他說：「生命的結束，是一種必然，早一點晚一點而已，至於結束的方式就不那麼重要了。妹妹的離開，做父母親的固然極度的悲傷、痛心、難過、不捨，但是她的離開是我們人生的一部分，我們只能接受這個事實。妹妹豐富的一生高低起伏，遭遇大風大浪，表面是風光的，心裏是苦的。幸虧有家人和朋友的關懷，不然可能更早就走了。她曾經把愛散發給許多朋友，也得到很多回報，我們讓她好好的平靜的安息吧。」

如果有另一個世界，親愛的小姐姐，希望妳不再漂泊。

# 給小姐姐的一封信。

三毛弟弟 **陳傑**

小姐姐：

離開我們至今，已經三十個年頭了，還是很想念妳！每年都會去墓園跟妳和爹爹姆媽說說話，墓前總有不知名的讀者為妳獻上一束花；妳寫的故事，在一九七四年代後的二十年間，滿受讀者喜歡；本來想，一個人的盛名，總有凋零的一天，可是這麼多年過去，妳的書以及透過妳眼下看到的世界，反而在華文以外的國家開始受到矚目；除了不少國家詢問相關出版事宜，紐約時報、英國ＢＢＣ廣播公司所出的雜誌，還有Google都推文介紹「三毛」這位華人作者；然而以妳的個性來看，可能有點煩吧？妳從來都不是在意虛名或是耐煩生活瑣事的人，妳一直以來找尋的，總是靈魂的平安和滿足。身為弟弟的我，時不時想著，這些妳走過一生的紀錄，不如就讓它隨風而逝吧！只願妳與荷西在另一個時空裏，不受打擾地繼續兩人的愛戀情懷，這樣也好；世間事留給我們來處理，不去麻煩妳了。

二〇一八年，在妳與荷西結婚四十四年後，我們陳家人終於遠赴西班牙，拜訪了荷西一家人，這個緣分遲了幾乎半個世紀方才達成。荷西家人對我們很親切，為了一對離世的佳偶，兩家人將這個未嘗會面的缺口，補成一個圓滿的圓；從未到過西班牙的我們，儘管語言不通，透過比手畫腳、翻譯和老照片，兩家人在彼此的分享中，似乎又對妳與荷西的生命更了解了一些，就像是一本書的補遺，由於多了幾行字句，因而讓內容又變得圓滿了些。這樣的相見，是陌生但又溫暖的。我們兩家人不熟稔，但共同擁有一份思念。

另外和妳報告一下，我們也飛到大迦納利島和 La Palma 島，追憶妳和荷西曾經擁有的小房子，當地旅遊局特別在荷西潛水過世的地方，做了一個紀念雕塑，還出版了一本《橄欖樹與梅花》的書，來紀念妳這位異國女子在當地的生活片羽。這個曾在妳心中劃下深刻的快樂與苦澀的地方，現在它也把妳的面容永遠收藏了起來。在台灣，國立台灣文學館收藏了很多妳留下來的文物，並出了一本《三毛研究彙編》收集別人對妳的分析；在大陸，妳思之念茲的浙江舟山小沙鄉多年來做了很多與三毛有關的活動，像是「三毛祖居紀念館」、「三毛文學獎」等，還種植了橄欖樹林。四川重慶二〇一九年也設立了「三毛故居」，這些林林總總紀念三毛的方式，讓我們有點應接不暇，感恩但也疲於奔波。小姐姐，妳在乎嗎？天上與人間的想法也許是兩極的，但希望妳知道，不管是過去現在還是未來，我們家人總是以妳為榮，總是想保護妳，希望妳是歡喜的。爹爹姆媽在世時，也都感受到妳帶給他們的喜樂，挺好的。

妳的伯樂——平鑫濤先生也到天上去看妳了，要謝謝他的賞識，把三毛從殘酷的撒哈拉沙漠中挖掘出來，在世間成為一朵亮眼出眾的花；妳曾經對大姐說過：「姐姐，我的一生活得比妳精采十倍」，確是這樣；妳這顆「撒哈拉之心」，明亮過，消逝了，足以對世間說：好了，對嗎！

三十年，一個世代的過去，人們還記得這位第一個踏上撒哈拉沙漠的華人奇女子否？妳的一篇篇故事在他們心中還有回憶嗎？妳把生命都放下了，那些世間事何足留念，不必，不必，在天上再去做個沙漠新娘，讓自己開心一下，好嗎！

# 目錄

# 江洋大盜。

說起來我們陳家，因為得自先祖父陳公宗緒的庇蔭，世世代代書香門第，忠厚傳家。家產不多，家教可是富可敵國。

我們的家譜《永春堂》裏，不但記載子孫人數，帳房先生更是忠心耿耿，每年各房子弟的道德品行收入支出更是一筆一畫寫得清清楚楚。

我生長在這樣一個家庭裏，照理說應該是人人必爭、家家必買的童養媳，其實不然。這拿《聖經》上的話來說，就是——我的父母是葡萄樹，我卻不是枝子。拿我自己的話來說，就是——算命先生算八卦，一算算到中指甲——我這個敗家女，就這樣把家產一甲兩甲的給敗掉了。

自我出生以來，我一直有個很大的秘密，牢牢的鎖在我的心裏，學會講話之後，更是守口如瓶，連自己的親生父母，也給他們來個不認帳，不透露半點口風。

我有什麼不可告人的事情，使得我這麼神秘呢？我現在講給你一個人聽，你可別去轉告張三李四，就算你窮不住了，出賣了我這份情報，我這樣一個只有三毛錢的小人物，你也賣不出好價錢來的。

我再說，自我出生以來，就明白了我個人的真相，我雖然在表面上看去，並不比一般人長得難看或不相同，其實不然透了。

「我——是——假——的。」我不但是假的，裏面還是空的，不但是空的，我空得連幅壁畫都沒有。我沒有腦筋，沒有心腸，沒有膽子，沒有骨氣，是個真真的大洞口。

再拿個比方來說，我就像那些可怕的外星人一樣，他們坐了飛盤子，悄悄的降落在地球上，鬼混在這一批幸福的人群裏面，過著美滿的生活，如果你沒有魔眼，沒有道行，這種外星人，你是看他們不出，捉他們不到的。

我，就是這其中的一個。

我並不喜歡做空心的人，因為裏面空蕩蕩的，老是站不住，風一吹，旁人無意間一碰，或是一枝小樹枝拂了我，我就毫無辦法地跌倒在地上，爬也爬不起來。

我自小到十四歲，老是跌來跌去，摔得鼻青眼腫，別人看了老是笑我，我別的沒有，淚腺和脾氣倒是很爭氣，只要一跌，它們就來給我撐面子。

十四年來，我左思右想，這樣下去，不到二十歲，大概也要給跌死了，如果不想早死，只有另想救命的法子。

我幹什麼才好呢？想來想去，只有學學那批不要臉的小日本鄰居們——做小偷。

這個世界上那麼大，又那麼擠，別人現成的東西多得是，我東摸一把，西偷一點，填在我的空洞洞裏，日子久了，不就成了嗎？

這決定一下，我就先去給照了一張X光片子。

醫生看了一下，說：「是真空的，居然活了十四年，可敬之至。」

我唰一順手抽了那張空片子，逃回家來，將它塞到床下面去存檔案。

二十年後再去照它一張，且看看到時候將是不是一條貨真價實的好漢。

我因為沒有心，沒有膽子，所以意志一向很薄弱，想當小偷的事是日本人給的靈感，卻沒有真正的去進行過，任著自己度著漫無目的的歲月。

有一年，街坊鄰居們推舉我們家做中山區的模範家庭，區公所的人自然早已認識我父母親的為人，但是他們很仔細，又拿了簿子來家裏查問一番。

問來問去，我們都很模範，眼看已快及格了，不巧我那時經過客廳，給那位先生看到了。

他好奇的問我母親：「咦，今天不是星期天，妳的女兒怎麼不上學呀？」

我母親很保護我的說：「我這女兒身體不好，休學在家。」

他又問：「生什麼病啊？看上去胖胖的啊？」

母親說：「生的是器官蜂巢狀空洞症，目前還沒有藥可醫，很令人頭痛。」

那次模範家庭的提名，竟因為我生了這種怪病，我們全家都被淘汰下來。那位先生說得了不治之症的人，是不好做旁人的榜樣的。

那夜我靜靜的躺在黑暗裏，眼角滲出絲絲的淚來。我立志做小偷的事，也在那種心情之下打好了基礎。

說起世上的偷兒來，百分之一百是貪心勢利、六親不認的傢伙。我當年雖然沒有拜師，悄悄出道，這個道理不用人教，卻也弄得清楚明白。

我東張西望，眼睛不放過家裏一桌一椅，最後停留在我親生父母身上，要實習做偷兒，先拿他們來下手，被捉到了也好辦些，不會真正交給警察局。

我仔細的打量打量這兩個假定受害人。他們為人方正本分，對自己刻苦、謹嚴，對旁人寬厚憐憫，做事情負責認真，對子女鞠躬盡瘁，不說人長短，不自誇驕傲，不自卑，不自憐，積債不會討，付錢一向多付——

我從來沒有好好計算過自己父母大人，今兒這麼細細一看，他們這兩位除了外表風度神采還對付得過去之外，這裏面那些東西，可早已過時啦！不時興的渣子啦！別人不要的東西，他們卻拿來當珍珠寶貝啦！再加上幾十年前碰到一個「基度山大伯爵」之後，這兩個人變得越來越傻，愚不可及，連我這空心人，要偷偷他們可也真沒有什麼好處。

想想偷兒就算實習階段，這兩個傻子可也不值得一試，不偷，不偷。

出門去打了一個圈子，空心人餓了十四年，頭重腳輕，路都走不穩，這一累，摸著牆爬回家來，不再考慮，趁著父母大人在午睡，就把他們那點不可口的東西，拿來塞了下去，消不消化我可不在乎，先填了這個蜂巢似的大洞洞再做打算。

偷了自己父母，不動聲色，眼看案子沒發，看準姐姐，拿她給吃下去，做下一個受害者。

這個女娃兒，大不了偷兒兩三歲，溫柔敦厚，念書有耐性，對人有禮貌，冬天騎車上學不叫冷，高中住校吃大鍋飯不翻胃，兩隻瘦手指，指甲油不會塗，彈鋼琴、拉小提琴卻總也不厭——我將她翻來覆去看，又是一個傻瓜。

請妳學音樂，就是要妳做歌星賺大錢，妳怎麼古典來古典去，鼻子不去墊高，頭髮不去染黃，妳這一套不時髦，不流行，我想來想去不愛偷，看在自己人的份上，吃下妳一點點，心裏可是不甘心不情願。

案子既然是在家裏做開的，只好公平一點，給它每個人都做下一點，免得將來案發了不好看。

大弟弟我本來是絕對不敢去偷他的，他是花斑大老虎兼小氣鬼，發起脾氣來老是咬人的腳，我一旦偷他還了得嗎？先不給他咬死也算運氣了。

有這麼一天，老虎回來了，走路一跛一拐，長褲子蓋著老虎腳，也看不出有什麼不對。等老虎吃完飯，怕熱，脫了長褲看電視，這一望，了不得，空心人尖聲大叫，招來全家大小爭看老虎。

這隻花斑大虎，從爪子到膝蓋，都給皮肉翻身，上面還給武松縫上了一大排繩子哪。

空心人蹲下來，一聲一聲輕數虎爪上的整齊針線，老虎大吼一聲：「看個鬼啊！我跌破了皮，妳當我是怪物？」

空心人靈機一動，一吼之間，老虎膽給偷吸過來了，這傻畜牲還不知不覺，空心人背向失膽者，嘿嘿偷笑不已。

再說，老虎也是小氣鬼，小氣鬼也，你丟我撿也。

空心偷兒流鼻涕，向老虎要衛生紙，他老給半張。偷兒半夜開大燈偷顏如玉，他給送支小蠟炬進來好作案。姐夫請吃統一牛排，這隻飢餓的虎居然說：「我不吃牛，我吃鈔票，你請餵我現款最實惠。」

你說這隻陳家虎，小氣鬼，是真的吧！他又是個假的。

永康街那個職業乞丐，你且去問問看，這好多年來，是不是有隻花毛大虎爪，老是五十一百的塞了他去吃牛肉麵？這一隻寶寶，真是又傻又假，紙老虎也。

偷兒偷了他那麼一點點仁心仁術，節儉實在，也真沒高了多少道行。虧本虧得很大。

小弟弟，本是一代豪傑，值得一偷。

沒想偷兒不看牢他，這師大附中的「良心紅茶」給他打球口渴時喝多了，別的倒也沒什麼，肚子裏一些好東西，都給這紅茶沖來沖去就給良心掉了。

看我這個弟弟，「排座次」是倒數第一，論英雄可是文的一手，武的一手。

他，操守、品格、性情、學識，樣樣不缺，外表相貌堂堂，內心方方正正。這還不算，乒乓、撞球、橋牌，殺得敵人落花流水，看得空心姐姐興奮落淚。

空心偷兒靜待此弟慢慢長成，給他偷個昏天黑地。

這個么弟，父親花了大錢，請他繼承父志，就是希望他吐出「良心良茶」，將這吹牛、拍馬、勢利、鑽營、諂媚、詐欺這些大大流行，而老子當年沒趕上的東西，給去用功念來，好好大顯身手光宗耀祖一番。

不巧么弟交友不慎，引上歧途。

厚黑學，他不修；登龍術，他不練；學業已竟，大器未成也，嗚呼。

這是么傻！么傻！

偷兒看看這個毛毛，一無可偷，嘆了口氣，還是出去作案子吧！

偷兒全家可是傻門忠烈，學不到什麼高來高去的功夫，罷也！罷也！

出了家門，獨行俠東家一轉，西家一混，六親不認，好友照偷，這才發覺，家外世界何其之大，可偷之物何其之多，偷兒得意滿志，忙得不亦樂乎。

「白雲堂」給她偷山換水，邵大師給她一園芳草花卉、蟲魚飛鳥一網兜收。「製樂小集」難得趕集，偷兒卻也食了他們一大包豆芽菜。「台北人」旅行美國，偷兒啃下他現代文學。祝老夫子打一個瞌睡，英詩放在袋裏叮叮噹噹逃著跑。天文台蔡先生不留意，星星月亮偷來照賊路。「五月畫會」「七月不會」時，斑斑點點，方塊線條，生吞活剝硬「會」下去。

詩人方莘正——「睡眠在大風上」，偷兒在去年的夏天撥開叢叢的水柳去找林達。惠特曼的頭髮長得成了他墳上的青草，一個不會吹口哨的少年輕輕給他理一理。荷馬瞎了眼睛唱歌，你可別告訴旁人是誰偷了他的靈魂之窗。伊索原來就是奴隸，我吃了他的肉，可不是那隻蛤螟。沙林傑在麥田裏捕來捕去，怎也捕不到我這寶貝。海明威你現在不殺他，他將來自己也殺自己。

畢卡索的馬戲班，高更的黑妞，塞尚的蘋果，梵谷的向日葵，全給偷兒在草地上一早餐給吃了下肚——

達立的軟錶偷來作案更精確。《卡拉馬助夫兄弟們》全給一個一個偷上床。《獵人日記》是偷兒又一章，只有《罪與罰》，做賊心虛，碰也不肯去碰它。

你問，妳這個偷兒專偷文人，都是又窮又酸的東西，要它來幹嘛？

不然，不然，你可別小看了偷兒，這些地糧只是拿來塞塞肚子的，真正好東西還在後頭哪——

幾年下來，偷兒積案如山，已成紅花大俠。一日裏，偷了中華機票，拜別父母兄弟，飄洋過海，向這花花世界、萬丈紅塵裏捨命奔去。

「天啊！江洋大盜來啦！」

喊聲震天，偷兒嘿嘿冷笑不已。

不巧，一日偷兒作案路過米國，米國處處玉米豐收，偷兒吃得不亦樂乎。突然玉米田裏冒出一個同道，偷兒獨行紅花俠，初見同行，慌忙雙手送上米花一大把，這個同道看了哈哈大笑：

「偷吃的不算好漢！豬也！」

「不偷吃，偷什麼？本人空心賊，全得吃下去才好。」

「妳千辛萬苦來了米國，如何不偷它一個博士？」

「博士有什麼用處？吃起來是鹹是甜？」

「非也，博士不是食物也。」

「不可吃，不是我的路子，不偷也罷。」

偷兒冷眼一看同行，偷得面黃肌瘦，身上卻背了一個大包袱。

「裏面放的是『博士』嗎？你做什麼不吃它。」

「妳這豬只知偷吃，真不知博士好處？」

「不知，請多指教。」

「這博士偷來是辛酸血淚，到手了可有好處——最起碼的也還可以將它換個如花似玉的『賠』嫁夫人也。懂了吧！」

偷兒四處一張望，輕聲告訴同行後：「鄙人是空心賊，不下肚的東西，背著嫌重，是夫人也不換道，謝謝哥哥指導，他日再見吧！」

告別玉米田，偷兒飛向三千里路雲和月。

台北家人黃粱一夢，偷兒卻已做下彌天大案。

她，偷西班牙人的唐吉訶德，偷法國人蒙娜麗莎的微笑，偷德國人的方腦袋黑麵包，偷英國人的雨傘和架子，偷白人的防曬油，偷紅人的頭皮，偷黑人的牙膏——

真是無人不偷，無所不偷。

當心江洋大盜獨行紅花俠啊——

你看這隻被叫豬的偷兒，吃得肥頭脹腦，行動困難，想來可以不等個二十年，就再去照照片子，看看敢情可是不是條真好漢了。

不然，不然，偷兒心裏明明白白，空心人，最重要的好東西還沒有吃下去，不能洗手不幹啊——

有這麼一日，大盜東奔西跑，擠在人群裏辛苦工作，恰好看見前面有這麼一條好漢施施然而來，茫茫人海，踏破鐵鞋，終於給碰上了。

偷兒大盜紅花獨行俠，這眼睛一亮，追上去將那人在燈火闌珊處硬給捉到，拖來牆角腥風血雨給他活活吞食下去。這一填滿肚子，興奮得眼淚雙流。

二十年辛苦，今日這才成了正果，阿彌陀佛。

你看看這成了正果的大聖吃下什麼好東西——「無恥，虛偽，自私，貪心，懦弱，膚淺，無情，無義，狼心，狗肺——」

這一高興，叫了計程車，直奔醫院，掛緊急號，請照X光片子，看看這成了條什麼血氣男子。

空心人這下才有臉見見天日。

醫生一看片子，連叫：「不好，不好。」

空心人面色一白，輕問：「怎麼個不好？」

「怎麼個都好，就是妳剛剛吃下什麼東西，爛得妳五官六臟臭氣熏天，快，快，護士小姐，預備開刀房，救人一命——」

偷兒大叫：「剛剛吃下去的是好東西，不要給掏出來啊！意志不自由，不簽字，不開刀啊——」

偷兒再叫再求，頭上中了金針一灸，不省人事。

這偷兒，被醫生掏光多年尋求剛剛吃下去的寶物，醒來就嚎啕大哭，喪心病狂，奔去天國，向上帝告狀。

上帝看見這九十九隻羊之外的一隻，竟然自己奔回來了，大喜過望，捉住了小黑羊兒放在欄中，再也不放手了。

兩年的時光，短促得如同一聲嘆息，這隻羊兒左思右想，豈能永遠這樣躺臥在青草地上，被領在可安歇的水邊了此殘生？不甘心，不甘心，且等浪子回頭，東山再起。

有一日，上帝數羊兒數睡了。偷兒一看時機到也，懷中掏出一塊試金石，東試試，西試試，這次案子給它做得漂亮一點——偷它一粒金子做的心。

不巧剛得手，上帝就醒來了，祂大喝一聲：「三毛，三毛，妳平日在我的園子裏偷吃爛果子，我也不罰妳了，現在居然做出這樣的事來——」

偷兒嚇得跪了下去，對上帝說：「我沒有偷吃蘋果，我知道那是祢留給牛頓的。」

上帝說：「偷心也是不好的，我每個人都只分了一個心，妳怎好拿兩個？」

我說：「我不是偷了就算了，我把自己這顆碎過的心用糨糊黏好了，換給這個人。」

上帝聽了搖頭嘆息，說：「一個是傻瓜，一個是騙子，我不要再看見你們，都給我滾出園子去。」

偷兒一嚇，再跪哭問：「要給滾去哪裏？」

上帝沉吟了一下，說：「出於塵土，歸於塵土，妳給我回到地球上的泥巴裏打滾去。」

偷兒一聽，再哭，哀哀伏地不肯起，說道：「那個地方，祢久不去察看，早已滿佈豺狼虎豹，四處漫遊，強食弱肉，我怎好下界去送死？」

上帝畢竟是有恩惠慈愛的，祂對我一抬手，說：「孩子，起來，我告訴妳要去的好地方——」

偷兒靜聽了天父的話，悲喜交織，伏地拜了四大拜，快步去池塘裏喝足了清水，把身上碧綠的芭蕉葉披風蓋蓋好，挾著「換心人」，高歌著——

久為簪組束，
幸此南夷遂，
閒依木仍鄰，
偶似沙漠客，
曉耕翻露土，
夜傍響屋羊，
來往不逢人，
長歌楚天黃——

就這樣頭也不回的往撒哈拉大漠奔去。

# 塵緣。

## ——重新的父親節

二度從奈及利亞風塵僕僕的獨自飛回迦納利群島，郵局通知有兩大麻袋郵件等著。第一日著人順便送了一袋來，第二袋是自己過了一日才去扛回來的。

小鎮郵局說，他們是為我一個人開行服務的。說的人有理，聽的人心花怒放。

回家第一件事就是請來大批鄰居小兒們，代拆小山也似的郵件，代價就是那些花花綠綠的中國郵票，拆好的丟給跪在一邊的我。我呢，就學周夢蝶攞地攤似的將這些書刊、報紙和包裹、信件，分門別類的放放好，自己圍在中間做大富翁狀。

以後的一星期，聽說三毛回家了，近鄰都來探看。只見院門深鎖，窗簾緊閉，叫人不應，都以為這三毛跑城裏瘋去了，怎會想到，此人正在小房間裏坐擁新書城，廢寢忘食，狂啃精神糧餐，已不知今夕是何年了。

幾度東方發白，日落星沉，新書看得頭昏眼花，讚嘆激賞，這才輕輕拿起沒有重量的《稻草人手記》翻了一翻。

書中唯一三個荷西看得懂的西班牙文字，倒在最後一個字上硬給拿吃掉了個O字。稻草人只管守麥田，送人的禮倒沒看好，也可能是排印先生不喜荷西血型，開的小玩笑。

看他軟軟的那個怪樣子，這個紮草人的母親實是沒有什麼喜悅可言，這心情就如遠遊回家來，突然發覺後院又長了一大叢野草似的觸目心驚。

這一陣東奔西跑，台灣的連絡就斷了，別人捉不到我，自己也不知道在做些什麼。驀一回首，燈火下，又是一本新書，方覺時光無情，新書催人老。

母親信中又哀哀的來問，下本書是要叫什麼，〈寂地〉刊出來了，沙漠故事告一段落，要叫《啞奴》還是叫《哭泣的駱駝》；又說，這麼高興的事情，怎麼也不操點心，儘往家人身上推，萬一代做了主，定了書名，二小姐不同意，還會寫信回來發脾氣，做父母的實在為難極了。

看信倒是笑了起來，可憐的父親母親，出書一向不是三毛的事，她只管寫。寫了自己亦不再看，不存，不管，什麼盜印不盜印的事，來說了三次，回信裏都忘了提。

書，本來是為父母出的，既然說那是高興的事，那麼請他們全權代享這份喜悅吧。我個人，本來人在天涯，不知不覺，去年回台方才發覺不對，上街走路都抬不起頭來，丟人丟大了，就怕人提三毛的名字。

其實，認真下決心寫故事，還是結了婚以後的事，沒想到，這麼耐不住久坐的人，還居然一直寫了下去。

婚前住在馬德里，當時亦是替國內一家雜誌寫文，一個月湊個兩三千字，著實叫苦連天。

大城市的生活，五光十色，加上同住的三個女孩子又都是玩家，雖說國籍不同，性情相異，瘋起來卻十分合作，各有花招。平日我教英文，她們上班，週末星期，卻是從來沒有十二點以前回家的事。

說是糜爛的生活吧，倒也不見得，不過是逛逛學生區，舊貨市場，上上小館子，跳跳不交際的舞。我又多了一個單人節目，借了別人機車，深夜裏飛馳空曠大街，將自己假想成史提夫麥昆演第三集中營大逃亡。

去沙漠前一日，還結夥出遊不歸，三更半夜瘋得披頭散髮回來，四個女孩又在公寓內笑鬧了半天，著實累夠了，才上床睡覺。

第二日，上班的走了，理了行李，丟了一封信，附上房租，寫著：「走了，結婚去也，珍重不再見！」

不聲不響，突然收山遠去，倒引出另外三個執迷不悟的人愕然的眼淚來。

做個都市單身女子，在我這方面，問心無愧，甚而可以說，活得夠本，沒有浪費青春，這完全要看個人主觀的解釋如何。

瘋是瘋玩，心裏還是雪亮的，機車再騎下去，撞死自己倒是替家庭除害，應該做「笑喪」，可是家中白髮人跟黑髮人想法有異，何忍叫生者哀哭終日。這一念之間，懸崖勒馬，結婚安定，從此放下屠刀，立地成佛。

結婚，小半是為荷西情癡，大半仍是為了父母，至於我自己，本可以一輩子光棍下去，人的環境和追求並不只有那麼一條狹路，怎麼活，都是一場人生，不該在這件事上談成敗，論英雄。

結果，還是收了，至今沒有想通過當時如何下的決心。

結了婚，父母喜得又哭又笑，總算放下一樁天大的心事。

他們放心，我就得給日子好好的過下去。

小時候看童話故事，結尾總是千篇一律——公主和王子結了婚，從此過著幸福的生活。童話不會騙小孩子，結過婚的人，都是沒有後來如何如何的。白雪公主、灰姑娘、睡美人，都沒有後來的故事。

我一直怕結婚，實是多少受了童話的影響。

安定了，守著一個家，一個叫荷西的人，命運交響曲突然出現了休止符，雖然無聲勝有聲，心中的一絲悵然，仍是淡淡的揮之不去。

父親母親一生吃盡我的苦頭，深知荷西亦不會有好日子過，來信千叮嚀萬懇求，總是再三的開導，要知足，要平凡，要感恩，要知情，結了婚的人，不可再任性強求。

看信仍是笑。早說過，收了就是收了，不會再興風作浪，君子一言，駟馬難追，父母不相信女兒真有那麼正，就硬是做給他們看看。

發表了第一篇文章，父母親大樂，發覺女兒女婿相處融洽，真比中了特獎還歡喜。看他們來信喜得那個樣子，不忍不寫，又去報告了一篇〈結婚記〉，他們仍然不滿足，一直要女兒再寫再寫，於是，就因為父母不斷的鼓勵，一個灰姑娘，結了婚，仍有了後來的故事。

婚後三年，荷西疼愛有加不減，灰姑娘出了一本《撒哈拉的故事》，出了《稻草人手記》，譯了二十集《小娃娃》。《雨季不再來》是以前的事，不能記在這筆帳上，下月再出《哭泣的駱駝》，中篇〈五月花〉已在奈及利亞完稿試投聯副，尚無消息。下一篇短篇又要動手。總之，這上面寫的，仍是向父母報帳，自己沒有什麼喜悅，請他們再代樂一次吧。

看過幾次小小的書評，說三毛是作家，有說好，有說壞，看了都很感激，也覺有趣，別人眼裏的自己，形形色色，竟是那個樣子，陌生得一如這個名字。

這輩子是去年回台才被人改名三毛的，被叫了都不知道回頭，不知是在叫我。

書評怎麼寫，都接受，都知感恩，只是「庸俗的三毛熱」這個名詞，令人看了百思不解。今日迦納利群島氣溫二十三度，三毛不冷亦不熱，身體雖不太健康，卻沒有發燒，所以自己是絕對清清楚楚，不熱不熱。倒是叫三毛的讀者「庸俗」，使自己得了一夢，醒來發覺變成了個大號家庭瓶裝的可口可樂，怎麼也變不回自己來，這心境，只有卡夫卡小說《蛻變》裏那個變成一條大軟蟲的推銷員才能瞭解，嚇出一身冷汗，可見是瓶冰凍可樂，三毛自己，是絕對不熱的。

再說，又見一次有人稱三毛「小說家」，實是令人十分難堪，說是說了一些小事，家也白手成了一個，把這兩句話湊成「小說家」仍是重組語病，明明是小學生寫作文，卻給他戴上大帽子，將來還有長進嗎？這帽子一罩，重得連路都走不動，眼也看不清，有害無益。

盲人騎瞎馬，走了幾步，沒有絆倒，以為上了陽關道，沾沾自喜，這是十分可怕而危險的事。

我雖筆下是瞎馬行空，心眼卻不盲，心亦不花，知道自己的膚淺和幼稚，天賦努力都不可強求，盡其在我，便是心安。

文章千古事，不是我這芥草一般的小人物所能挑得起來的，庸不庸俗，突不突破，說起來都太嚴重，寫稿真正的起因，「還是為了娛樂父母」，也是自己興趣所在，將個人的生活做了一個記錄而已。

哭著呱呱墜地已是悲哀，成長的過程又比其他三個姐弟來得複雜緩慢，健康情形不好不說，心理亦是極度敏感孤僻。高小那年開始，清晨背個大書包上中正國小，啃書啃到夜間十點才給回家，傭人一天送兩頓便當，吃完了去操場跳蹦一下的時間都沒，又給叫進去死填，本以為上了初中會有好日子過，沒想到明星中學，競爭更大。這番壓力辛酸至今回想起來心中仍如鉛也似的重，就那麼不顧一切的「拒」學了。父母眼見孩子自暴自棄，前途全毀，罵是捨不得罵，那兩顆心，可是碎成片片。哪家的孩子不上學，只有自家孩子悄無聲息的在家悶著躲著。那一陣，母親的淚沒乾過，父親下班回來，見了我就長嘆，我自己呢，覺得成了家庭的恥辱，社會的罪人，幾度硬闖天堂，要先進去坐在上帝的右首。少年的我，是這樣的倔強剛烈，自己不好受不說，整個家庭都因為這個出軌的孩子，弄得愁雲慘霧。

幸虧父母是開明的人，學校不去了，他們自己擔起了教育的重擔，英文課本不肯念，乾脆教她看淺近英文小說；國文不能死背，就念唐詩宋詞吧；鋼琴老師請來家裏教不說，每日練琴，再累的父親，還是坐在一旁打拍子大聲跟著哼，練完了，五塊錢獎賞是不會少的；喜歡美術，當時敦煌書局的原文書那麼貴，他們還是給買了多少本畫冊。這樣的愛心澆灌，孩子仍是長不整齊，瘦瘦黃黃的臉，十多年來只有童年時不知事的暢笑過，長大後怎麼開導，仍是絕對沒有好臉色的。在家也許是因為自卑太甚，行為反而成了暴戾乖張，對姐弟絕不友愛，別人一句話，可成戰場，可痛哭流涕，可離家出走，可拿刀片自割嚇人。那幾年，父母的心碎過幾次，我沒算過，他們大概也算不清了。

這一番又一番風雨，摧得父母心力交瘁，我卻乾脆遠走高飛，連頭髮也不讓父母看見一根，臨走之前，小事負氣，竟還對母親說過這樣無情的話：「走了一封信也不寫回來，當我死了，你們好過幾年太平日子。」母親聽了這刺心的話，默默無語，眼淚簌簌的掉，理行裝的手可沒停過。

真走了，小燕離巢，任憑自己飄飄跌跌，各國亂飛，卻沒想過，做父母的眼淚，要流到什麼時候方有盡頭。

飄了幾年，回家小歇，那時本以為常住台灣，重新做人。飄流過的人，在行為上應該有些長進，沒想到又遇感情重創，一次是陰溝裏翻船，敗得又要尋死。那幾個月的日子，不是父母強拉著，總是不會回頭了，現在回想起來，塞翁失馬焉知非福，沒有遺恨，只幸當時還是父母張開手臂，替我擋住了狂風暴雨。

過了一年，再見所愛的人一搥一搥釘入棺木，當時神志不清，只記得釘棺的聲音刺得心裏血肉模糊，尖叫狂哭，不知身在何處，黑暗中，又是父親緊緊抱著，喊著自己的小名，哭是哭瘋了，耳邊卻是父親堅強的聲音，一再的說：「不要怕，還有爹爹在，孩子，還有爹爹姆媽在啊！」

又是那兩張手臂，在我成年的挫折傷痛裏，替我抹去了眼淚，補好了創傷。

台北觸景傷情，無法再留，決心再度離家遠走。說出來時，正是吃飯的時候，父親聽了一愣，雙眼一紅，默默放下筷子，快步走開。倒是母親，毅然決然的說：「出去走走也好，外面的天地，也許可以使妳開朗起來。」

就這麼又離了家，丟下了父母，半生時光浪擲，竟沒有想過，父母的恩情即使不想回報，也不應再一次一次的去傷害他們，成年了的自己，仍然沒有給他們帶來過歡笑。

好不容易，安定了下來，接過了自己對自己的責任，對家庭、對荷西的責任，寫下了幾本書，心情踏踏實實，不再去想人生最終的目的，而這做父母的，捧著孩子寫的幾張紙頭，竟又喜得眼睛沒有乾過，那份感觸、安慰，就好似捧著了天國的鑰匙一樣。這條辛酸血淚的長路，只有他們自己知道，是怎麼熬過來的，怎不叫他們喜極又泣呢。

也是這份塵緣，支持了我寫下去的力量，將父母的恩情比著不過是一場塵世的緣分，未免無情，他們看了一定又要大慟一番，卻不知「塵世亦是重要的，不是過眼煙雲」，孩子今後，就為了這份解不開、掙不脫的緣分，一定好好做人了。孩子在父母眼中勝於自己的生命，父母在孩子的心裏，到頭來，終也成了愛的負擔，過去對他們的傷害，無法補償，今後的路，總會走得平安踏實，不會再教他們操心了。

寫不寫書，並不能證明什麼，畢竟保守自己，才是最重要的，保真媽媽小民寫信來，最後一句叮嚀——守身即孝親——這句話，看了竟是淚出，為什麼早兩年就沒明白過。

八月八日父親節，願將孩子以後的歲月，盡力安穩度過，這一生的情債、哭債，對父母無法償還，就將這句諾言，送給父母，做唯一的禮物吧！

# 離鄉回鄉。

幾天前，新聞局駐馬德里代表劉先生給我來了長途電話，說是宋局長囑我回國一次，日期就在眼前，如果同意回去，收拾行裝是刻不容緩的事了。

起初，我被這突然而來的電話驚住了，第一個反應是本能的退卻，堅持沒有回台的計畫和準備，再說六月初當是在摩洛哥和埃及的。

放下了電話，我的心緒一直不能平靜，向國際台要接了台灣的家人，本是要與父母去商議的，一聽母親聲音傳來，竟然脫口而出：「媽媽，我要回家了！」

可憐的母親，多少相思便在這一句話裏得到化解。只說肯回去，對父母也如施恩。這一代的兒女是沒有孝道的。

我讓自己安靜下來，再撥電話去找馬德里的劉先生，說是喜歡回台，謝謝美意。

半生的日子飄飄零零也是擋了下來，為什麼一提回國竟然情怯如此。

每次回國，未走之前已是失眠緊張，再出國，又是一場大慟。十四年在外，一共回去過三次，抵達時尚能有奢侈的淚，離去時竟連回首都不敢。我的歸去，只是一場悲喜，來去匆匆。

在這邊，夏天的計畫全都取消了，突然而來的瑣事千頭萬緒。

鄰居的小男孩來補英文，我跟他說以後不再上課了，因為Echo要回中國去。本來內向的孩子，聽了這句話，便是癡了過去，過了半晌，才蹦出一句話來：「我跟妳走。絕對不吵的！」

要走的事情，先對一個孩子說了，他竟將自己託付了給我，雖是赤子情懷，這份全然的信，一樣使我深思感動。

朋友們聽見我要去了的話，大半驚住了，「Echo，不可以！妳再想想，不可以，妳是這裏的人了，要去那麼遠做什麼，不行的——」

我說，我仍會回來的，那些人不肯相信，只怕我一去不返，硬是要留下人的翅膀來。

其實在一九八五年之前，是不會永遠離開群島的，放下朋友容易，丟下親人沒有可能。五年之後請求撿骨，那時候心願已了，何處也可成家，倒不一定要死守在這個地方了。

我通知馬德里的朋友，夏天不必來島上了，那時我已在遠方。

「不行的！妳講，去多久？不能超過兩個月，聽見沒有！不能這樣丟下我們，去之前先來馬德里見面，只我一個人跟妳處兩天，別人不要告訴——」

「才回一趟自己的國家你們就這個樣子，要是一天我死了呢？」我嘆了口氣。

「妳還沒有死嘛！」對方固執的說。

「馬德里機場見一面好了，告訴貝芭，叫她也來，別人不要說了。」

不到一會兒，長途電話又來了，是貝芭，聲音急急的：「什麼機場見，什麼回中國去了，妳這是沒有心肝，八月我們島上看誰去？——」

我是沒有心肝的人，多少朋友前年共過一場生死，而今要走了卻是懶於辭行。

父母來過一次島上，鄰居想個禮物都是給他們，連盆景都要我搬回去給媽媽，這份心意已是感激，天下到處有情人，國不國籍倒是小事了。

那天黃昏，氣溫突降，過了一會兒，下起微微的細雨來，女友卡蒂狂按我的門鈴。

「嘩！妳也要走了！一定開心得要死了吧！」

卡蒂再過幾日也要回瑞士去了。

「驚喜交織！」我哈哈的笑著。

「怎麼樣？再去滑一次冰，最後一次了。」

「下雨吔！再說，我還在寫稿呢！」

「什麼時候了，不寫算了嘛！」

我匆匆換了短褲，穿起厚外套，提著輪式冰鞋，便與卡蒂往舊飛機場駛去。

卡蒂的腿不好，穿了高低不同的鞋子，可是她最喜歡與我兩人去滑冰。

在那片廢棄的機場上，我慢慢的滑著，卡蒂與她的小黑狗在黃昏的冷雨裏，陪著我小跑。

「這種空曠的日子，回台灣是享受不到了！」我深深的吸了口氣。

「捨不得吧！捨不得吧！」卡蒂追著我喊。

我回頭朝她疼愛的笑了一眼，身上用耳機的小錄音機播出音樂來，腳下一用勁，便向天邊滑去。

「數峰清苦，商略黃昏雨，燕雁無心，太湖西畔隨雲去……」

走了！走了！心裏不知拌成了什麼滋味，畢竟要算是幸福的人啊！

寫了一張台灣朋友的名單，真心誠意想帶些小禮物，去表達我的愛意。那張名單是那麼的長，我將它壓在枕頭下面，不敢再去想它。

本來便是失眠的人，決定了回國之後，往往一夜睜眼到天亮。往事如夢，不堪回首，少小離家的人，只是要再去踏一踏故國的泥土，為什麼竟是思潮起伏，感觸不能自已。

夢裏，由台灣再回島上來，卻怎麼也找不到那座常去的孤墳。夢裏，仆跌在大雪山荻伊笛的頂峰，將十指挖出鮮血，而地下翻不到我相依為命的人——

中國是那麼的遠，遠到每一次的歸去，都覺得再回來的已是百年之身。

一次去，一場滄桑，失鄉的人是不該去拾鄉的，如果你的心裏還有情，眼底尚有淚，那麼故鄉不會只是地理書上的一個名詞。

行裝沒有理好，心情已是不同，夜間對著月光下的大西洋，對著一室靜靜的花草，仍是有不捨，有依戀，這個家因為我的緣故才有了欣欣向榮的生命，畢竟這兒也是我真真實實的生活與愛情啊！

這份別離，必然也是疼痛，那麼不要回去好了，不必在情感上撕裂自己，夢中一樣可以望鄉，可是夢醒的時候又是何堪？

〈綠島小夜曲〉不是我喜歡的歌，初夏的夜晚卻總聽見有人在耳邊細細幽幽的唱著，這條歌是淡霧形成的帶子，裏面飄浮著我的童年和親人。

再也忘不掉的父親和母親，那兩個人，永不消失的對他們的情愛，才是我永生的苦難和鄉愁啊！

一個朋友對我說：「我知道妳最深，不擔心妳遠走，喝過此地的水就是這兒的人了。妳必回來。」

水能變血嗎？誰聽過水能變成血的？

要遠行了，此地的離情也如台灣，聚散本是平常事，將眼淚留給更大的悲哀吧。

「多吃些西班牙菜，此去吃不著這些東西了。」

朋友只是往我盤裏夾菜，臉上一片濛濛的傷感。我卻是食不下嚥了！

上次來的時候，母親一隻隻大蝦剝好了放在我盤裏，說的也是相同的話，只是她更黯然。

離鄉又回鄉，同時擁有兩個故鄉的人，本當歡喜才對，為什麼我竟不勝負荷？

這邊情同手足，那兒本是同根。人如飛鳥，在時空的幻境裏翱翔，明日此時我將離開我的第二祖國，再醒來已在台灣，那個我稱她為故鄉的地方。

# 雨禪台北。

那一陣子我一直在飛，穿著一雙白色的溜冰鞋在天空裏玩耍。

初學飛的時候，自己駭得相當厲害，拚命亂撲翅膀。有時掙扎太過，就真的摔了下來。

後來，長久的單獨飛行，已經練出了技術。心不驚，翅膀幾乎不動，只讓大氣托著已可無聲無息地翱翔。

那時我不便常下地了，可是那雙紅色輪子的溜冰鞋仍是給它綁在腳上。它們不太重，而且色彩美麗。

飛的奧秘並不複雜，只有一個最大的禁忌，在幾次摔下來時已被再三叮嚀過了——進入這至高的自由和天堂的境界時，便終生不可回頭，這事不是命令，完全操之在己。喜歡在天上，便切切記住——不要回頭，不可回頭，不能回頭——因為畢竟還是初學飛行的人。有一日，道行夠了，這些禁忌自然是會化解掉的，可是目前還是不要忘了囑咐才好。

我牢牢的記住了這句話，連在天上慢慢轉彎的時候，都只輕輕側一下身體和手臂。至於眼底掠過的浮影，即使五光十色，目眩神迷，都不敢回首。我的眼睛始終向著前面迎來的穹蒼。

有一日黃昏，又在天上翱翔起來，便因膽子壯了一些，頑心大發，連晚上也不肯下地回家了。

夜間飛行的經驗雖然沒有，三千里路雲和月，追逐起來卻是瘋狂的快樂。

這一來，任著性子披星戴月，穿過一層又一層黑暗的天空，不顧自己的體力，無窮無盡的飛了下去。

那時候，也許是疲倦了，我側著身子半躺著，下面突然一片燈火輝煌，那麼多的人群在華燈初上的夜裏笑語喧譁，連耳邊掠過的風聲都被他們打散了。

我只是奇異的低頭看了一眼，驚見那竟是自己的故鄉，光芒萬丈的照亮了漆黑的天空。

我沒有停飛，只是忍不住歡喜的回了一下頭。

這一動心，尚未來得及喊叫，人已墜了下來。

沒有跌痛，駭得麻了過去，張開眼睛，摸摸地面，發覺坐在台北國父紀念館廣場側門的石階上，那雙溜冰鞋好好的跟著我。奇怪的是怎麼已經驟然黃昏。

我尚不能動彈，便覺著鎂光燈閃電似的要弄瞎我的眼睛，我舉起手來擋，手中已被塞進了一支原子筆，一本拍紙簿，一張微笑的臉對我說：「三毛，請妳簽名！」

原來還有一個這樣的名字，怎麼自己倒是忘了。

在我居住的地方，再沒有人這樣叫過它。而，好幾千年已經過去了。

我拿起筆來，生澀的學著寫這兩個字，寫著寫著便想大哭起來——便是故鄉也是不可回首的，這個禁忌早已明白了，怎麼那麼不當心，好好飛著的人竟是墜了下來。我掉了下來，做夢一般的掉了下來，只為了多看一眼我心愛的地方。

雨水，便在那時候，夾著淡紅色的塵霧，千軍萬馬的向我殺了過來。

我定定的坐著，深深吸了口氣。自知不能逃跑，便只有穩住自己，看著漫漫塵水如何的來淹沒我。

那時我聽見了一聲嘆息：「下去了也好，畢竟天上也是寂寞——」那麼熟悉又疼愛的聲音在對我說：「誰叫妳去追趕什麼呢！難道不明白人間最使妳動心的地方在哪兒嗎？」

雨是什麼東西我已不太熟悉了，在我居住的地方，不常下雨，更沒有雨季。

沒有雨的日子也是不太好的，花不肯開，草不願長，我的心園裏也一向太過乾澀。

有一陣長長的時期，我悄悄的躲著，倒吞著鹹鹹的淚水，可是它們除了融腐了我的胃以外，並沒有滋潤我的心靈。後來，我便也不去吞它們了。常常胃痛的人是飛不舒服的。

據說過那邊去的人——在我們世上叫做死掉的人，在真正跨過去之前，是要被帶去「望鄉台」上看的。他們在台上看見了故鄉和親人，方知自身已成了靈魂，已分了生死的界限，再也回不來了。那時因為心中不捨，靈魂也是會流淚的，然後，便被帶走了。故鄉，親人，只得台上一剎相望便成永訣。

我是突然跌回故鄉來的。

跌下來，雨也開始下了。坐在國父紀念館的台階上，高樓大廈隔住了視線，看不見南京東路家中的父親和母親，可是我還認識路，站起來往那個方向夢遊一般的走去。

雨，大滴大滴的打在我的身上、臉上、頭髮上。涼涼的水，慢慢滲進了我的皮膚，模糊了我的眼睛，它們還是不停的傾盆而來，直到成為一條小河，穿過了那顆我常年埋在黃土裏已經乾裂了的心。

然後，每一個早晨，每一個深夜，突然在雨聲裏醒來的時候，我發覺仍然是在父母的身邊。「望鄉台」不是給我的，沒有匆匆一刹便被帶走，原來仍是世上有血有肉的人。這是一個事實，便也談不上悲喜了。

既然還是人，也就不必再掙扎了。身落紅塵，又回來的七情六慾也是當然。繁華與寂寞，生與死，快樂與悲傷，陽光和雨水，一切都是自然，那麼便將自己也交給它吧！

一向是沒有記事簿的人，因為在那邊島上的日子裏要記住的事情不多。再說，我還可以飛，不願記住的約會和事情來時，便淡然將溜冰鞋帶著飛到隨便什麼地方去。

回來台北不過三四天，一本陌生的記事本卻因為電話的無孔不入而被填滿到一個月以後還沒有在家吃一頓飯的空檔。

有一天早晨，又被釘在電話旁邊的椅子上，每接五個電話便玩著寫一個「正」字，就如小學時代選舉班長和什麼股長一般的記票方式。當我畫到第九個正字時，我發了狂，我跟對方講：「三毛死掉啦！請你到那邊去找她！」掛掉電話自己也駭了一跳，雙手蒙上了眼睛。

必然是瘋了，再也不流淚的人竟會為了第九個正字哭了一場。這一不逞強，又使我心情轉到自己也不能明白的好。翻開記事簿，看看要做的事情，要去的地方，想想將會遇到的一個一個久別了的愛友，我跳進自己的衣服裏面去，向看家的母親喊了一聲：「要走啦！盡快回來！好大的雨呀！」便衝了出去。

不是說天上寂寞嗎？為什麼人間也有這樣的事情呢？中午家中餐桌上那一副孤零零的碗筷仍然使我幾乎心碎。

五月的雨是那麼的歡悅，恨不能跳到裏面去，淋到溶化，將自己的血肉交給厚實的大地。太陽出來的時候，我的身上將會變出一攤繁花似錦。

對於雨季，我已太陌生，才會有這樣的想法吧。

可是我一直在雨的夾縫裏穿梭著，匆匆忙忙的從一個地方趕到另一個地方。都是坐在一滴雨也不肯漏的方盒子裏。

那日吃完中飯已是下午四點半了，翻了一下記事簿，六點半才又有事情。突然得了兩小時完全屬於自己的時間。

我站在雨中，如同意外出籠了的一隻笨鳥，快樂得有些不知何去何從。

我奔去了火車站前的廣場大廈找父親的辦公室。那個從來沒有時間去的地方。

悄悄推開了木門，跟外間的秘書小姐和父親兩個年輕的好幫手坐了幾分鐘。然後父親的客人走了，我輕輕走進去，笑著喊：「終於逃出來玩啦！」

父親顯見的帶著一份也不隱藏的驚喜，他問我要做什麼。我說：「趕快去踩踩台北的街道呀！兩小時的時間，想想有多奢侈，整整兩小時完全是自己的嘢！」

父親馬上收拾了公事包，拿了一把雨傘，提早下班，與我一同做了逃學的孩子。

每經過一個店鋪，一片地攤，一家小食店，父親便會問我：「要什麼嗎？想要我們就停下來！」

哪裏要什麼東西呢？我要的是在我深愛的亂七八糟的城市裏發發瘋，享受一下人世間的豔俗和繁華罷了。

雨仍是不停的下著。一生沒有擋雨的習慣，那時候卻有一個人在我身邊替我張開了一把傘。那個給我生命的人。

經過書店，忍不住放慢了腳步。結果就是被吸了進去。那麼多沒有念過的書使我興奮著急得心慌，摸了一本又一本。看見朋友們的書也放在架上，這些人我都認識，又禁不住的歡喜了起來。

過街時，我突然對父親說：「回國以來，今天最快樂，連雨滴在身上都想笑起來嘢！」

我們穿過一條又一條街，突然看見櫥窗內放著李小龍在影片中使的「雙節棍」，我脫口喊出來：「買給我！買給我！」

奇怪的是，做小孩子的時候是再也不肯開口向父親討什麼東西的。父親買了三根棍子，付帳時我管也不管，跑去看別的東西去了。雖然我的口袋裏也有錢。受得泰然，當得起，因為他是我的父親。

功學社的三樓有一家體育用品社的專櫃，他們賣溜冰鞋——高統靴的那種。

當我從天上跌下來時尚帶著自己那雙老的，可是一走回家，它們便消失了。當時我亂找了一陣，心中有些懊惱，實在消失了的東西也不能勉強要它回來，可是我一直想念它們，而且悲傷。

父親請人給我試冰鞋，拿出來唯一的顏色是黑的。

「她想要白的，上面最好是紅色的輪子。」父親說。

「那種軟糖一樣的透明紅色。」我趕快加了一句。

商店小姐客氣的說白色的第二天會有，我又預先歡喜了一大場。

雨仍然在下著，時間也不多了，父親突然說：「帶妳去坐公共汽車！」

我們找了一會兒才找到了站牌。父親假裝老練，我偷眼看他，他根本不大會找車站，畢竟也是近七十的父親了，以他的環境和體力，實在沒有擠車的必要。可是這是他多年的習慣，隨時給我機會教育，便也欣然接受。

我從不視被邀吃飯是應酬。相聚的朋友們真心，我亦回報真心。這份感激因為口拙，便是雙手舉杯嚥了下去。

雨夜裏我跑著回家，已是深夜四時了。帶著鑰匙，還沒轉動，門已經開了，母親當然在等著我。

那麼我一人在國外時，她深夜開門沒有女兒怎麼辦？這麼一想又使我心慌意亂起來。

我推了母親去睡，看出她仍是依依不捨，可是為著她的健康，我心硬的不許她講話。

跑進自己全是坐墊的小客廳裏，在靜靜的一盞等著我回家的柔和的燈火及父親預先替我輕放著的調頻電台的音樂聲裏，赫然來了兩樣天堂裏搬下來的東西。

米色的地毯上站著一輛棗紅色的小腳踏車，前面安裝了一個純白色的網籃，籃子裏面，是一雙躺著的溜冰鞋。就是我以前那雙的顏色和式樣。

我呆住了，輕輕上去摸了一下，不敢重摸，怕它們又要消失。

在國外，物質生活上從來不敢放縱自己，雖然什麼也不缺，那些東西畢竟不是悄然而來，不是平白得到，不是沒有一思再思，放棄了這個才得來了那個的。

怎麼突然有了一份想也不敢想的奢侈，只因我從天上不小心掉了回家。

我坐在窗口，對著那一輛腳踏車看了又看，看了又看。雨是在外面滴著，不是在夢中。可是我怕呢！我歡喜呢！我歡喜得怕它們又要從我身邊溜走。我是被什麼事情嚇過了？

第二日，在外吃了午飯回來，匆匆忙忙地換上藍布褲，白襯衫，踏了球鞋，興匆匆的將腳踏車搬下樓去，母親也很歡喜，問我：「去哪裏溜冰呢？不要騎太遠！」

我說要去國父紀念館，玩一下便回家，因為晚飯又是被安排了的。

騎到那個地方我已累了，灰灰的天空佈滿了烏雲。我將車子放在廣場上時，大滴的雨又豆子似的灑了下來。

我坐在石凳上脫球鞋，對面三個混混青年開口了：「當眾脫鞋！」

我不理他們，將球鞋放在網籃內，低頭綁溜冰鞋的帶子。然後再換左腳的鞋，那三個人又喊：「再脫一次！」

我穿好了冰鞋坐著，靜等著對面的傢伙。就是希望他們過來。

他們吊兒郎當的慢慢向我迫來，三個對一個，氣勢居然還不夠凌人。

還沒走到近處，我頭一抬，便說：「你別惹我！」

奇怪的是來的是三個，怎麼對人用錯了文法。

他們還是不走，可是停了步子。其中的一個說：「小姐好面熟，可不可以坐在妳身邊——」

椅子又不是我的，居然笑對他們說：「不許！」

他們走開了，坐到我旁邊的凳子上去，嘴巴裏仍是不乾不淨。

雨大滴的灑了下來。並不密集。我背著這三個人慢慢試溜著，又怕他們偷我腳踏車上掛著的布包，一步一回頭，地也不平，差點摔了一跤。

後來我乾脆往他們溜過去，當然，過去了，他們的長腳交叉著伸了出來。

我停住了，兩邊僵在雨中。

「借過……」我說了一聲，對方假裝聽不見。

「我說——借過！」我再慢慢說一次。

這時，這三個人不約而同的站了起來，假裝沒事般的拚命彼此講話，放掉了作弄我的念頭。趕走了人家，自己又是開心得不得了，盡情的在雨中人跡稀少的大廣場上玩了一個夠。當我溜去問一個路人幾點鐘時，驚覺已是三小時飛掉了。

那是回台灣以來第一次放單玩耍，我真是快樂。

一個人生活已成了習慣，要改變是難了。怎麼仍是獨處最樂呢？

書桌上轉來的信已堆集成了一攤風景，深夜裏，我一封一封慢慢的拆，細細的念，慢慢的想，然後將它們珍藏在抽屜裏。窗外已是黎明來了。

那些信全是寫給三毛的。再回頭做三毛需要時間來平衡心理上的距離，時間不到，倔強的扳回自己是不聰明的事情，折斷了一條方才形成的柳枝亦是可惜。將一切交給時間，不要焦急吧！

雨，在我唯一午間的空檔裏也不再溫柔了。它們傾盆而下，狂暴的將天地都抱在它的懷裏，我的腳踏車寂寞，我也失去了想將自己淋化的念頭。

在家中脫鞋的地方，我換上了冰鞋，踏過地毯，在有限的幾條沒有地毯的通道上小步滑著，滑進寬大的廚房，喊一聲：「姆媽抱歉！」打一個轉又往浴室擠進去。

母親說：「妳以為自己在國父紀念館嗎？」

「是呀！真在那邊。『心到身到』，這個小魔術難道妳不明白嗎？」在她的面前我說了一句大話。

說著我滑到後陽台去看了一盆雨中的菊花葉子，喊一聲：「好大的雨啊！」轉一個身，撞到家具，摔了一跤。

那夜回家又不知是幾點了，在巷口碰到林懷民，他的舞蹈社便在父母的家旁邊。我狂喊了起來：「阿民！阿民！」在細雨中向他張開雙臂奔去。他緊抱著我飛打了一個轉，放下地時問著：「要不要看我們排舞？」

「要看！可是沒時間。」我說。

旁邊我下的計程車尚停著，阿民快步跑了進去，喊了一聲：「再見！」我追著車子跑了幾步，也高喊著：「阿民再見！」

靜靜的巷口已沒有人跡，「披頭」的一條歌在我心底緩緩的唱了起來：「你說哈囉！我說再見！你說哈囉！我說再見——」

我踏著這條歌一步一步走上台階——人生聚散也容易啊，連告別都是匆匆！

難得有時間與家人便在家附近的一家西餐廳吃了一次飯，那家餐館也是奇怪，居然放著書架。餐桌的另一邊幾張黑色的玻璃板，上面沒放檯布。

弟弟說那些是電動玩具，我說我在西班牙只看過對著人豎起來下面又有一個盤面的那種。他們笑了，說那已是舊式的了。

「來，妳試試看！」弟弟開了一台，那片動態的流麗華美真正眩惑住了我的心靈。它們使我想起《黃色潛水艇》那部再也忘懷不掉的手繪電影。在西柏林時就為了它其中的色彩，連看過六遍。

「妳先不要管它顏色好不好看，專心控制！妳看，這個大嘴巴算是妳，妳一出來，就會有四個小精靈從四面八方圍上來吃妳，妳開始快逃，吃不掉就有分數。」弟弟熱心的解釋著。

「好，我來試試！」我坐了下來。

還沒看清楚自己在哪裏，精靈鬼已經來了！

「嗄！被吃掉了！」我說。

「這個玩具的秘訣在於妳知道什麼時候要逃，什麼時候要轉彎，什麼時候鑽進隧道，膽怯時馬上吃一顆大力丸嚇一嚇那隻比較笨的粉紅鬼。把握時機，不能猶豫，反應要快，摸清這些小鬼每一隻的個性——」弟弟滔滔不絕的說著。

「這種遊戲我玩過好多次了嘛！」我笑了起來。

「不是第一次坐在電動玩具面前嗎？」他奇怪的說。

我不理他，只問著：「有沒有一個轉鈕，不計分數，也不逃，也不被吃，只跟小精靈一起玩耍玩耍就算了。不然我會厭呢！」

弟弟啞然失笑，搖搖頭走開了，只聽見他說：「拿妳這種人沒辦法！」

還是不明白這麼重複的遊戲為什麼有人玩了千萬遍還是在逃。既然逃不勝逃，為什麼不把自己反過來想成精靈鬼，不是又來了一場奇情大進擊嗎！

弟弟專心的坐下來，他的分數節節高升，臉上表情真是複雜。

我悄悄彎下腰去，對他輕說一句：「細看濤生雲滅——」

這一分心，啪一下被吃掉了。

「妳不要害人好不好！」他喊了起來。

我假裝聽不見，趴到窗口去看雨，笑得發抖。

雨仍是不停的下著，死不肯打傘這件事使母親心痛。每天出門必有一場爭執。

有時我輸了，花傘出門，沒有傘回家。身外之物一向管不牢，潛意識第一個不肯合作。

那日雲層很厚，是個陰天。我趕快搬出了腳踏車往敦化南路的那個方向騎去。碰到了一個圓環，四周不是野狼便是市虎。我停在路邊，知道擠進去不會太安全。

那時來了一位警察先生，我對他無奈的笑笑，坐在車上不動。他和氣的問我要去哪兒，我說去國父紀念館呢！

「那妳往復興南路去，那條路比較近。」

本想繞路去看看風景的，便是騎術差到過不了一個小圓環，我順從的轉回了頭。

就因為原先沒想從復興南路走，這一回頭，又是一場不盼自來的歡喜。

回到台北之後，除了餐館之外可以說沒有去什麼別的地方。

我的心在唯一有空閒的時間便想往國父紀念館跑，那個地方想成了鄉愁。
相思最是複雜，可是對象怎麼是一幢建築？
我繞著那片廣場一遍又一遍的騎，一圈又一圈慢慢的溜——我在找什麼，我在等什麼，我在依戀什麼，我在期待什麼？
不敢去想，不能去想，一想便是心慌。
有什麼人在悄悄的對我說：這裏是妳掉回故鄉來的地方，這裏是妳低頭動了凡心的地方。時候未到，而已物換星移，再想飛升已對不準下來時的方向——我回不去那邊了。
不，我還是不要打傘，羽毛是自己淋溼的，心甘情願。那麼便不去急，靜心享受隨波逐浪的悠然吧！
夢中，我最愛看的那本書中的小王子跑來對我說：「妳也不要怕，當我要從地球上回到自己的小行星上去的時候也是有些怕的，因為知道那條眼鏡蛇會被派來咬死我，才能將軀殼留在地上回去。妳要離開故鄉的時候也是會痛的，很痛，可是那只是一霎間的事情而已——」
我摸摸他的頭髮對他說：「好孩子，我沒有一顆小行星可以去種唯一的玫瑰呢！讓我慢慢等待，時候到了自然會有安排的。再說，我還怕痛呢！」
小王子抱著我替他畫的另外一隻綿羊滿意的回去了。我忘了告訴他，這隻綿羊沒有放在盒子裏，當心牠去吃掉了那朵嬌嫩的玫瑰花。這件事情使我擔心了一夜，忘了玫瑰自己也有四根刺！

離情。

對著一室寂寂，是駭然心驚，覺得自己這回做得過分。又駭只是不陪父母出遊，竟然也會有這樣深重的罪惡感，家庭的包袱未免背得太沉重了。

我將大門防盜也似的一層層下了鎖，馬上奔去打電話給姐姐和弟弟——這個週末誰也不許回父母家來，理由對他們就也簡單了，不要見任何人。

在台灣，自己的心態並不平衡，怕出門被人指指點點，怕眼睛被人潮堵住，怕電話一天四十幾個，怕報社轉來的大批信件，更怕聽三毛這個陌生的名字，這些事總使我莫名其妙的覺著悲涼。

每一次，當我從一場座談會，一段錄音訪問，一個飯局裏出來，臉上雖然微微的笑著，寂寞卻是徹骨，揮之無力，一任自己在裏面恍惚浮沉，直到再不能了。

本性最是愛玩的人，來了台灣，只去了一趟古老的迪化街，站在城隍廟的門口看他們海也似的一盞盞紙燈，看得癡迷過去。

那一帶是老區，二樓的窗口間或曬著大花土布做成的被套，就將那古代的桃紅柳綠一個竹竿撐進了放滿摩托車的迴廊。午後懨懨的陽光，看見這樣的風景，恍如夢中，心裏漲得滿滿的複雜滋味，又沒有法子同誰去說。

在每一個大城裏，我的心總是屬於街頭巷尾，博物館是早年的功課和驚嘆，而今，現世民間的活潑才是牢牢抓住我的大歡喜。

只是懷念迪化街，台北的路認識的不多。

迪化街上也有行人和商家，一支支筆塞進手中，我微微的笑著寫三毛，寫了幾個，那份心也寫散了，匆匆回家，關在房間裏話也懶得講。

自閉症是一點一點圍上來的，直到父母離家，房門深鎖，才發覺這種傾向已是病態得不想自救。

那麼就將自己關起來好了，只兩天也是好的。

記事簿上的當天有三個飯局，我心裏掙扎得相當厲害，事先講明時間不夠，每個地方到一會兒便要離開，主人們也都同意了。

再一想，每個地方都去一下誠意不夠，不如一個也不去。電話道歉，朋友們當然大呼小叫了一場，也就放了我。

我再度去檢查了一下門鎖，連那串鐵鍊也給它仔細扣上。窗子全關，窗簾拉上，一屋的陰暗裏，除了寂寂之外，另有一層重重的壓迫逼人。

我將電話筒拿起來放在一邊，書桌上讀者的來信疊疊理清全放進衣箱裏去。盆景搬去沖水，即便是後面三樓的陽台，也給鎖了個沒有去路。

然後我發覺這兩幢裏面打通的公寓已成了一座古堡，南京東路四段裏的一座城堡。我，一個人像十六世紀的鬼也似的在裏面悄悄的坐著啃指甲。

回台時帶的夏天衣服沒有幾件，迦納利群島沒有盛夏，跟來的衣服太厚了。

那次迪化街上剪了兩塊裙子布，送去店裏請人做，拿回來卻是說不出有什麼地方不合意，雖然心中挑剔，當時還是道謝了，不敢說請人再改的話，畢竟人家已經盡心了。

一向喜歡做手工，慢慢細細的做，總給人一份歲月悠長，漫無止境的安全和穩當。

我趴在地毯上，將新裙子全部拆掉，一刀一刀再次剪裁，針線盒中找不到粉塊，原子筆在布的反面輕輕細細的畫著。

原先收音機裏還放著音樂，聽了覺得外界的事物又是一層騷擾，啪一下給它關掉了。

說是沒有耐性的人，回想起來，過去每搬一次家，家中的窗簾便全是日日夜夜用手縫出來的。

最愛在晚飯過後，身邊坐著我愛的人，他看書或看電視，我坐在一盞檯燈下，身上堆著布料，兩人有一搭沒一搭的說著閒話，將那份對家庭的情愛，一針一針細細的透過指尖，縫進不說一句話的簾子裏去。然後有一日，上班的回來了，窗口飄出了簾子等他——家就成了。

有一年家裏的人先去了奈及利亞，輪到我要去的前一日，那邊電報來了，說要兩條短褲。知道我愛的人只穿斜紋布的短褲，瘋了似的大街小巷去找，什麼料子都不肯，只是固執而忠心的要斜紋。

走到夜間商店打烊，腿也快累斷了，找到的只有大胖子穿的五十四號，我無可奈何的買下了。連夜全部拆開剪小，五十四號改成四十二號，第二日憔悴不堪的上飛機，見了面衣箱裏拿出兩條新短褲，自己撲倒在床上呻吟，細密的針腳，竟然看不出那不是機器縫出來的東西。

縫紉的習慣便是這麼慢慢養成了，我們不富裕，又是表面上看去樸素，其實小地方依舊挑剔的人，家中修改的衣物總是不斷的。

難得回到自己的國家來，時間緊湊，玩都來不及才是，可是這生活少了一份踏實和責任，竟有些迷糊的不快樂和茫然。

天熱得令人已經放棄了跟它爭長短的志氣。冷氣吵人，電扇不是自然風，窗子不肯開，沒有風吹進來。

整整齊齊的針腳使自己覺得在這件事上近乎苛求，什麼事都不求完美的人，只是在縫紉上付出又付出，要它十全十美。而我，在這份看來也許枯燥又單調的工作裏，的確得到了無以名之的滿足，踏踏實實的縫住了自己的心。

開始縫裙子是在正午父母離家時間，再一抬頭，驚見已是萬家燈火，朦朧的視線裏，一室幽暗，要不是起身開燈，那麼天長地久就是一輩子縫下去都縫不轉的了。

深藍底小白點的長裙只差荷葉邊還沒有上去，對著馬上可以完工的衣服，倒是沒有什麼太大的喜悅。這便有如旅行一般，眼看目的地到了，心中總有那麼一份不甘心和悵然。

夜來了，擔心父母到了什麼地方會打長途電話回來，萬一電話筒老是擱著，他們一定胡思亂想。當然知道他們擔心什麼，其實他們擔心的事是不會發生的，這便是我的艱難了。

剛剛放好電話，那邊就響過來了，不是父母，是過去童年就認識的玩伴。

「我說你們家電話是壞了？」

「沒有，拿下來了。」
「週末找得到妳也是奇蹟！」
我在這邊笑著，不說什麼。
「我們一大群老朋友要去跳舞，都是妳認識的，一起去吧！」
「不去哦！」
「在陪家裏人？」
「家裏沒人，一直到明天都沒有人呢！」
「那妳是誰？不算人嗎？」那邊笑了起來，又說：「出來玩嘛！悶著多寂寞！」
「真的不想去，謝囉！」
那邊掛了線，我撲在地上對著那攤裙子突然心慟。
要是這條裙子是一幅窗簾呢！要是我縫的是一幅窗簾，那麼永遠永遠回不去了的家又有誰要等待？
冰箱裏一盆愛玉冰，裏面浮著檸檬片，我愛那份素雅，拿來當了晚飯。
吃完飯，倒了一盆冰塊，躺下來將它們統統堆在臉上，一任冷冷的水滴流到耳朵和脖子裏去。
電視不好看，冰完了臉再回到裙子上去，該是荷葉邊要縫窄些了。
想到同年齡的那群朋友們還在跳舞，那一針又一針長線便是整整齊齊也亂了心思。即使是跟了去瘋玩，幾小時之後亦是曲終人散，深夜裏跑著喊再見、再見，雖然也是享受，又何苦去湊那份不真實的熱鬧呢！

針線本不說話，可是電話來過之後，一縷縷一寸寸針腳都在輕輕問我：「妳的足跡要縫到什麼地方才叫天涯盡頭？」

針刺進了手指，緩緩浮出一滴圓圓的血來。痛嗎？一點也不覺得。是手指上一顆怪好看的櫻桃。

這麼漂亮的長裙子，不穿了它去跳圓舞曲，那麼做完了就送人好了。送走了再做一條新的。

鄰居不知哪一家人，每到夜間十二點整，鬧鐘必定大鳴。一定是個苦孩子考學校，大概是吃了晚飯睡一會兒，然後將長長的夜交給了書本。

鬧鐘那麼狂暴的聲音，使我嚇了一跳，那時候，正穿了新裙子低頭在綁溜冰鞋。家裏都是地毯，走幾步路都覺得侷促。燠熱的夜，膠水一樣的貼在皮膚上，竟連試滑一下的興致都沒有，懶懶的又脫了鞋子。

聽說青年公園有滑冰場，深夜裏給不給人進去呢？

這座城堡並不是我熟悉的，拉開窗簾一角看去，外面只是一幢又一幢陌生的公寓，看不見海上升起的那七顆大星。

夜，被夏日的鬱悶凝住了，不肯流過。拂曉遲遲不來，那麼我也去儲藏室裏找我的舊夢吧！

這個房間沒有什麼人進來的，一盞小黃燈昏暗，幾層樟木箱裏放著塵封的故事。

每一次回台灣來，總想翻翻那本沒有人再記得的厚書，重本紅緞線裝的厚書又被拿了出來，裏面藏著整個家族生命的謎。

《陳氏永春堂宗譜》放在膝蓋上，一個一個祖先的靈魂在幽暗的光影裏浮動，那些名字像鬼，可是他們曾經活活的一步一步從河南跋涉到浙江，再乘舟去定海。四百年的歲月重沉沉的壓在第幾世子孫的心頭。到我陳家已是第幾世了？

宗譜裏明明寫著：**女子附於父傳之末僅敘明夫婿姓名不具生卒年月日者以其適人詳於夫家也。**

難道女子是不入宗譜的嗎？在我們的時代裏，父親將為我續下一筆嗎？

最愛細讀祖父傳奇的故事，辛酸血淚白手成家的一生。泰隆公司經售美孚煤油，祥泰行做木材生意，順和號銷啟新水泥，江南那裏沒有他的大事業。可是祖父十四歲時只是一個孤零零小人兒，夾著一床棉被、兩件單衣和一雙布鞋到上海做學徒出來的啊！

晚年的祖父，歸老家鄉，建醫院，創小學，修橋鋪路，最後沒有為自己留下什麼產業，只是總在廟裏去度了餘生，沒有見過面的祖父，在我的身上也流著你的血液，為什麼不列上我一個名字呢！

家譜好看，看到祖宗塋葬的地點，便是怕了。

他們的結尾總是大大的寫著：**墳墓**。下面小字，葬什麼什麼地方，曾祖父葬**「下屋門口坐南朝北欄土墳門大樹下」**。

我放好了家譜，逃出了那個滿是靈魂的小房間。

櫃子裏翻出了自己小時候的照片，看看影中以前的自己，竟然比見了鬼還陌生。

歲月悠悠，漫長沒有止境，別人活了一生，終就還得了一個土饅頭。那我呢，已活了幾場人生了，又得了些什麼？

想到身體裏裝著一個生死幾次的靈魂，又嚇得不敢去浴室，鏡裏的人萬一仍是如花，那就更是駭人心碎了。

深夜的電話忘了再拿下來，是幾點了，還有人打進來找誰？我衝過去，那邊就笑了。

「知道妳沒睡，去花市好不好？」

「深夜呢！」我說。

「妳看看天色！」

什麼時候天已亮了。

「是不去的，門都上鎖了，打不開！」

「一起去嘛！也好解解妳的寂寞。」

聽見對方那個說法，更是笑著執意不去了。

寂寞如影，寂寞如隨，舊歡如夢，不必化解，已成共生，要割捨它倒是不自在也不必了。

我迷迷糊糊的在地毯上趴著，睡了過去。

醒來的時候，又是好一會兒不知身在何處。

多麼願意便這樣懶懶的躺下去，永遠躺在一棵大樹下吧！

可是記事簿上告訴我，這是台北，妳叫三毛，要去什麼地方吃中飯呢！

門鎖著，我出不去。開鎖嗎？為什麼？

知道主客不是自己，陪客也多，缺席一個，別人不是正好多吃一份好菜。

打電話去道歉，當然被罵了一頓，童年就認識的老朋友了，又罵不散的。

我猜為什麼一回台灣便有些迷失，在家裏，完全的呵護拿走了生命的挑戰和責任，不給負責的人，必然是有些不快樂的。

回來好多天了，不會用母親的洗衣機，胡亂將衣服用手搓了一下，拿去後陽台上曬。

對面後巷一個主婦也在曬衣服，我向她笑了一笑。她好像有些吃驚，還回頭看了一下。回什麼頭呢，妳又不是在街上，當然是專門笑給妳的嘛！

「你們的盆景長得真好呀！」我喊了過去。

她是不慣這種喊話的，看得出來。僵僵的瞄了我一眼，紗門砰的一響，人是不見了。

我慢慢的給竹竿穿衣服，心驚肉跳的，怕衣服要跌到樓下去。

一盆素心蘭曬到了大太陽，懶得搬它進房，順手撐起一把花傘，也算給它了一個交代。

這回離開，該帶一把美濃的桐油紙傘走囉！

傘是散嗎？下雨天都不用傘的人，怎麼老想一把中國傘呢！

以前做過那麼一個夢：倫敦雨霧迷濛的深夜街頭，孤零零的穿了一條紅豔如血的長裙子，上面撐著一面中國桐油傘，傘上毛筆寫著四個大字——風雨英雄。

醒來還跟身邊的人笑了一大場，那麼幼稚的夢，居然會去做它，好沒格調的。

弟弟打電話來，說是全家去故宮看好東西去，問我也去嗎？我不去，星期天的故宮更是不去了。

還有一條裙子沒有改，這條才是奇怪，三段式的顏色，旗子一樣。

當時裁縫做得辛苦，還笑著對我說：「這麼大膽的配色一輩子還沒做過。」拿回新裙子，才覺得反面的布比較不發亮，這種理由不能請人再改，於是全部拆開來給它翻個面。

熱熱鬧鬧寂寞的星期天啊，我要固執的將你縫進這條快樂而明豔的裙子裏去。

幻想這是一幅船旗，飄揚在夏天的海洋上。

嗅到海洋特有的氣息，覺著微風拂面長裙飛舞，那片藍澄澄的晴空，正串起了一架彩橋，而我，乘風破浪的向那兒航去。

船旗有許多種，代表不同的語言和呼喚。

我的這一幅只要拿掉一個顏色，就成了一句旗語——我們要醫生！

奇怪，是誰教我認的旗幟，又有誰在呼喚著醫生！

我寂寞的女人啊！妳在癡想什麼呢！

抬頭望了一眼書桌上的放大照片，我的眼光愛撫的纏著照片裏的人繾綣的笑了。什麼時候，又開始了這最親密的默談，只屬於我們的私語。

船長，我的心思你難道不明白嗎？一切都開始了，我只是在靜心等待著，等待那七顆星再度升空的時候，你來渡了我去海上！

家裏死一般的寂靜，針線穿梭，沒有聲音。

將這未盡的青春，就這樣一針一針的縫給天地最大的肯定吧！

午後的夏日沒有蟬聲，巷口悠長的喊聲破空而來——收買舊報紙舊瓶啊——

我停了針線，靜聽著那一聲聲勝於夜笛的悲涼就此不再傳來。可是那聲音又在熱熾如火的烈日下哀哀的一遍又一遍的靠近了。

想到父親書房鐵櫃上那層層疊疊的報紙，幾乎想衝下樓去，喚住那個人，將報紙全部送給他，再請他喝一碗涼涼的愛玉冰。

可是我不知父親的習慣，他收著報紙是不是有另外的用途。又疑心母親的錢是藏在什麼報堆裏，怕送走了一份雙方的大驚嚇。

竟是呆呆的聽著那喚聲漸行漸遠，而我，沒有行動，只是覺著滋味複雜的辛酸。

再去陽台上摸摸衣服，都已經乾了。將竹竿往天上一豎，藍天裏一件一件衣服直直的滑落下來，比起國外的曬衣繩又多了一份趣味，這陌生的喜悅是方才懂的，居然因此一個人微笑起來。

縐縐的衣服在熨斗下面順順貼貼的變平滑了，這麼熱的天再用熱氣去燙它們，衣服都不反抗，也是怪可憐的，它們是由不得自己的啊！

昨天吃的愛玉冰碗沒有沖洗，經過廚房一看，裏面淨是螞蟻。不忍用水沖掉這些小東西，只好拿了一匙砂糖放在陽台上，再拿了碗去放在糖的旁邊，輕輕的對牠們說：「過來吃糖，把碗還給我，快快過來這邊，不然媽媽回來你們沒命囉！」

想到生死的容易，不禁為那群笨螞蟻著急，甚而用糖從碗邊鋪了一條路，牠們還是不肯出來。

我再回房去縫裙子，等藍色的那一段縫好了，又忍不住想念著螞蟻，牠們居然還是不順著糖路往外爬。

我拿起碗來，將它輕輕地丟進了垃圾桶。就算是婦人之仁也好，在我的手中，不能讓一個不攻擊我的生命喪失，因為沒有這份權利。

三層的裙子很緩慢的細縫，還是做完了。我的肩膀痠痛，視線朦朧，而我的心，也是倦了。我將新裙子用手撫撫平，將它掛在另外一條的旁邊。

縫紉的踏實是它的過程，當這份成績放在眼前時，禁不住要問自己——難道真的要跟誰去跳圓舞曲，哪兒又吹著夏日海上的微風呢！

去浴室裏用冷水浸了臉，細細的編了辮子，換一件精神些的舊衣，給自己黯淡的眼睛塗亮，憔悴的臉上只一點點淡紅就已煥發。可是我仍然不敢對鏡太久，怕看見瞳人中那份怎麼也消失不了的相思和渴望。

星期天很快要過去了，吹不著海風的台北，黃昏沉重。翻開自己的電話簿，對著近乎一百個名字，想著一張張名字上的臉孔，發覺沒有一個可以講話的人。

在這個星期天的黃昏裏，難道真的跟誰去講兩條裙子的故事。

聽見母親清脆的聲音在樓下跟朋友們道別，我驚跳起來，飛奔到廚房去，將那一小鍋給我預備的稀飯慌忙倒掉，顧不得糟蹋天糧，鍋子往水槽裏丟下去。

父母還沒有走上樓，我一道道的鎖急著打開，驚見門外一大盒牛奶，又拾起來往冰箱裏亂塞。

他們剛剛進門，便笑著迎了上去：「回來啦！好不好玩？」

母親馬上問起我的週末來，我亮著眼睛喊著：「都忙不過來嘢！只有早飯是在家裏吃的，亂玩了一大場，電話又多，晚上還跟朋友去跳了一夜的舞呢！」

# 回娘家。

每當我初識一個已婚的女友，總是自然而然的會問她：「娘家在哪裏？」

要是對方告訴我娘家在某個大都市或就在當時住的地方時，我總有些替她惋惜，忍不住就會笑著嘆口氣，噯一聲拖得長長的。

別人聽了總是反問我：「嘆什麼氣呢？」

「那有什麼好玩？夏天回娘家又是在一幢公寓裏，那份心情就跟下鄉不同囉！」我說。

當別人反問起我的娘家來時，還不等我答話，就會先說：「妳的更是遠了，嫁到我們西班牙來——」

有時我心情好，想發發瘋，就會那麼講起來——「在台灣，我的爸爸媽媽住在靠海不遠的鄉下，四周不是花田就是水稻田，我的娘家是中國式的老房子，房子就在田中間，沒有圍牆，只有一叢叢竹子將我們隱在裏面，雖然有自來水，可是後院那口井仍是活的，夏天西瓜都冰鎮在井裏浮著。

「每當我回娘家時，要先下計程車，再走細細長長的泥巴路回去，我媽媽就站在曬穀場上喊我的小名，她的背後是裊裊的炊煙，總是黃昏才能到家，因為路遠——」這種話題有時竟會說了一頓飯那麼長，直到我什麼也講盡了，包括夏夜將娘家的竹子床搬到大榕樹下去睡覺，清早去林中挖竹筍，午間到附近的小河去放水牛，還在手絹裏包著螢火蟲跟姪女們靜聽蛙鳴的夜聲，白色的花香總在黑暗中淡淡的飄過來——

那些沒有來過台灣的朋友被我騙癡了過去，我才笑喊起來：「沒有的事，是假的啦！中文書裏看了拿來哄人的，你們真相信我會有那樣真實的美夢——」

農業社會裏的女兒看媽媽，就是我所說的那一幅美景。可惜我的娘家在台北，住在一幢灰色的公寓裏，當然沒有小河也沒有什麼大榕樹了。

我所憧憬的鄉下娘家，除了那份悠閒平和之外，自然也包括了對於生活全然釋放的渴望和嚮往。媽媽在的鄉下，女兒好似比較有安全感，家事即使完全不做，吃飯時照樣自在得很，這便是娘家和婆家的不同了。

我最要好的女友巴洛瑪已經結婚十二年了，她無論跟著先生居住在什麼地方，夏天一定帶了孩子回西班牙北部的鄉下去會媽媽。那個地方，滿是森林、果樹及鮮花，鄰居還養了牛和馬。夏天也不熱的，一家人總是在好大的一棵蘋果樹下吃午飯。

有一年我也跟了去度假，住在巴洛瑪媽媽的大房子裏，那幢屋頂用石片當瓦的老屋。那兒再好，也總是作客，沒幾天自己先跑回了馬德里，只因那兒不是我真正的娘家。

又去過西班牙南部的舅舅家，舅舅是婚後才認的親戚，卻最是偏愛我。他們一家住在安塔露西亞盛產橄欖的夏恩縣。舅舅的田，一望無際，都是橄欖樹，農忙收成的時候，工人們在前面收果子，不當心落在地上未收的，就由表妹跟我彎著腰一顆一顆的撿。有時候不想那麼腰痠背痛去辛苦，表妹就坐在樹蔭下繡花，我去數點收來的大麻袋已有多少包給運上了卡車。

田裏瘋累了一天回去，舅媽總有最好的菜、自釀的酒拿出來餵孩子，我們呢，電影畫面似的抱一大把野花回家，粗粗心心的全給啪一下插在大水瓶裏就不再管了。

涼涼的夜間，坐在院子裏聽舅舅講故事，他最會吹牛，同樣的往事，每回講來都是不同。有時講忘了，我們還在一旁提醒他。等兩老睡下了，表妹才跟我講講女孩子的心事，兩人低低細語，不到深夜不肯上樓去睡覺。

第二日清晨，舅舅一叫：「起床呀！田裏去囉！」表妹和我草帽一拿，又假裝去田上管事去了。事實上那只是虛張聲勢，在那些老工人面前，我們是尊敬得緊呢！

回憶起來，要說在異國我也有過回娘家的快樂和自在，也只有那麼兩次在舅舅家的日子。

後來我變成一個人生活了，舅舅家中人口少，一再邀我去與他們長住，誠心要將我當做女兒一般看待，只是我怕相處久了難免增加別人的負擔。再說，以我的個性，依靠他人生活亦是不能快樂平安的。舅舅家就再也不去了。

既然真正的父母住得那麼遠，西班牙離我居住的島上又有兩千八百哩的距離。每當我獨自一個人飛去馬德里時，公婆家小住幾日自然是可以，萬一停留的日子多了，我仍是心虛得想搬出去。

女友瑪麗莎雖然沒比我大兩歲，只是她嫁的先生年紀大些了，環境又是極好的人家。我去了馬德里，他們夫婦兩個就來公婆家搶人，我呢，倒也真喜歡跟了瑪麗莎回家，她的家大得可以捉迷藏，又有游泳池和菜園，在市郊住著。這個生死之交的女友，不但自己存心想對我盡情發揮母愛，便是那位丈夫，對待我也是百般疼愛，兩個小孩並不喊我的名字，而是自自然然叫「阿姨」的，這種情形在沒有親屬稱呼的國外並不多見，我們是一個例外。

在瑪麗莎的家裏，最是自由，常常睡到中午也不起床，醒了還叫小孩子把衣服拿來給阿姨換，而那邊，午飯的香味早已傳來了。

這也是一種回娘家的心情，如果當年與瑪麗莎沒有共過一大場坎坷，這份交情也不可能那麼深厚了。

可是那仍不是我的娘家，住上一陣便是吵著要走，原因是什麼自己也不明白。

在西班牙，每見我皮箱裝上車便要淚溼的人，也只有瑪麗莎。她不愛哭，可是每見我去，她必紅眼睛，我走又是一趟傷感，這種地方倒是像我媽媽。

過去在西德南部我也有個家，三次下雪的耶誕節，就算人在西班牙，也一定趕去跟這家德國家庭過十天半月才回來。當然，那是許多年前做學生時的事情了。

那位住在德國南部的老太太也如我後來的婆婆一樣叫馬利亞，我當時也是喊她馬利亞媽媽。有一年我在西柏林念書，講好雪太大，不去德國南部度節了，電話那邊十分失望，仍是盼著我去，這家人一共有四個孩子，兩男兩女，都是我的朋友。當時家中的小妹要結婚，一定等著我去做伴娘，其實最疼我的還是馬利亞媽媽，我堅持機票難買，是不去的了。

結果街上耶誕歌聲一唱，我在雪地裏走也走不散那份失鄉的悵然。二十三號決定開車經過東德境內，冒雪長途去西德南部。到的時候已是二十四日深夜，馬利亞媽媽全家人還在等著我共進晚餐。更令我感動的是，一入西德境內，尚在漢諾瓦城的加油站打了長途電話去，喊著：「過來了，人平安，雪太大，要慢慢開！」並沒有算計抵達南部小鎮的時間，車停下來，深夜裏的街道上，馬利亞媽媽的丈夫，竟然穿了厚大衣就在那兒淋著雪踱來踱去的等著我。

我車一停，跑著向他懷內撲去，叫了一聲：「累死了！車你去停！」便往那幢房子奔去。房間內，一牆的爐火暖和了我凍僵了的手腳，一張張笑臉迎我回家，一件件禮物心急的亂拆。那當然也是回娘家的感覺，可惜我沒有順著馬利亞媽媽的心意做他們家庭的媳婦。沒有幾年，馬利亞媽媽死了。當那個印著黑邊的信封寄到了我的手中時，我已自組家庭兩年了。

跟那一家德國家庭，一直到現在都仍是朋友，只是媽媽走了，溫暖也散了，在德國，我自是沒有了娘家可回。

飄流在外那麼多年了，回台的路途遙遠，在國外，總有那麼一份緣，有人要我把他們的家當成自己的家，這當然是別人的愛心，而我，卻是有選擇的。

去年搬了一次房子，仍在我居住的島上，搬過去了，才發覺緊鄰是一對瑞典老夫婦，過去都是做醫生的，現在退休到迦納利群島來長住了。

搬家的那一陣，鄰居看我一個人由清早忙到深夜，日日不停的工作，便對孤零零的我大發同情，他們每天站在窗口張望我，直到那位老醫生跑來哀求：「Echo，妳要休息，這樣日也做，夜也做，身體吃不消了，不能慢慢來嗎？」

我搖搖頭，也不肯理他的好意。後來便是那位太太來了，強拉我去一同吃飯，我因自己實在是又髒又忙又累，謝絕了他們。從那時候起，這一對老夫婦便是反覆一句話：「妳當我們家是娘家，每天來一次，給妳量血壓。」

起初我尚忍著他們，後來他們認真來照顧我，更是不答應了。最靠近的鄰居，硬要我當做娘家，那累不累人？再說，我也是成年人，自己母親都不肯去靠著長住，不太喜歡的鄰居當然不能過分接近。也只有這一次，可能是沒有緣分吧，我不回什麼近在咫尺的假娘家。

寫著這篇文字的時候，我正在台北，突然回來的、久不回來的娘家。

媽媽在桃園機場等著我時，看見我推著行李車出來，她衝出人群，便在大廳裏喊起我的小名來，我向她奔去，她不說一句話，只是趴在我的手臂上眼淚狂流。我本是早已不哭的人了，一聲：「姆媽！」喊出來，全家人都在一旁跟著擦淚。這時候比我還高的媽媽，在我的手臂中顯得很小很弱。媽媽老了，我也變了，怎麼突然母女都已生白髮。

十四年的歲月恍如一夢，十四年來，只回過三次娘家的我，對於國外的種種假想的娘家，都能說出一些經過來。

而我的心，仍是柔軟，回到真正的娘家來，是什麼滋味，還是不要細細分析和品味吧！這仍是我心深處不能碰觸的一環，碰了我會痛，即使在幸福中，我仍有哀愁。在媽媽的蔭庇下，我沒有了年齡，也喪失了保護自己的能力，畢竟這份情，這份母愛，這份家的安全，解除了我一切對外及對己的防衛。

有時候，人生不要那麼多情反倒沒有牽絆，沒有苦痛，可是對著我的親人，我卻是情不自禁啊！

本是畸零人，偶回娘家，滋味是那麼複雜。擲筆嘆息，不再說什麼心裏的感覺了。

# 逃亡。

認識張君默不知有多久了。

有一次，君默的散文中提到了三毛，少夫先生由香港千里迢迢的寄來了這份剪報，我看了內心有很多的感觸，亦是千山萬水的寫信去找這位陌生的作家，因而結下了這一段文字因緣。

幾個月前，與父母由歐洲返回台北，路經香港，在過境室裏打了電話找君默，卻沒有與他談到話，那一霎那間，心中真是惆悵。香港與台灣並不遠，可是這麼一交錯，又不知哪一年才能見面，人生原來都是如此的，想見的朋友，不一定能相聚，真見到了，可能又是相對無語，只是苦笑罷了，還有什麼好說的，這個人生難道還嘗得不夠嗎？

我的筆友並不多，通信的一些朋友大半都不寫文章，因此很難在信札裏大幅面的去接觸到一些沒有見過面的友人真正的心靈。君默便不太相同，我們通信雖然不算勤，可是他收錄在《粗咖啡》書中的每一篇散文我都仔細的念過了。

若說，一個作家的文字並不能代表他全部的自我，這是可以被接受的，可是我總認為君默的文字誠實而真摯，要他說說假話他好似不會，也寫不來。

君默的文筆非常流暢，一件件生活中的小事情經過他的眼睛與心靈之後，出來的都是哲學。文字中的君默是個滿抱著悲天憫人情懷的真人，他說得如此的不落痕跡，可說已是身教而不是言教的了，雖然他用的是一支筆。

總覺得君默對生命的看法仍是辛酸，雖然在他的文字和生活中對自由、對愛、對美有那麼渴切的追求，可是他的筆下仍藏不住那一絲又一絲的無奈和妥協，每看出這些心情，我也是辛酸。畢竟，還是悲劇性的君默呵。

一旦君默在現實與理想不能平衡的時候，一旦他覺得身心的壓力都太重的時候，他便「度假去了」，我稱他的度假叫做「逃亡」。

欣賞他的逃，起碼他還懂得逃開幾日，逃去做一個小孩子，忘掉一切又一切的煩惱，看見他逃了又得回來，我總是想嘆息，人沒有囚他，他沒有囚自己，是他甘心情願回來的，因為君默不只是為自己活，在這世上還有另外幾個息息相關的人要他去愛、去負擔，這份責任，君默從來沒有推卻過，雖然他也許可以無情，也許可以不去理會，可是他不能——因為他不忍。

世上又有多少如同君默的人，默默的受下了這副生活的擔子，為了父母，為了孩子，為了親人，這的確是一種奉獻，可是生命是無可選擇的，責任也是無法逃避的，也因為如此，這個世界仍有光輝，雖然照亮別人是必須先燃燒自己的，可是大部分的人都做了。

喜歡君默的是他如一幅潑墨畫，再濃的畫，也留了一些空白，他懂得透透氣，哪怕是幾分鐘也好，這內心的「閒靜」是一個聰明人才能把握的。更欣賞他的赤子之心，好似生活複雜，情感沒有歸依，整日又在生活的洪流裏打滾，可是他的童心，總也磨不掉，你給它機會，它便會顯出來，這是最最可貴的。

君默是個有情人，對父母，對孩子，對朋友，甚而對花草動物都是天地有情。這真是好，卻又為他痛惜，難道不懂得「多情卻是總無情」的道理嗎？這一點，君默與我是很相似的，我卻想勸他什麼呢？

最近君默給我來了一封信，他說「人的不快樂，往往是因為對生命要求太多而來的，如果我們對這個人生一無所求，便也不會那麼苦痛了」。當然，這是他在沒有文字來安慰我目前的心情下，寫出來開導我的話，我知他亦是在痛惜我。

可是君默，我們都不是那樣的人，你的書，我的書，我們所寫的，我們所做的，都是不肯就如此隨波而去，了此一生。我們仍是不自覺的在追尋，在追尋，又在追尋，雖然歲月坎坷，可是如果我不去找，我便一日也活不下去，如果你現在問我：「三毛，妳在追尋什麼？」我想我目前只會無言苦笑，答也答不出來，可是我在等待再次的復活，如果沒有這份盼望，我便死了也罷。你亦是同樣的性情中人，你呢？你呢？你教教我吧！

# 往事如煙。

拓蕪囑我給他的新書寫序，回國快兩個月了，遲遲未能動筆。今天恰好由學校去台北父母家中，收到拓蕪寄來的《左殘閒話》，我將它帶到陽明山上來，燈下慢慢翻閱，全本看完已近午夜了。

合上了那本稿件，我在書桌前坐了一會兒，又熄了燈，到校園裏走了一圈。夜很靜，風吹得緊，大樓的台階空曠，我便坐了下來，對著重重黑影的山巒發怔。

無星無月雲層很厚的天空，不是一個美麗的夜晚，坐著坐著，拓蕪、桂香、杏林子（劉俠）、劉媽媽、我自己，這些人走馬燈似的影像，緩緩的在眼前流動起來，活生生的表情和動作，去了又繞回來，來了又去，彷彿一座夜間的戲台——

只是看見了光影，可是久久聽不到聲音，默片也似川流不息的人，老是我們幾個，在那兒上上下下。

還說沒有聲音呢，桂香不就在我旁邊笑？笑聲劃破了雲層，笑的時候她還拍了一下手，合在胸前，上半身彎著，穿了一件毛線衣，坐在一張圓板凳上，那時候，她跟我們在說什麼？

在說的是《代馬》。我說：如果我是拓蕪，這個一系列的「代馬輸卒」就一輩子寫下去，不但手記、續記、補記、餘記，還要增記、追記、再記、七記、八記、重記、疊記……再沒有東西好寫的時候，賴也還要賴出一本來，就叫它《代馬輸卒賴記》。

拓蕪聽了哈哈大笑，問我：賴完了又如何？

桂香就那麼一拍手，喊著——就給它來個「總記」呀！

那一年，拓蕪北投違章建築裏的笑語滿到小巷外邊去。好像是個年夜，小旌忙出忙進的來要錢，錢換成了爆仗，啪一下啪一下的往外丟，我們這些大人，坐在明亮亮的燈火下，一片歡天喜地。

接著怎麼看見了我自己，劉俠坐在我對面，定定的看住我；劉媽媽拉住我的手；我呢，為什麼千山萬水的回來，只是坐在她們的面前哀哀的哭？

再來又是桂香和拓蕪，在台北家中光線幽暗的書房裏，我趴在自己的膝蓋上不能說話，他們為什麼含著淚，我為什麼穿著烏鴉一般的黑衣？

同樣的書房繞了回來，是哪一年的盛夏？劉俠的聲音從電話那邊傳來，拓蕪唯一能動的手握著話筒，說著說著成了吼也似的哽聲。那一回，拓蕪是崩潰了。也是那一回，我拿冰凍的毛巾不停的給拓蕪擦臉，怕他這樣的爆發將命也要賠上。

而後呢？劉媽媽來了，劉媽媽不是單獨的，劉俠的旁邊，永遠有她。這一對母女一想就令人發呆，她們從沒有淚，靠近劉媽媽的時候，我心裏平和。

然後是哥倫比亞了，山頂大教堂的陰影裏，跪著旅行的我，心裏在念這些人的名字——固執的要求奇蹟。

這些片段不發生在同一年，它們在我眼前交錯的流著。迦納利群島的我，握住信紙在打長途電話，劉俠的聲音急切：「快點掛掉，我的痛是習慣，別說了，那麼貴的電話——」我掛了，掛了又是發呆。

旅行回來，到了家便問朋友們的近況，媽媽說：「桂香死了！」我駭了一跳，心裏一片麻冷，很久很久說不出話來，想到那一年夜間桂香活生生的笑語，想到她拍手的神情，想到那是我唯一一次看見桂香的笑——直到她死，大約都沒有那麼樣過了，想到小旌，想到拓蕪，我過了一個無眠的夜。

山上的夜冷靜而蕭索，蘆花茫茫的灰影在夜色裏看去無邊無涯的寂，華岡為什麼野生了那麼多的蘆花，沒有人問過，也沒有人真的在看它們。

我回到自己的小房間去，沏了熱茶，開了燈，燈火下的大紅床罩總算溫暖了冬日的夜。校園裏的光影慢慢淡了下去，竟都不見了。

代馬的足音朦朧，劉俠在經營她的「伊甸」，迦納利群島只剩一座孤墳，桂香也睡去，小旌已經五年級，而我，燈火下，仍有一大疊學生的作業要批改。

過去的已經過去了，共過的生，共過的死一樣無影無蹤，想起這些往事，總也還是怔怔。

寫到這兒，我去台北看父母親，劉俠的請帖放在桌上，請我們去做感恩禮拜，她的「伊甸之夢」慢慢成真，我們要聚一次，見見面，一同歡喜。

請帖上拓蕪要讀經文，又可以看見他。我們三個人雖在台灣，因為各自繁忙，又尚平安，竟是難得見面了。

在景美溪口街是一個大晴天，一進教堂的門就看到坐在輪椅上的劉俠。在這兒，扶枴杖的、打手語的、失去了視力的、燒傷了顏面的一群朋友就在和煦的陽光裏笑，接觸到的一張張臉啊，裏面是平安。

拓蕪坐在台上，我擠進了後排的長椅，幾度笑著跟他輕輕的招手，他都沒有看見。

那一本本《代馬》裏面的小兵，而今成了一個自封的左殘。

左殘不也是站著起來一步一蹶的走上了台，在這兒沒有倒下去的人。

牧師說：「有的人肢體殘了，有的人心靈殘了，這沒有什麼分野，可能心靈殘的人更叫人遺憾……」

我聽著他說話，自己心虛得坐立不安，他說的人是不是我？有沒有？我有沒有？

劉俠說會後請我們去「伊甸中心」茶點，我慢慢的走去，小小的中心擠滿了笑臉，我站在窗外往裏張望，看見拓蕪坐著，我便從外面喊他：「拓蕪！拓蕪！我在這兒啊！」

雖然人那麼多，喊出了拓蕪的名字，他還是歡喜的擠到窗口來，叫著：「妳進來！妳擠進來嘛！」

這時候，一陣說不出的喜悅又湧上了我的心頭，就如看見劉俠和她父母那一霎那的心情一樣，我們這幾個人，雖然往事如煙，這條路，仍在彼此的鼓勵下得到力量和快樂。沒有什麼人是真殘了，我們要活的人生還很長，要做的事總也做不完，太陽每天都升起，我們的淚和笑也還沒有傾盡。

那麼，好好的再活下去吧，有血有肉的日子是這麼的美麗；明天，永遠是一個謎，永遠是一個功課，也永遠是一場挑戰。

三個人的故事其實仍然沒有完。劉俠正在殉道；我在為學生，拓蕪呢，拓蕪早已不在軍中，小兵退役了，左殘還是沒有什麼好日子，他的故事從來沒有人間的花好月圓，他說的，只是坎坷歲月，好一場又一場坎坷的人生啊！

《代馬》裏的拓蕪說他自己一生沒有參加過什麼轟轟烈烈的戰役，這句話從某一個角度上看來，也許是真的，可是這個人所受的磨難，我們該叫它什麼？生活中瑣瑣碎碎永無寧日的辛酸，你叫不叫它是戰役？

《左殘閒話》裏的拓蕪，慢慢的跟你話家常，我也跟你話了一場劉俠、拓蕪和我自己三人的家常。

這篇短文字，送給拓蕪的新書作「跋」，如果他堅持要當做「序」，也只有順他的心意了。

擱筆的現在，看了一下窗外，冬日的陽光正暖，是個平和而安靜的好天氣。

# 你是我特別的天使。

小姑：

我們一直等您，不想睡。可是也許會睡著。您可以在這裏做功課。謝謝小姑！

天恩
天慈 留的條子
一月二十六日　晚上十點鐘

夜已深了，知道太深了。還是在往父母的家裏奔跑。軟底鞋急出了輕輕的回聲，不會吹口哨的少年，在心裏吹出了急著歸去的那首歌。

今天的心，有些盼望，跟朋友的相聚，也沒能盡興。怎麼強留都不肯再談，只因今天家裏有人在等。只因今天，我是一個少年。

趕回來了，跑得全身出汗，看見的，是兩張紅紅的臉，並在一起，一起在夢裏飛蝶。

這張字條，平平整整的放在桌上。

再念了一遍這張條子，裏面沒有怨，有的只是那個被苦盼而又從來不回家的小姑。

「您」字被認真的改掉了，改成「您」。盡心盡意在呼喚那個心裏盼著的女人。

小姑明天一定不再出去。對不起。

您可以在這裏做功課，妳們說的。妳們睡在書桌的旁邊，仍然知道；小姑的夜不在臥室，而在那盞點到天亮的孤燈。

那盞燈，仍然開著，等待的人，卻已忍不住困倦沉沉睡去。小姑沒有回來，字條上卻說：「謝謝小姑！」

恩、慈並排睡著，上面有片天。

十點鐘的一月二十六日，小姑沒有回家，妳們說：「也許會睡著」，又是幾點才也許？天慈的手錶，沒有脫下來，是看了第幾百回錶，才悵然入夢？

我想靠近妳們的耳邊去說，輕輕的說到妳們的夢裏去——小姑回來了，在一點三十七分的一月二十七日。小姑今天一定不出去。對不起，謝謝妳們的也許。

「我們早上醒來的時候，看見妳的房間還有燈光。再睡一下，起來的時候，又沒有了妳的光。後來十一點的時候，又來偷看，妳就大叫我們倒茶進來了……」

一句話裏，說的就是時候，時候，又時候，妳們最盼望的時候，就是每天小姑叫茶的時候，對不對？

今天小姑不跟任何人見面，小姑也不能再跟妳們一起去東方出版社。小姑還要做功課，可是妳們也可以進來，在書房裏賴皮，在書房裏看天恩的《孤雛淚》，看天慈的《亞森羅蘋》。也可以蓋圖章、畫圖畫、吃東西、說笑話、打架、吵架，還有，聽我最愛的英文歌：〈你是我特別的天使〉。聽一百遍。

十歲了，看過那麼多故事書，寫過五個劇本，懂得運用三角尺，做過兩本自己的書，還得到了一個小姑。

十歲好不好？雙胞胎的十歲加起來，每天都是國慶日。雙十年華，真好，是不是？

初見妳們是在醫院裏。

再見妳們已經三歲多了。

妳們會看人了，卻不肯認我——這個女人太可怕，像黑的外國人。妳們躲在祖母的身後，緊緊拉住她的圍裙。那個女人一叫妳們的名字，妳們就哭。

不敢突然嚇妳們，只有遠遠的喚。也不敢強抱妳們，怕那份掙扎不掉的陌生。

「西班牙姑姑」是妳們小時候給我的名字，裏面是半生浪跡天涯之後回來的滄桑和黯然。

妳們不認我，不肯認我。

我是那個妳們爸爸口中一起打架打到十八歲的小姐姐，我也是一個姑姑啊。

第一次婚後回國，第一次相處了十天總是對著我哭的一對，第一次耐不住性子，將妳們一個一個從祖母的背後硬拖出來痛打手心。然後，做姑姑的也掩面逃掉，心裏在喊：「家，再也不是這裏了——這裏的人，不認識我——」

小姑發瘋，祖母不敢擋，看見妳們被拚命的打，她隨著落下了眼淚。不敢救，因為這個女兒，並不是歸人。

祖母一轉身進了廚房，妳們，小小弱弱又無助的身子，也沒命的追，緊緊依靠在祖母的膝蓋邊；一對發抖抽筋的小貓。嗚嗚的哭著。

那麼酷熱的週末，祖父下班回來，知道打了妳們，一句話也不說，冒著鐵漿般的烈陽，中飯也忘了吃，將妳們帶去了附近公園打鞦韆。他沒有責備女兒——那個客人。

那一個夜晚，當大家都入睡的時候，小姑摸黑起來找熱水瓶，撞上了一扇關著的門。這裏不能住了，不能不能了。這裏連門都摸不清，更何況是人呢？也是那個晚上，鏡裏的自己，又一度沒有了童年，沒有了名字。看見的反影，只是陳田心的妹妹和陳聖、陳傑的姐姐；那個不上不下，永遠不屬於任何人的老二。沒有人認識我，偏在自己的家園裏。不能了，真的再也不能了。

三件衣服、兩條牛仔褲，又摺了起來。那個千瘡百孔的旅行袋裏，滿滿的淚。

告別的時候，妳們被爸爸媽媽舉了起來，說：「跟小姑親一個！」

妳們轉開了頭，一個向左，一個向右。

小姑，笑了笑，提起了手裏拎著的九個愛檬芒果，向父母中國，重重的點了點頭，轉身進了出境室。

那本寫著西班牙文的護照，遞上櫃檯的時候，一片又一片台北的雨水。唉！這樣也好，轉開頭吧！

妳們是被媽媽推進來的，推進了今天這一間可以在裏面做功課的書房。

兩人一起喊了一聲小姑，小姑沒有回答，只是背過了身子，不給妳們看見變成了兩個大洞的眼睛。

孩子的身上，沒有委屈，大人的臉，卻躲不掉三年前的那句問話：「提那麼多的芒果又去給誰吃呀？」

那一年，妳們進了新民小學。第一次做小學生，中午打開便當來，就哭了。雖然媽媽和大姑一直在窗外守著妳們。可是，新的開始還是怕的，怕成了眼淚，理所當然的哭。

也是那一年，小姑也重新做了一次小學生，對著飯菜，也哭了起來，不能舉筷子。

「妳是什麼樹？說！」洞穴裏的兩個女巫兇狠狠的在問。

「芒果樹！」變樹的小姑可憐兮兮的答。

「怎麼變成樹了呢?不是叫妳變成掃把給我們騎的嗎?!」女巫大喊，從桌子底下鑽出來打。

「妳們的魔咒弄錯了！」

「再變！變三個願望給我們，快點！不然打死妳這棵樹——」

「給妳恩，給妳慈，再給妳一片藍天——」

「這個遊戲不好玩，我們再換一個吧！」

三個小學生，玩了四個月，下學期來了，一個沒有去新民小學。她，沒有再提什麼東西，也就走了。她，已經被女巫變成了樹，一棵在五個月裏掉了十五公斤葉子的樹。

樹走的時候，是笑了一笑的，再見，就沒有說了。

不，那只是一場遊戲，一場又一場兒童的遊戲。我們賣愛情水、迷魂膏、隱身片、大力丸。我們變九頭龍、睡美人、蛋糕房子和人魚公主。我們變了又變，哈哈大笑，裏面千千萬萬個名字，裏面沒有一個叫小姑。

唉，這樣也好，遠遠的天涯，再不會有聲音驚醒那本已漫長的夜。

「我們回家囉！妳最好在後陽台上看一看我們經過。」這麼不放心的一句話，只不過是：放學、下校車、奔上祖父母的家，做一小時的功課，吃點心，看十五分鐘卡通片。然後極少極少的一次，媽媽下班晚了趕做飯，爸爸事情忙趕不來接的；經過一條巷子，回父母的家。

恩慈兩個家，忙來忙去背著書包每天跑。

「小姑明天見！小姑明天見！小姑明天見……」

一路碎步走，一路向陽台叫了又喊再揮手。

那個明天，在黃昏六點半的聯合新村，被嘩啦嘩啦的喊出了朝陽。

陽台上的小姑，想起了當年的遊戲和對話：「再變！變出三個願望來給我們，快點！不然打死妳這棵樹——」

這個遊戲不好玩，太重了。可是我的回答，再也不能換。

因為，妳們喊了三遍我的名字。第八年就這麼來了。

然後，同樣那只旅行袋和牛仔褲，又走了。

「小姑，我們一直在等妳。阿ㄧˋ阿孃（寧波話祖父母）去了美國ㄌㄩˇ行。爸爸媽媽在上班，我們暑假在大姑家玩。請妳快快回來。妳在做什麼？快快回來跟我們玩遊戲和教ㄉㄠˇ我們好不好？妹妹和我畫了兩張ㄊㄨˊ畫給妳。在這裏，寄給妳看。

天恩」

一張甜蜜，都是花和小人，還有對話。一張內臟密密麻麻的機器人，咕咕咕的說著看不懂的符號。也是開信的那一霎間，迦納利群島的天空有了金絲雀飛過的聲音。郵局外面的女人，不肯再賣郵票。她去買了一張飛機票。為了一朵花和一個機器人。

「妳又要走啦?!」

一包一包的書和零碎東西攤在書房，兩個放學的小人蹲在旁邊看，聲音卻很安然。

「我們三個一起走，天涯海角不分手。幫忙提書呀！上陽明山去。」

二十五個小口袋的書，兩個天使忙了來回多少次才進了宿舍。再沒有轉向左邊，也沒有轉向右邊。小姑不親吻妳們，妳們長大了，而小時候，卻又不敢強求。怕那一兩朵玫瑰花瓣印在頰上的時候，突然舉步艱難。

「這是妳們的第三個家。左邊抽屜給恩，右邊抽屜給慈，中間的給小姑學生放作業，好不好？」

欣喜的各自放下了一顆彩色的糖，三顆心在華岡有了安全的歸宿和參與。

「妳打不打妳的學生？」「不打。」「很壞的呢？」「也不打。」「還不打？」「這個時代，輪到學生來打老師囉！」「我們不來的時候妳一個人怕不怕鬼？」「不怕。」「真的鬼哦！怕不怕？」「真的鬼就是姑丈嘛！」「妳就一個人住啦？」「不然呢？」「我們的林慧端老師跟先生住，還有一個小孩。」「我不是妳的老師，我是小姑。」「林老師比妳漂亮，跟媽媽差不多好看——」

講話、搬書，另一個家和城堡，在天使的手裏發光。天使不再來了，小姑週末下山去看她們，接到阿ㄚˋ阿孃的家裏來睡，一起賴在地上，偷偷講話到很晚，不管阿孃一遍又一遍進來偷襲叱罵。

我們只有一個童年和週末，為什麼要用它去早早入夢？

天使說：我們林老師比妳漂亮，跟媽媽差不多好看。小姑開始偷看恩慈的作文簿，一句一句林老師的紅筆，看出了老師的美，看見了老師的苦心。也知道孩子的話裏，除了：「三毛說她不在家。」的那種電話裏，沒有謊言。

星期四的黃昏，小姑去了新民小學，去得太早，站在校門外面數樹上的葉子。數完兩棵樹，數出了一個又一個紅夾克的小天使。慈先下來，本能的跑去排隊上校車，操場上突然看見小姑，臉上火花也似的一燦，燒痛了小姑的心，恩也接著衝下來，笑向小姑跑。

接著的表情，卻很淡漠，那張向妳們不知不覺張開的手臂，落了空。這，住在台北，也慢慢習慣了。我向妳們笑了一笑，唉！這樣也好。

也是為林老師去的，卻又沒能跨進教室，又能告訴她多少她給予的恩和慈？沒有進去，只因欠她太多，那個不能換的三個願望，是林老師在替我給。只看孩子那麼愛上學、愛老師，就知道裏面沒有委屈，有的是一片藍天和一群小人。

小天使一群又一群的出來，馬主任居然叫得出恩慈的名字，分得清她們的不同。在這小小的事情上，又一次感激新民小學的一草一木。

第二天，兩個孩子搶著拿信給林老師，一封信被分放在兩個信封裏，裏面是家長的感謝。孩子回來做功課，打來罵去，算不出算術的角度。橡皮鉛筆丟來丟去，其實也只為了堅持自己的答案。

「雙胞胎打架，自己打自己，活該！」小姑從來不勸架，打著罵著一同長大，大了更親密。說完這話本能的一凜：雙胞胎不是自己和另一個自己？順口說的笑話，將來各自分散去生活時，缺不缺那永遠的一半？

「小姑跟姑丈也是雙胞胎。」「亂講！亂講！」「妳們長大了也是要分開的，想清楚！」

「早嫁早好，省得妹妹煩。」「妳跟男人去靠，去靠！就生個小孩子，活該！」「妳又知道什麼鬼呀！還不是張佩琪講的。」

十歲的女孩，送子鳥的故事再也不能講了。小姑搶來紙和筆，畫下了一個床：叫做子宮。

「原來就是這個呀，媽媽早就講過了，枯燥！」

恩慈，妳們一向擁有爸爸媽媽和祖父母。小姑不知能在妳們的身邊扮演什麼角色，就如每一次的家庭大團圓時將小姑算單數而其他的人雙數一樣的真實，她從來不能屬於任何人。

「請妳馴養我吧！」我的心裏在這樣喊著。小王子和狐狸的對話，說過一次，孩子說不好聽，她們要聽吸血鬼。還是請妳馴養我吧！不然我也只能永遠在陽台上看妳們。

每一個週末，妳們盼望著來小姑的書房打地舖。陽明山的作業帶下山來批改，約會座談帶下山來應付。那份真正的歡悅，仍然在孩子。

那個六點一定要出去、深夜一兩點才回來的姑姑，就是在一起也沒法子跟妳們一起入夢的姑姑。週末的相聚往往匆匆，只有夜和燈在妳們的腕錶上說：「小朋友，睡覺囉！姑姑不能早回來。」

這樣也好，不必朝朝暮暮。

也不能請妳們馴養我，大家遠遠的看一眼就算好了。

我不敢再在下午三點半的時候去接任何人。

可是，小姑是寵的。物質上，寵的是文具和那一城兒童書籍的東方出版社。精神上，寵著一份不移的愛和真誠，裏面不談尊敬。

「不得了！寵壞人了，帶回去，不許再來睡了！」

「你只知道大聲罵、罵、罵，你做你的爸爸，我做我的小姑，她們在這裏住滿三天，我——說——的——」

小姑和爸爸都高了聲音，為什麼突然不懂得成長之後的客客氣氣了？只因為小姑——我們只有一個童年，你要孩子的回憶裏做什麼樣的夢？又能不能保證她們成年的日子全是繁花似錦？現在能夠把握的幸福，為什麼永遠要在糾正裏度過？為什麼不用其他的遊戲快快樂樂的將童年不知不覺的學過、也玩過？我要留你的孩子三天，請答應我吧！

「小姑給妳們的錢是請妳們小心花用的，不能繳給爸爸，懂不懂？」

不懂不懂，兩次都乖乖的繳掉了。

「吃飯的時候不駝背。是人在吃飯，不是為了吃飯去將就碗。我們把碗舉起來比一比，看誰最端正，好不好？」那個不得已的食，也沒有了委屈。

好孩子，慢慢懂得金錢的能力，再慢慢瞭解金錢的一無用處吧！保護自己，孩子，學會保護自己啊！

雙胞胎的路，真正一個人跨出去的時候，又比別人多了一份孤單。

放學了，看見小姑在家，笑一笑，喊一聲。看見了祖母，這才一起亂叫起來：「阿孃！阿孃！我考第二名，我考第三名，我考第二第三名，我考……」

姑姑，看呆了眼睛，看見祖母的手臂裏左擁右抱，滿臉的幸福，只會不斷的說：「好乖、好乖啊！」

童年的大姑和小姑，沒有名次可以比。小姑也從來沒有一張全部及格的成績單。「姆媽，我考第一名我考第一名我考第一名……」的聲音裏，永遠聽不見小姑的聲音。

小姑沒有被抱過，承受了一生的，在家裏，只是那份哀憫的眼光和無窮無盡父母手足的忍耐；裏面沒有欣賞。

孩子，我總也不敢在拉妳們過街的時候，只拉恩的手或慈的手。小姑粗心，可是小姑一隻手管一個。因為小姑的童年裏，永遠只是陳田心的妹妹，那個再也不會有第一名第二名的羞孩子。

前幾天，大姑的學生鋼琴發表會。大家都去了，會後小姑講了一個學琴的故事，在台上。講完了，小姑出去開車，小姑實在太累了，沒有看清楚雨天的地，將車子和人一起衝進了藝術館旁邊的池塘。

被妳們的爸爸拉出了水，全家人撐著傘跑過來看。小姑出水的第一件事情，不是看大人的臉色，小姑偷偷很快的看了妳們一眼，怕妳們受到驚嚇，怕妳們突然明白旦夕禍福的悲哀。

妳們的臉，很平靜，沒有一句話。大人的臉，很開心，他們以為，小姑早已刀槍不入了，又何況只是一片淺淺的池塘。

酷寒大雨的夜晚，妳們被匆匆帶回去，走的時候兩個人推來擠去，頭都沒有再回一下。好孩子，天晚了，應該回去睡覺，吊車子不是孩子的事，又何必牽絆呢？

回到家裏，夜深人靜的時候，坐在書房裏，為著妳們的那個——不——回——頭，小姑用一張化妝紙輕輕蒙上了眼睛。

唱機上，放的又是那首歌：〈你是我特別的天使〉。

學校放假了，妳們搬來住書房。小姑也搬下山來了，一同搬來的是那三班的學期報告和待批的成績。

妳們一說起小姑的落水，就是咯咯的笑。小姑也笑，一面笑一面用紅筆在打學生的作業。小姑跟妳們一起亂笑，什麼都笑。右手的紅筆，一句一句為作業在圈：多——情——應——笑——我——早——生——華——髮——人——生——如——夢——一——尊……

「出去看電視吧！求求妳們，不要再吵啦！小姑要精神崩潰了，出去呀!!」

恩慈不理，一個趴在膝蓋上，一個壓在肩膀上，爭看大學生說什麼話。

「求求妳們，去看卡通片吧！卡通來了。」

「什麼卡通？妳，就是我們的卡通呀！」

說完不夠，還用手彈了一下小姑的面頰，深情的一笑。

「小丑！小丑！小姑！小丑！」大叫著跑出去，還叫：「打開電視，卡通來了，今天演什麼？」

她們唱了，又蹦又跳的在齊唱又拍手：「有一個女孩叫甜甜，從小生長在孤兒院……」

不滿三歲時不認識也不肯親近，而被痛打的恩慈；七年過去了，小姑從來沒有忘過那一次欺負妳們的痛和歉。這些年來，因為打嚇過妳們，常常覺得罪孽深重而無法補救。

今天，小姑終於知道自己在妳們身邊扮演的角色。那麼親愛、信任、精確的告訴了姑姑，原來自己是孩子生活裏的哪一樣東西。這樣東西，再不給妳們眼淚，只叫妳們唱歌。

終於被馴養了——一時百感交集。我們已經彼此馴養了。

卡通片在電視機內演完了，書房還有活的卡通和小丑。

孩子衝進來又賴在人的身上，啪一下打了我的頭，說：「又聽同樣的歌，又聽又聽，不討厭的呀！煩死了……」

好，不再煩小孩——打得好——換一首。又是英文的，真對不起。有人在輕輕的唱：「那些花啊——去了什麼地方？時光流逝，很久以前……那些少女啊——又去了什麼地方？時光遠去，很久很久以前……什麼時候啊——人們才能明白，才能明白，每一個人的去處……」

# 朝陽為誰升起。

那隻小豬又胖了起來。

豬小，肚子裏塞不下太多東西，它也簡單，從不要求更多，餵那麼兩件襯衫、一條長裙、一把梳子和一支牙刷，就滿足的飽了。

我拍拍它，說：「小豬！我們走吧！」

窗外，又飄著細雨，天空，是灰暗的。

拿起一件披風，蓋在小豬的身上，扛起了它，踏出公寓的家。走的時候，母親在沙發邊打電話，我輕輕的說：「姆媽，我走了！」

「妳吃飯，火車上買便當吃！」母親按住話筒喊了一聲。

「知道了，後天回來，走啦！」我笑了一笑。

一個長長的雨季，也沒有想到要買一把傘。美濃的那一把，怕掉，又不捨得真用它。

小豬，是一只咖啡色真皮做成的行李袋，那一年，印尼峇里島上三十塊美金買下的。行李袋在這三年裏跟了二十多個國家，一直叫它小豬。用過的行李都叫豬：大豬、舊豬、秘魯豬、花斑豬。一個沒有蓋的草編大籐籃，叫它豬欄。

其中，小豬是最常用又最心愛的一只。人，可以淋雨，豬，捨不得。

出門時，母親沒有追出來強遞她的花傘，這使我有一絲出軌的快感，趕快跑下公寓的三樓，等到站在巷子裏時，自自然然的等了一秒鐘，母親沒有在窗口叫傘，我舉步走了。右肩背的小豬用左手橫過去托著，因為這一次沒有爭執淋雨的事，又有些不習慣，將小豬抱得緊了些。

只要行李在肩上，那一絲絲離家的悲涼，總又輕輕的撥了一下心弦，雖然，這只是去一次外縣。每一個週末必然坐車去外縣講演的節目，只是目的地不同而已。

可是，今天母親在接電話，她沒有站在窗口望我。

車子開過環亞百貨公司，開過芝麻百貨公司，開過遠東百貨公司，也慢慢的經過一家又一家路邊掛滿衣服的女裝店。雨絲隔著的街景裏，一直在想：如果週末能夠逛逛時裝店，想來會是一種女人的幸福吧！哪怕不買，看看試試也是很快樂的，那麼遙遠的回憶了，想起來覺得很奢侈。

小豬裏的衣服，都舊了，沒有太多的時間去買新的。在台北，一切都很流行，跟不上流行，舊衣服也就依著我，相依為命。這一份生命的妥貼和安然，也是好的，很舒服。

候車室裏買了一份《傳記文學》和《天下雜誌》，看見中文的《漢聲》，雖然家中已經有了，再見那些米飯，又忍不住買了一本。這本雜誌和我有著共同的英文名字，總又對它多了一份愛悅。

「妳的頭髮短了兩吋。」賣雜誌的小姐對我說。

我笑了笑，很驚心，頭髮都不能剪，還能做什麼？賣雜誌的小姐，沒有見過。

剪票的先生順口說：「又走啦！」

我點點頭，大步走向月台，回頭去看，剪票的人還在看我的背影，我又向他笑了笑。

那一班午後的莒光號由台北開出時很空，鄰位沒有人來坐，我將手提包和雜誌放在旁邊，小豬請它擱在行李架上。

前座位子的一小塊枕頭布翻到後面來，上面印著賣電鑽工具的廣告，位子前，一塊踩腳板。大玻璃窗的外面，幾個送別的人微笑著向已經坐定了的旅客揮手，不很生離死別。

月台上一個女孩子，很年輕的，拎著傘和皮包定定的望著車內，走道另一邊一個大男孩子，穿灰藍夾克的，連人帶包包撲到我的玻璃上來，喊著：「回去啦！回去嘛！」

女孩也不知是聽到了沒有，不回去也不搖頭，她沒有特別的動作，只是抿著嘴苦苦的笑了一下。「寫信！我說，寫信！」這邊的人還做了一個誇張的揮筆的樣子。這時候火車慢慢的開了，女孩的身影漸漸變淡，鮮明的，是那一把滴著雨珠的花傘。

車廂內稀稀落落的乘客，一個女學生模樣的孩子坐得極端正，雙手沒有擱在扶手上，低著頭，短髮一半蓋在臉上，緊併著膝蓋，兩腳整整齊齊的平放在踏板上，手裏的書，用來讀，也用來蓋住臉——那本書成了她的臉，上面寫著《音樂之旅》。身邊又靠了一本，是《觀人術》。

她的兩本新書，我都有，這個景象使我又有些高興，順便又觀察了她一眼。這個孩子是一枝含羞草，將自己拘得很緊張，顯然的孤單，身體語言裏說了個明明白白。火車，對她來說，是陌生的。

告別那個月台女孩的男孩，放斜了位子，手裏一直把玩著一個卡式小錄音機，開開關關的，心思卻不在那上面，茫茫然的注視著窗上的雨簾。

出發，總是好的，它象徵著一種出離，更是必須面對的另一個開始。火車緩慢的帶動，窗外流著過去的風景，在生命的情調上來說是極浪漫的。火車絕對不同於飛機，只因它的風景仍在人間。

車到了桃園，上來了另一批擠擠嚷嚷的人，一個近六十歲的男子擠到我的空位上來，還沒來得及將皮包和雜誌移開，他就坐了下去，很緊張的人，不知道坐在別人的東西上。那把溼淋淋的黑傘，就靠在我的裙子邊。

我沒有動，等那個鄰位的人自己處理這個情況。他一直往車廂的走道伸著頸子張望，遠遠來了一個衣著樸素而鄉氣的中年女人，這邊就用台話大喊了起來：「阿環哪！我在這裏——這裏——」那個女人顯然被他喊紅了臉，快步走過來，低聲說：「叫那麼大聲，又不是沒看見你！」說著說著向我客氣的欠了欠身，馬上把那把溼傘移開，口裏說著：「失禮失禮！」那個做丈夫的，站了起來，把位子讓給太太，這才發覺位子上被他壓著的雜誌。

上車才補票的，急著搶空位子，只為了給他的妻。

我轉開頭去看窗外，心裏什麼東西被震動了一下。那邊，做丈夫的彎腰給妻子將椅子放斜，叫她躺下，再脫下了西裝上衣，蓋在她的膝蓋上，做太太的，不肯放心的靠，眼光一直在搜索，自言自語：「沒位給你坐，要累的，沒位了呀！」

我也在找空位，如果前後有空的，打算換過去，叫這對夫婦可以坐在一起，這樣，他們安然。

沒有空位了，實在沒有，中年的丈夫斜靠著坐在妻子座位的扶手上，說：「妳睡，沒要緊，妳睡，嗯！」

我摸摸溼了一塊的紅裙，將它鋪鋪好，用手撫過棉布的料子，舊舊軟軟的感覺，十分熟悉的平安和舒適。那個相依為命——就是它。

又是一趟旅行，又是一次火車，窗外，是自己故鄉的風景，那一片水稻田和紅磚房，看成了母親的臉。

擴音機裏請沒有吃飯的旅客用便當，許多人買了。前面過道邊的婦人，打開便當，第一口就是去餵她臉向後座望著的孩子；做母親的一件單衣，孩子被包得密密的，孩子不肯吃飯，母親打了他一下，開始強餵。

那個《音樂之旅》的女孩子姿勢沒有變，書翻掉了四分之一，看也不看賣便當的隨車工作先生。她，和我一樣，大概不慣於一個人吃飯，更不能在公共場所吃便當，那要羞死的。

我猜，我的母親一定在打長途電話，告訴舉辦講演的單位，說：「三毛一個人不會吃飯，請在她抵達的時候叫她要吃東西。」

這是一個週末的遊戲，母親跟每一個人說：那個來講話的女兒不會吃飯。忍不住那份牽掛，卻嚇得主辦人以為請來的是個呆子。

隨車小姐推來了飲料和零食，知道自己熱量不夠，買了一盒桔子水。鄰座的那個好丈夫搖搖晃晃的捧來兩杯熱茶，急著說：「緊呷！免冷去！」做太太的卻雙手先捧給了我，輕輕對先生說：「再去拿一杯，伊沒有茶……」

我道謝了，接過來，手上一陣溫暖傳到心裏，開始用台話跟這位婦人話起她和丈夫去日本的旅行來。也試著用日語。婦人更近了，開始講起她的一個一個孩子的歸宿和前程來。

然後，她打開皮包，很小心的拿出一疊用塑膠小口袋裝著的彩色照片，將她生命裏的人，一個一個指出來請我欣賞。

當我年輕的時候，最不耐煩飛機上的老太婆嚕嚕嗦嗦的將一長條照相皮夾拿出來對我東指西指，恨死這些一天到晚兒女孫子的老人。現在，那麼津津有味的聽著一個婦人講她的親人和懷念，講的時候，婦人的臉上發光，美麗非凡。她自己並不曉得，在講的、指的，是生命裏的根，也許她還以為，這些遠走高飛的兒女，已經只是照片上和書信上的事了。

「妳有沒有照片？妳親人的？」

「沒有隨身帶，他們在我心肝裏，沒法度給您看，真失禮！」我笑著說。

「有就好啦！有就好啦！」

說完，那疊照片又被仔細的放回了皮包，很溫柔的動作。然後，將皮包關上，放在雙手的下面，靠了下去，對我笑一笑，拉拉丈夫的袖口，說：「我睏一下，你也休息。」那個拉丈夫袖口的小動作，十分愛嬌又自然。突然覺得，她——那個婦人，仍是一個小女孩。在信任的人身邊，她沉沉睡去了。

「今天去哪裏？」隨車的一位小姐靠過來笑問我。

「彰化市。」我說。

「晚車回台北？」

我搖搖頭，笑說：「明天在員林，我的故鄉。」

「妳是員林人呀？」她叫了起來。

「總得有一片土地吧！在台北，我們住公寓，踩不到泥土，所以去做員林人。」

「真會騙人，又為什麼特別是員林呢？」

「又為什麼不是呢？水果鮮花和蜜餞，當然，還有工業。」

「去講演？」

「我不會做別的。」

我們笑看了一眼，隨車小姐去忙了。

為什麼又去了彰化？第三次了。只為了郭惠二教授一句話：「我在彰化生命線接大夜班，晚上找我，打那兩個號碼。」

生命線，我從來不是那個值班的工作人員。可是，這一生，兩次在深夜裏找過生命線，兩次，分隔了十年的兩個深夜。

「活不下去了……」同樣的一句話，對著那個沒有生命的話筒，那條接不上的線，那個悶熱黑暗的深淵，爬不出來啊的深淵。

「救我救我救我救我啊——」

對方的勸語那麼的弱，弱到被自己心裏的吶喊淹沒；沒有人能救我，一切都是黑的，黑的黑的黑的……那條生命線，接不上源頭，我掛斷了電話，因為在那裏沒有需要的東西。

就為了這個回憶，向郭教授講了，他想了幾分鐘，慢慢的說了一句：「可不可以來彰化講講話？」

那一天，只有兩小時的空檔和來台北的郭教授碰一個面，吃一頓晚飯。記事簿上，是快滿到六月底的工作。

「要講演？」我艱難的問。

「是，請求妳。」

我看著這位基督徒，這位將青春奉獻給非洲的朋友，不知如何回絕這個要求，心裏不願意，又為著不願意而羞慚。

生命線存在一天，黑夜就沒有過去，值大夜班的人，就坐在自己面前。我禁不住問自己，這一生，除了兩個向人求命的電話之外，對他人的生命做過什麼，又值過幾秒鐘的班？

「好，請您安排，三月還有兩天空。」

「謝謝妳！」郭教授居然說出這樣的字，我心裏很受感動，笑了笑，說不出什麼話來。

回家的路上，經過重慶南路，一面走一面搶時間買書，提了兩口袋，很重，可是比不得心情的重。

公開說話，每一次要祈禱上蒼和良知，怕影響了聽的人，怕講不好，怕聽的人誤會其中見仁見智的觀念，可是，不怕自己的誠實。

我欠過生命線。

那麼，還吧！

本來，生日是母親父親和自己的日子，是一個人，來到世間的開始。那一天，有權利不做任何事。吃一碗麵，好好的安心大睡一天。

既然欠的是生命線，既然左手腕上那縫了十幾針的疤已經結好，那麼在生日的前一日將欠過的還給這個單位；因為再生的人，不再是行屍走肉。第二日，去員林，悄悄的一個人去過吧！

員林，清晨還有演講，不能睡，是鄉親，應該的。

然後，青年會和生命線安排了一切。

妳要講什麼題目？長途電話裏問著。

要講什麼題目？講那些原上一枯一榮的草，講那野火也燒不盡的一枝又一枝小草，講那沒有人注意卻蔓向天涯的生命，講草上的露水和朝陽。

就講它，講它，講它，講那一枝枝看上去沒有花朵的青草吧！

火車裏，每一張臉，都有它隱藏的故事，這群一如我一般普通的人，是不是也有隱藏的悲喜？是不是一生裏，曾經也有過幾次，在深夜裏有過活不下去的念頭？

當然，表面上，那看不出來，他們沒有什麼表情，他們甚而專心的在吃一個並不十分可口的便當。這，使我更愛他們。

下火車的時候，經過同車的人，眼光對上的，就笑一笑。他們常常有一點吃驚，不知道我是不是認錯了人，不太敢也回報一個笑容。

站在月台上，向那對同坐的夫婦揮著手，看火車遠去，然後拎起小豬，又拿披風將它蓋蓋好，大步往出口走去。收票口的那位先生，我又向他笑，對他說：「謝謝！」

花開一季，草存一世，自從做了一枝草之後，好似心裏非常寧靜，總是忍不住向一切微笑和道謝。

「妳的媽媽在電話裏說，妳整天還沒有吃一口東西，來，還有一小時，我們帶妳去吃飯。」

果然，媽媽講了長途電話，猜得不會錯。

接我的青年會和生命線，給我飯吃。

「很忙？」雅惠問我。我點點頭：「你們不是更忙，服務人群。」「大家都在做，我們也盡一份心力。」高信義大夫說。

我們，這兩個字我真愛。我們裏面，是沒有疆域的人類和一切有生命的東西，我們這裏面，也有一個小小的人，頂著我塵世的名字。這個，不太願意，卻是事實。

「還有十分鐘。」雅惠說，她是青年會的人。

「只要五分鐘換衣服，來得及。」

側門跑進禮堂，小豬裏的東西拔出來，全是棉布的，不會太縐，快速的換上衣服，深呼吸一口，向司儀的同工笑著點一下頭，好了，可以開始了。

你要將真誠和慈愛掛在頸項上，刻在心版上，就能夠得到智慧。

箴言第四章的句子，我刻了，刻在心上很多年，越刻越深，那拿不去、刮不掉的刻痕，是今日不再打生命線那支電話的人。

既然躲不掉這個擔在身上的角色，那麼只有微笑著大步走出去，不能再在這一刻還有掙扎。走出去，給自己看，給別人看；站在聚光燈下的一枝小草，也有它的一滴露水。告訴曾經痛哭長夜的自己：站出來的，不是一個被憂傷壓倒的靈魂。

講演的舞台，是光芒四射的，那裏沒有深淵，那裏沒有接不上的線，那裏沒有呼救的吶喊。在這樣的地方，黑暗退去，正如海潮的來，也必然的走，再也沒有了長夜。

沒有了雨季，沒有了長夜，也沒有了我，沒有了你，沒有了他。我的名字，什麼時候已經叫我們？

我們，是火車上那群人；我們，是會場的全體；我們，是全中國、全地球、全宇宙的生命。

「妳要送我什麼東西？」那時，已經講完了。

我蹲在講台邊，第一排的那個女孩，一拐一拐的向我走來，她的左手彎著，不能動，右手伸向我，遞上來一個小皮套子。

「一顆印章。」她笑著說。

「刻什麼字？」我喊過去，雙手伸向她。

「春風吹又生。我自己刻的——給妳。」

我緊緊的握住這個印，緊緊的，將它放在胸口，看那個行動不便、只能動一隻手的女孩慢慢走回位子。全場、全場兩三千人，給這個美麗的女孩響徹雲霄的鼓掌。

在那一霎那，我將這顆章，忍不住放在唇上輕輕快速的親了一下，就如常常親吻的小十字架一樣。這個小印章，一隻手的女孩子一刀一刀刻出來的；還刻了那麼多字，居然送給了我。這裏面，又有多少不必再訴的共勉和情意。

我告訴自己，要當得起，要受得下，要這一句話，也刻進我們的心版上去，永不消失。

那是站著的第七十五場講話——又一場汗透全身、筋疲力盡的兩小時又十五分鐘。是平均一天睡眠四小時之後的另一份工作，是因為極度的勞累而常常哭著抗拒的人生角色——但願不要做一個筆名下的犧牲者。

可是，我欠過生命線，給我還一次吧！

那是第一次，在人生的戲台上，一個沒有華麗聲光色的舞台，一個只是扮演著一枝小草的演員，得到了全場起立鼓掌的回報。

曲終人不散，每一個人都站了起來，每一個人，包括行動困難的、包括扶枴杖的、包括男的女的老的少的，我們站著站著，站成了一片無邊無涯的青青草原，站出了必來的又一個春天。

晴空萬里的芳草地啊！你是如此的美麗，我怎能不愛你？

也是那一個時刻，又一度看見了再升起的朝陽，在夜間的彰化，那麼溫暖寧靜又安詳的和曦，在瞳中的露水裏，再度光照了我。

塵歸於塵，土歸於土，我，歸於了我們。

悲喜交織的裏面，是印章上刻給我的話。好孩子，我不問妳的名字——妳的名字就是我。

感謝同胞，感謝這片土地，感謝父母上蒼。

感謝慈愛和真誠。

# 一生的戰役。

妹妹：

這是近年來，妳寫出的最好的一篇文章，寫出了生命的真正意義，不說教，但不知不覺中說了一個大教。謙卑中顯出了無比的意義。我讀後深為感動，深為有這樣一枝小草而驕傲。不是為我自己，而是為整個宇宙的生命，感覺有了曙光和朝陽。草，雖燒不盡，但仍應呵護，不要踐踏。

父留　七二、四、八

爸爸：

今天是一九八三年四月八日，星期五。

是早晨十一點才起床的。不是星期天，你不在家，對於晚起這件事情，我也比較放心，起碼你看不見，我就安心。

凌晨由陽明山回來的時候，媽媽和你已經睡了。

雖然住在台灣，雖然也是父女，可是我不是住在宿舍裏，就是深夜才回家。你也曉得，我不只是在玩，是又在玩又在工作。白天雜務和上課，深夜批改作文寫稿和看書。我起床時，你往往已去辦公室，你回家來，我又不見了。

今天早晨，看見你的留條和《聯合報》整整齊齊的夾在一起，放在我睡房的門口。

我拿起來，自己的文章〈朝陽為誰升起〉在報上刊出來了。

你的信，是看完了這篇文字留給我的。

同住一幢公寓，父女之間的談話，卻要靠留條子來轉達，心裏自然難過。

翻了一下記事簿，上面必須去做的事情排得滿滿的。今天，又不能在你下班的時候，替你開門，喊一聲爸爸，然後接過你的公事包，替你拿出拖鞋，再泡一杯龍井茶給你。

所能為一個父親做的事情，好似只有這一些，而我，都沒能做到。

你留的信，很快的讀了一遍，再慢讀了一遍，眼淚奪眶而出。

爸爸，那一霎那，心裏只有一個馬上就死掉的念頭，只因為，在這封信裏，是你，你對我說——爸爸深以為有這樣一枝小草而驕傲。

這一生，你寫了無數的信給我，一如慈愛的媽媽，可是這一封今天的……

等你這一句話，等了一生一世，只等你——我的父親，親口說出來，肯定了我在這個家庭裏一輩子消除不掉的自卑和心虛。

不能在情緒上有什麼驚天動地的反應，只怕媽媽進來看見，我將整個的臉浸在冷水裏，浸到溼眼睛和自來水分不清了，才開始刷牙。

媽媽，她是偉大的，這個二十歲就成婚的婦人，為了我們，付出了自己的青春和生命，成為丈夫兒女的俘虜。她不要求任何事情，包括我的缺點、任性、失敗和光榮，她都接受。在她的心願裏，只要兒女健康、快樂、早睡、多吃、婚姻美滿，就是一個母親的滿足了。

爸爸，你不同，除了上面的要求之外，你本身個性的極端正直、敏感、多愁、脆弱、不懂圓滑、不喜應酬，甚至不算健康的體質，都遺傳了給我——當然也包括你語言和思想組織的稟賦。

我們父女之間是如此的相像，複雜的個性，造成了一生相近又不能相處的矛盾，而這種血親關係，卻是不能分割的。

這一生，自從小時候休學以來，我一直很怕你，怕你下班時看我一眼之後，那口必然的嘆氣。也因為當年是那麼的怕，怕得聽到你回家來的聲音，我便老鼠也似的竄到睡房去，再也不敢出來。那些年，吃飯是媽媽托盤搬進來給我單獨吃的，因為我不敢面對你。

強迫我站在你面前背《古文觀止》、唐詩宋詞和英文小說是逃不掉的，也被你強迫彈鋼琴，你再累，也坐在一旁打拍子，我怕你，一面彈〈哈諾〉一面滴滴的掉眼淚，最後又是一聲嘆氣，父女不歡而散。

爸爸，你一生沒有打過我，一次也沒有，可是小時候，你的忍耐，就像一層洗也洗不掉的陰影，浸在我的皮膚裏，天天告訴我——妳這個教父親傷心透頂的孩子，妳是有罪的。

不聽你的話，是我反抗人生最直接而又最容易的方式——它，就代表了你，只因你是我的源頭，那個生命的源。

我知道，爸爸，你最愛我，也最恨我，我們之間一生的衝突，一次又一次深深的傷害到彼此，不懂得保護，更不肯各自有所退讓。

你一向很注意我，從小到大，我逃不過你的那聲嘆氣，逃不掉你不說、而我知道的失望，更永遠逃不開你對我用念力的那種遙控，天涯海角，也逃不出。

小時候的我，看似剛烈，其實脆弱而且沒有彈性，在你的天羅地網裏，曾經拿毀滅自己，來爭取孝而不肯順的唯一解脫，只因我當時和你一樣，凡事不肯開口，什麼事都悶在心裏。

也因為那次的事件，看見媽媽和你，在我的面前崩潰得不成人形。這才驚覺，原來父母，在對兒女的情債淚債裏，是永遠不能翻身的。

媽媽，她是最堪憐的人，因為她夾在中間。

傷害你，你馬上跌倒，因為傷你的，不是別人，是你的骨血，是那個丟也丟不掉、打也不捨得打的女兒。爸爸，你拿我無可奈何，我又何曾有好日子過？

我的讀書、交友、留學，行事為人，在你的眼裏看來，好似經過了半生，都沒有真正合過你的心意和理想。

我當然不敢反問你，那麼對於你自己的人生，你滿意了嗎？是不是，你的那份潛意識裏自我的不能完成，要女兒來做替代，使你覺得無憾？

這也不只是對我，當初小弟畢業之後在你的事務所做事，同是學法律的父子，爸爸，以你數十年的法學經驗來看弟弟，他，當然是不夠的。

同樣的情況，同樣的兒女，幾年之後的弟弟，不但沒有跟你摩擦，反而被你訓練成第一流的商標註冊專才，做事一絲不苟，井井有條，責任心極重。他，是你意志力下一個和諧的成果，這也是你的嚴格造成的。

爸爸，這是冤枉了你。你是天下最慈愛而開明的父親，你不但在經濟上照顧了全家，在關注上也付盡了心血。而我，沒有幾次肯聆聽你的建議，更不肯照你的意思去做。

我不只是你的女兒，我要做我自己。只因我始終是家庭裏的一匹黑羊，混不進你們的白色中去。而你，你要求兒女的，其實不過是在社會上做一個正直的真人。

爸爸，媽媽和你，對我的期望並沒有過分，你們期望的，只是要我平穩，以一個父親主觀意識中的那種方式，請求我實行，好教你們內心安然。

我卻無法使你平安，爸爸，這使我覺得不孝，而且無能為力的難過，因為我們的價值觀不很相同。

分別了長長的十六年，回來定居了，一樣不容易見面。我忙自己的事、打自己的仗，甚而連家，也不常回了。

明知無法插手我的生活，使你和媽媽手足無措，更難堪的是，你們會覺得，這一生的付出，已經被遺忘了。我知道父母的心情，我曉得的，雖然再沒有人對我說什麼。

我也知道，爸爸，你仍舊不欣賞我，那一生裏要求的認同，除了愛之外的讚賞，在你的眼光裏，沒有捕捉到過，我也算了。

寫文章，寫得稍稍深一點，你說看不懂，寫淺了，你比較高興，我卻並不高興，因為我不是為了迎合任何人而寫作——包括父親在內。

只肯寫心裏誠實的情感，寫在自己心裏受到震動的生活和人物，那就是我。爸爸，你不能要求我永遠是沙漠裏那個光芒萬丈的女人，因為生命的情勢變了，那種特質也隨著轉變為另一種結晶，我實在寫不出假的心情來。

畢竟，你的女兒不會創造故事，是故事和生活在創造她的筆。你又為什麼急呢？

難得大弟過生日，全家人吃一次飯，已婚的手足拖兒帶女的全聚在一起了。你，下班回來，看上去滿臉的疲倦和累。拿起筷子才要吃呢，竟然又講了我——全家那麼多漂亮人，為什麼你還是又注意了一條牛仔褲的我？

口氣那麼嚴重的又提當日報上我的一篇文章，你說：「根本看不懂！」我氣了，答你：

「也算了！」

全家人，都僵住了，看我們針鋒相對。

那篇東西寫的是金庸小說人物心得，爸爸，你不看金庸，又如何能懂？

那日的你，是很累了，你不能控制自己，你跟我算什麼帳？你說我任性，我頭一低，什麼也不再說，只是拚命喝葡萄酒。

一生苦守那盞孤燈的二女兒，一生不花時間在裝扮上的那個女兒，是真的任性過嗎？

爸爸，你，注意過我習慣重握原子筆寫字的那個中手指嗎？它是凹下去的——苦寫出來的欠缺。

如果，你將這也叫做任性，那麼我是同意的。

那天，吃完了飯，大家都沒有散，我也不幫忙洗碗，也不照習慣偶爾在家時，必然的陪你坐到你上床去睡，穿上厚外套，丟下一句話：「去散步！」不理任何人，走了。這很不對。

那天，我住台北，可是我要整你，教你為自己在眾人面前無故責備我而後悔。晃到三更半夜走得筋疲力竭回家，你房裏的燈仍然亮著，我不照習慣進去喊你一聲，跟你和媽媽說我回來了。爸爸，我的無禮，你以為裏面沒有痛？

媽媽到房裏來看我，對著她，我流下了眼淚，說你發了神經病，給我日子難捱，我又要走了，再也不寫作。

這是父女之間一生的折磨，苦難的又何止是媽媽。

其實，我常常認為，你們並不太喜歡承認我已經長大了，而且也成熟了的事實。更不肯記得，有十六年的光陰，女兒說的甚而不是中文。人格的塑造，已經大半定型了，父母的建議，只有使我在良知和道德上進退兩難。

事實上，爸爸，我是欣賞你的，很欣賞你的一切，除了你有時要以不一樣的思想和處事的方式來對我做意志侵犯之外。對於你，就算不談感情，我也是心悅誠服的。

今年的文章，〈夢裏不知身是客〉那篇，我自己愛得很，你不說什麼，卻說跟以前不同了。對，是不同了，不想講故事的時候，就不講故事；不講不勉強，自己做人高高興興，卻勉強不了你也高興的事實。

另一篇〈你是我特別的天使〉，在剪裁上，我也喜歡，你又說不大好。〈野火燒不盡〉，你怕我講話太真太直，說我不通人情，公開說了討厭應酬和電話，總有一天沒有一個朋友。

你講歸講，每一封我的家書、我的文章、我東丟西塞的照片，都是你——爸爸，一件一件為我收集、整理、歸檔，細心保存。

十六年來，離家寄回的書信，被你一本一本的厚夾子積了起來，那一條心路歷程，不只是我一個人在走，還有你，你心甘情願的陪伴。

要是有一個人，說我的文字不好，說我文體太簡單，我聽了只是笑笑，然後去忙別的更重要的事。而你和媽媽，總要比我難過很多。這真是有趣，其實，你不也在家中一樣講我？

這半年來，因為回國，父女之間又有了細細碎碎的摩擦，只是我們的衝突不像早年那麼激烈了。我想，大家都有一點認命，也很累了。

我的文章，你欣賞的不是沒有，只是不多，你挑剔我勝於編輯先生，你比我自己更患得患失，怕我寫得不好。爸爸，我難道不怕自己寫糟？讓我悄悄的告訴你——我不怕，你怕。

這一生，丈夫欣賞我，朋友欣賞我，手足欣賞我，都解不開我心裏那個死結，因為我的父親，你，你只是無邊無涯的愛我；固執，盲目而且無可奈何。而不知，除了是你的女兒，值得你理所當然的愛之外，我也還有一點點不屬於這個身分也可以有的一點點美麗，值得你欣賞。爸爸，你對我，沒有信心。

我的要求也很多──對你，而且同樣固執。

對我來說，一生的悲哀，並不是要賺得全世界，而是要請你欣賞我。

你的一句話，就定了我文章生死。世界上，在我的心目裏，你是最嚴格的批評家，其實你並不存心，是我自己給自己打的死結，只因我太看重你。

這三四個月來，越睡越少，徹夜工作，撐到早晨七點多才睡一會兒，中午必然要出門做別的事。媽媽當然心痛極了，她甚而勇敢的說，她要代我去座談會給我睡覺。

你呢？爸爸，你又來了，責我拿自己的生命在拚。這一回，我同意你，爸爸，你沒有講錯，我對不起你和媽媽，因為熬夜。

寫了一輩子，小學作文寫到現在，三四百萬字撕掉，發表的不過九十萬字，而且不成氣候。這都不管，我已盡力了，女兒沒有任性，的確釘在桌子面前很多很多時間，將青春的顏色，交給了一塊又一塊白格子。我沒有花衣服，都是格子，紙的。

爸爸，這份勞力，是要得著一份在家庭裏一生得不著的光榮，是心理的不平衡和自卑，是因為要對背了一生的──令父母失望、罪人、不孝、叛逆……這些自我羞辱心態所做的報復和反抗。

當年沒有去混太妹，做落翅仔，進少年監獄，只因為膽子小，只會一個人深夜裏拚命爬格子——那道永遠沒有盡頭的天梯，想像中，睡夢裏，上面站著全家人，冷眼看著我爬，而你們彼此在說說笑笑。

這封信，爸爸，你今天早晨留給我文章的評語，使我突然一下失去了生的興趣。跟你打了一生一世的仗不肯妥協，不肯認輸，艱苦的打了又打，卻在完全沒有一點防備的心理下，戰役消失了，不見了。一切煙消雲散——和平了。那個戰場上，留下的是一些微微生銹的刀槍，我的假想敵呢？他成了朋友，悄悄上班去了。

爸爸，你認同了女兒，我卻百感交織，不知活下去還有什麼意思，很想大哭一場。

這種想死的念頭，是父女境界的一種完成，很成功，而成功的滋味，是死也瞑目的悲喜。爸爸，你終於說了，說：女兒也可以成為你的驕傲。

當然，我也不會真的去死，可是我想跟你說：爸爸，這只不過是一篇，一篇合了你心意的文章而已。以後再寫，合不合你的意，你還是可以回轉；我不會迎合你，只為了你我的和平，再去寫同樣的文章。這就是我，你早已明白了，正如你明白自己一色一樣。

女兒給你[1]留的條子

【本書註解皆為原書註】

1. 本當稱「你」為「您」，因為「天地君親師」，尊稱是該有的，可是一向喚爸爸是「你」，就這樣寫了。

# 送你一匹馬。

陳姐姐，「皇冠」裏兩個陳姐姐，一個妳，一個我——那些親如家人的皇冠工作人員這麼叫我們的。

始終不肯稱妳的筆名，只因在許多年前我的弟弟一直這麼叫妳，我也就跟著一樣說。一直到現在，偶爾一次叫了妳瓊瑤，而且只是在平先生面前，自己就紅了臉。

很多年過去了，有人問起我們是怎麼認識的，我總說是兩家人早就認識的。這事說來話長，關係到我最愛的小弟弟大學時代的一段往事，是平先生和妳出面解開了一個結——替我的弟弟。

為著這件事情，我一直在心裏默默的感激著你們，這也是我常常說起的一句話——瓊瑤為了我的家人，出過大力，我不會忘記她。

妳知道，妳剛出書的時候，我休學在家，那個《煙雨濛濛》正在報上連載。妳知道當年的我，是怎麼在等每天的妳？每天清晨六點半，坐在小院的台階上，等著那份報紙投入信箱，不吞下妳的那一天幾百字，一日就沒法開始。

那時候，我沒有想到過，有一天，我們會有緣做了朋友。當年的小弟，還是一個小學的孩子，天天跟狗在一起玩，他與妳，更是遙遠了。

真的跟妳有第一次接觸時，我已結婚了，出了自己的書，也做了陳姐姐。妳寄來了一本《秋歌》，書上寫了一句話鼓勵我，下面是妳的簽名。

小弟的事情，我的母親好似去看過妳，而我們，沒有在台灣見過面。

這一生，我們見面的次數不多，妳將自己關得嚴，被平先生愛護得周密。我，不常在台灣，很少寫信，一旦回來，我們通通電話，不多，怕打擾了妳。

第一次見到妳，已是該應見面之後很久了。回國度假，我跟父母住在一起，客廳擠，萬一妳來了，我會緊張，覺得沒有在一個屬於自己的地方接待妳，客廳環境不能使我在台北接待朋友。

於是我去了妳家。

那是第一次見面，我記得，我一直在妳家裏不停的喝茶，一杯又一杯，卻說不出什麼話來。身上一件灰藍的長衣，很舊了，因為沙漠的陽光烈，新衣洗曬了幾次就褪了色。

可是那是我最好的一件衣服了，其實那件是我結婚時的新娘衣。我穿去見妳，在妳自信的言笑和滿是大書架的房間裏，我只覺得自己又舊又軟，正如同那件衣服。

那次，妳對我說了什麼，我全不知道，只記得臨走的時候，妳問我什麼時候離開台灣。

我被妳嚇的，是妳的一切，妳的笑語，妳的大書架，妳看我的眼神，妳關心的問話，妳親切的替我一次又一次加滿茶杯……

陳姐姐，我們那一次見面，雙方很遙遠，因為我認識的妳，仍是書上的，而我，又變成了十幾歲時那個清晨台階上托著下巴苦等妳來的少女，不知對妳怎麼反應。距離，是小時候就造成的，一旦要改變，不能適應。而且完全弱到手足無措。

妳，初見面的妳，就有這種兵氣。是我硬冤枉給妳的，只為了自己心態上的不能平衡。

好幾年過去了，在那個天涯地角的荒島上，一張藍色的急電，交在我的手裏，上面是平先生和妳的名字——Echo，我們也痛，為妳流淚，回來吧，台灣等妳，我們愛妳。

是的，回來了，機場見了人，閃光燈不停的閃，我喊著：「好啦！好啦！不拍了，求求你們，求求你們……」

然後，用夾克蓋住了臉，大哭起來。

來接的人，緊緊抱住我，沒有一句話說。只見文亞的淚，斷了線的在一旁狂落。

妳的電話來，我不肯接，妳要來看我，又怕父母的家不能深談——不能給妳徹夜的坐。

很多日子，很多年，就是回憶起來的那段心情。很長很長的度日如年啊，無語問蒼天的那千萬個過不下去的年，怎麼會還沒有到喪夫的百日？

妳說：「Echo，這不是禮不禮貌的時間，妳來我家，這裏沒有人，妳來哭，妳來講，妳來鬧，隨便妳幾點才走，都是自由。妳來，我要跟妳講話。」

那個秋殘初冬的夜間，我抱著一大束血也似鮮紅的蒼蘭，站在妳家的門外。

重孝的黑衣——盲人一般的那種黑，不敢沾上妳的新家，將那束紅花，帶去給妳。

對不起，陳姐姐，重孝的人，不該上門。妳開了門，我一句不說，抱歉的心情，用花的顏色交在妳的手裏，火也似的，紅黑兩色，都是濃的。

我們對笑了一下，沒有語言，那一次，我沒有躲開妳的眼光和注視，妳，不再遙遠了。

我縮在妳的沙發上，可怕的是，那杯茶又來了，看見茶，我的一隻手蒙上了眼睛，在平先生和妳的面前，黑衣的前襟一次又一次的溼了又乾，乾了又溼。

今昔是什麼？今昔在妳面前的人，喝著同樣的茶，為什麼茶是永遠的，而人，不同了？

妳記得妳是幾點鐘放了我的，陳姐姐？

妳纏了我七個小時，逼了我整整七個小時，我不講，不點頭，妳不放我回家。

如果，陳姐姐，妳懂得愛情，如果，妳懂得我，如果，妳真看見我在泣血，我要問妳——我也曾向妳叫起來了。我問妳，當時的那一個夜晚，妳為什麼堅持將自己累死，也要救我？

為什麼？為什麼？為什麼纏死，也要告訴一個沒有活下去意念的人——人生還有盼望？

自從在一夕間家破人亡之後，不可能吃飯菜，只能因為母親的哀求，喝下不情願的流汁。

那時候，在跟妳僵持了七個小時之後，體力崩潰了，我只想妳放我回家——我覺得妳太殘忍，迫得我點了一個輕微的頭。

不是真的答應妳什麼，因為妳猜到了我要死，妳猜到了安葬完了人，陪父母回台之後，我心裏的安排。

妳逼我對妳講：「我答應妳，瓊瑤，我不自殺。」

我點了點頭，因為這個以後還可以賴，因為我沒有說，我只是謊妳，好給我回去。

妳不放過我，妳自己也快累瘋了，卻一定要我親口講出來。

我講了——講了就是一個承諾，很生氣，講完又痛哭起來——恨妳。因為我一生重承諾，很重承諾，不肯輕諾，一旦諾了便不能再改了。

妳讓我走了，臨到門口，又來逼，說：「妳對我講什麼用，回去第一件事，是當妳母親替妳開門的時候，親口對她說：『媽媽，妳放心，我不自殺，這是我的承諾。』」

陳姐姐，我恨死妳了，我回去，妳又來電話，問我說了沒有。我告訴妳，我說了說了……講講又痛哭出來。妳，知我也深，就掛下了電話。妳知道，妳的工作，做完了。

在我們家四個孩子裏，陳姐姐，妳幫了兩個——小弟，我。相隔了九年。

三年前，我在一個深夜裏坐著，燈火全熄，對著大海的明月，聽海潮怒吼，守著一幢大空房子，滿牆不語的照片。

那個夜晚，我心裏在喊妳，在怨妳，在恨妳——陳姐姐，為著七個月前台灣的一句承諾：妳逼出來的，而今，守的是什麼樣的日子。

第二天，我寫了一封信給妳，說了幾句話——陳姐姐，妳要對我的生命負責，承諾不能反悔，妳來擔當我吧！

當然，那封信沒有寄，撕了。

再見妳，去年了。妳搬家了，我站在妳的院子裏，妳開了房子的門，我們笑著奔向彼此，拉住妳的手，雙手拉住妳，高聲喊著：「陳姐姐！」然後又沒有了語言，只是笑。

我們站在院子裏看花，看平先生寶貝的沙漠玫瑰，看楓樹，看草坪和水池。妳穿著一件淡色的衣服，髮型換了，臉上容光煥發。我，一件彩衣，四處張望，什麼都看見了，不再是那個只見一片黑色的盲女。

那天是黃昏，也是秋天，晚風裏，送來花香，有一點點涼，就是季節交替時候那種空氣裏轉變的震動，我最喜歡的那絲悵然——很清爽的悵然，不濃的，就似那若有若無的香味。

過去，不再說了。

又來了，這次是小杯子，淡淡的味道，透明的綠。我喝了三次，因為妳們泡了三次。

陳姐姐，妳猜當時我在想什麼？我在想沙漠阿拉伯人形容他們也必喝三道的茶。

第一道苦若生命，第二道甜似愛情，第三道淡如微風。

面對著妳和平先生，我喝的是第三道茶。這個「淡如微風」，是妳當年的堅持，給我的體驗。

我看了妳一眼，又對妳笑了一笑。

謝謝妳，謝謝妳，謝謝妳。

不能言謝，我只有笑看著妳，不能說，放在生命中了。

耶誕節，平先生和妳，給了我一匹馬，有斑點的一匹馬，在一個陶盒子上。盒子裏，一包不謝的五彩花。一張卡片，妳編的話，給了我。

妳知道，我愛馬，愛花，愛粗陶，愛這些有生命才能懂得去愛的東西。

有生命嗎？我有嗎？要問妳了，妳說？

我很少看電視的，或者根本不看，報上說，妳有自己的天空，有自己的夢。我守住了父母的電視，要看妳的天空和夢是什麼顏色。

妳看過我的一次又一次顏色，而我，看過的妳，只是一件淡色的衣服。而妳又不太給人看。我是為了看妳，而盯在電視機前的，可是妳騙了我，妳不給人多看妳。妳給我看見的天空，很累，很緊湊，很忙碌，很多不同的明星和歌，很多別人的天空——妳寫的。

而妳呢？在這些的背後，為什麼沒有一個妳坐在平先生旁邊閒閒的釣魚或曬太陽的鏡頭？

我看過妳包紗布寫字的中指，寫到不能的時候，不得不包的紗布。

孩子，這還不夠嗎？妳不但不肯去釣魚，妳再拿自己去拚了電影，妳拚了一部又一部，不懂享受，不知休息，不肯看看妳的大幅霓虹燈閃在深夜東區的台北高牆上時，瓊瑤成功背後那萬丈光芒也擋不住的寂寞。誰又看見了？

戲院門口的售票口在平地，那兒是妳。

大樓上高不可及的霓虹燈，也是妳。那兒太高，沒有人觸得到，雖然它夜夜亮著，可是那兒只有妳一個人——嫦娥應悔偷靈藥，高處不勝寒。

好孩子，妳自己說的，妳說的，可不是我——不要再做神仙了。

我知道妳，妳不是一個物質的追求者。我甚而笑過妳，好笨的小孩子，玩了半生那麼累的遊戲，付出了半生的辛勞，居然不會去用自己理所當然賺來的錢過好日子。

除了住，妳連放鬆一下都不會，度假也是迫了才肯去幾天，什麼都放不下。

這麼累的遊戲，妳執著了那麼多年，妳幾次告訴過我：「我不能停筆，靈魂裏面有東西不給我自由，不能停，不會從這個寫作的狂熱裏釋放出來，三毛，不要再叫我去釣魚了，我不能——」

常常，為了那個固執的突破，妳情緒低落到不能見人。為了那個對我來說，過分複雜的電影圈，妳在裏面撐了又撐，苦了又苦，這一切，回報妳的又值得多少？

個性那麼強又同時非常脆弱的女人——陳姐姐，恕我叫了妳——孩子。

寫，在妳是不可能停的，拍，誰勸得了妳？

看妳拿命去拚，等妳終有累透了的一天，等妳有一天早晨醒來，心裏再沒有上片、劇本、合同、演員、票房、出書……等了妳七年，好孩子，妳自己說，終於看見了《昨夜之燈》。那一切，都在一個決心裏，割捨了。

今夜的那盞燈火，不再是昨夜那一盞了，妳的承諾，也是不能賴的。這一場仗，打得漂亮，打得好，打得成功。

那個年輕時寫《窗外》、《煙雨濛濛》的女孩，妳的人生，已經紅遍了半邊天，要給自己一個肯定，今天的妳，是妳不斷的努力和堅持打出來的成功，這裏面，沒有僥倖。

放個長假好不好？妳該得的獎品。

休息去吧！妳的伴侶，一生的伴侶，到底是什麼，妳難道還不知道？

妳一生選擇的伴侶，妳永恆的愛情，在前半生裏，交給了一盞又一盞長夜下的孤燈，交給了那一次又一次纏紗布的手指。

孩子，妳嫁給了一盞無人的燈，想過了沒有？

妳的笑和淚，付給了筆下的人，那盞燈照亮了他們，而妳自己呢？妳自己的日子呢？

不要不肯走出可園，那個鎖住了自己的地方，改變生活的方式，呼吸一些清晨的空氣，再看看這個世界，接觸一些以前不曾接觸的人群——不要掉進自己的陷阱裏去。

在一個男人永生對妳付出的愛情裏，妳仍是有自由可言的。跟他一起自由，而不是讓他保護妳而迷路。

不拍電影了，真好，戲終於落幕了，那是指電影。

現在妳自己的戲，再沒有了太多的枷，妳來演一次自己的主角好不好？不要別的人佔去妳大半的生命，不要他們演，妳來，妳演，做妳自己，好孩子，這個決心，可是妳說的，我只不過是在替妳鼓掌而已。

妳是自由的，妳有權利以自己的方式表達自己的路，他人喜不喜歡妳走出來的路，不是妳的事情，因為畢竟妳沒有強迫任何人。別說強迫了，妳根本連人都不肯見。

最喜歡妳的一點，是妳從不在朋友歡喜的時候，錦上添花，那個，妳不太看得見。這一生，我們也不常見面，也不通信，更不打電話，可是，在我掉到深淵裏的那一霎那，妳沒有忘記我，妳不拉我，妳逼我，不講理的逼我，逼出了我再次的生命。是妳，陳姐姐，那個不甘心的承諾，給了我再來的生命。

我不謝妳，妳知道，這種事情，用這個字，就不夠了。

昨夜之燈，任憑它如何的閃亮，都不要回頭了，妳，我，都不回頭了。

我們不嫁給燈，我們嫁給生命，而這個生命，不是只有一個面相，這條路，不是只有一個選擇。

戲，這麼演，叫做戲，那麼演，也叫做戲，這一場下了，那一場上來，看戲的，是自己，上台的，也是自己。陳姐姐，妳鼓勵過我，我現在可不可以握住妳的手，告訴妳，我們仍然不常見面，不常來往，可是當我們又見的時候我也要送妳一匹馬——我畫的，畫一個瓊瑤騎在一匹奔馳的馬上，牠跑得又快又有耐性，跑得妳的什麼巨星影業公司都遠成了一個小斑點，跑到妳的頭髮在風裏面飛起來，這匹馬上的女人，沒有帶什麼行李，馬上的女人穿著一件白色的棉布恤衫，上面有一顆紅色的心，裏面沒有妳書裏一切人物的名字，那兒只寫著兩個字——費禮，就是妳丈夫的筆名。

跑進費禮和妳的穹蒼下去吧！

其實，已經送了妳一匹馬。現在。

祝妳旅途愉快！

# 紫衣。

那封信是我從郵差先生那兒用雙手接過來的。

我們家沒有信箱，一向從竹子編的籬笆洞裏傳遞著信件。每當郵件來的日子，就會聽見喊：「有信呀！」於是總有人會跑出去接的。

那是多年前的往事了。當年，我的母親才是一個三十五、六歲的婦人。她來台灣的時候不過二十九歲。

怎麼記得是我拿的信也很清楚：那天光復節，因為學校要小學生去遊行，所以沒有叫去補習。上午在街上喊口號、唱歌，出了一身汗便給回家了。至於光復節郵差先生為何仍得送信這回事，就不明白了。

總之，信交給母親的時候，感覺到紙上寫的必是一件不同凡響的大事。母親看完了信很久很久之後，都望著窗外發呆。她臉上的那種神情十分遙遠，好像不是平日那個洗衣、煮飯的媽媽了。

在我念小學的時候，居住的是一所日本房子，小小的平房中住了十幾口人。那時大伯父母還有四位堂兄加上我們二房的六個人都住在一起。記憶中的母親是一個永遠只可能在廚房才會找到的女人。小時候，我的母親相當沉默，不是現在這樣子的。她也很少笑。

到了晚上要休息的時候，我們小孩子照例打地舖睡在榻榻米上，聽見母親跟父親說：「要開同學會，再過十天要出去一個下午。兩個大的一起帶去，寶寶和毛毛留在家，這一次我一定要參加。」父親沒有說什麼，母親又說：「只去四五個鐘頭，毛毛找不到我會哭的，你帶他好不好？」

毛毛是我的小弟，那時候他才兩歲多。

於是才突然發現原來媽媽也有同學，那麼她必然是上過學的囉！後來就問母親，問念過什麼書。說高中畢業就結了婚。看了《紅樓夢》、《水滸傳》、《七俠五義》、《傲慢與偏見》、《咆哮山莊》……在學校母親打籃球校隊，打的是後衛。

聽見母親說這些話，看過我也正開始在看的書，禁不住深深的看了她一眼，覺得這些事情從她口裏講出來那麼不真實。生活中的母親跟小說和籃球一點關係也沒有，她是大家庭裏一個不太能說話的無用女子而已。在那個家裏，大伯母比母親權威多了。我真怕的人是大伯母。

母親收到同學會舉辦的郊遊活動通知單之後，好似快活了一些，平日話也多了，還翻出珍藏的有限幾張照片給我們小孩子看，指著一群穿著短襟白上衣、黑褶裙子的中古女人裝扮的同學群，說裏面的一個就是十八歲時的她。

其中一張小照，三個女子坐在高高的水塔上，母親的裙子被風捲起了一角，頭髮也往同一個方向飄揚著。看著那張泛黃的照片，又看見地上爬著在啃小鞋子的弟弟，我的心裏升起一陣混亂和不明白，就跑掉了。

從母親要去碧潭參加同學會開始，那許多個夜晚補習回家，總看見她彎腰趴在榻榻米上不時哄著小弟，又用報紙比著我們的制服剪剪裁裁。有時叫姐姐和我到面前去站好，將那報紙比在身上看來看去。我問她，到底在做什麼？母親微笑著說——給妳和姐姐裁新衣服呀！那好多天，母親總是工作到很晚。

對於新衣服這件事情，實在是興奮的。小學以來，每天穿的就是制服，另外一件灰藍條子的毛線背心是姐姐穿不了輪到我穿，我穿不了又輪大弟穿的東西，它在家裏是那麼的永恆不滅。直到後來長大了才知道向母親討，想留下背心做紀念。而當時，是深惡它的。

從來沒有穿過新衣服，眼睜睜的巴望母親不再裁報紙，拿真的布料出來給人看。當我，有一天深夜放學回來，發覺母親居然在縫一件白色的衣裳時，我衝上去，拉住布料叫了起來：「怎麼是白的?!怎麼是一塊白布?!」丟下書包瞪了不說話的人一眼，就哭了。燈下的母親，做錯了事情般的仍然低著頭——她明明知道我要的是粉藍色。

第二天放學回來，發覺白色的連衣裙已經縫好了，只是裙子上多了一圈紫色的荷葉邊。

「這種配法是死——人——色！」我說。「妹妹，媽媽沒有其他的布，真的！請妳不要傷心，以後等媽媽有錢了，一定給妳別的顏色衣服……」母親一面說一面拿起新衣要給我套上試試看，我將手去一擋，沉著臉說：「不要來煩！還有算術要做呢！」母親僵立了好一會兒，才把衣服慢慢的擱在椅背上。

姐姐是溫馴又孝順的，她穿上與我一模一樣的新衣，不斷的拿一面小鏡子照自己。我偷看那件衣服，實在也是不太難看，心裏雖然比較泰然，可是不肯去試它。

姐姐告訴我，母親的同學嫁的都是有錢人，那天去開同學會，我們小孩子會有冰淇淋吃。在那以前，吃過冰棒、仙草冰、愛玉冰，可是沒有吃過真的冰淇淋。姐姐說，在大陸我們家每年夏日都吃那東西的。我總不能有記憶。

母親的同學會訂在一個星期天的午後，說有一個同學的先生在公家機關做主管，借了一輛軍用大車，我們先到愛國西路一個人家去集合，然後再乘那輛大汽車一同去碧潭。

那時候，我乘過十二路公共汽車，還有三輪車。上學是用走路的。每年一度的旅行也是全年級走路，叫做——遠足，是不坐車的。

星期天我照例要去學校，姐姐在二女中，她可以放假。母親說，那日仍然要去補習，到了下午兩點整，她會帶了姐姐和新衣服來學校，向老師請假，等我換下制服，就可以去了。

為了那次的出門，母親低著眼光跟大伯母講過一兩次，大伯母一次也沒有答理。這些事情，我都給暗暗看到眼裏去。這一回，母親相當堅持。

等待是快樂又緩慢的，起碼母親感覺那樣。那一陣，她常講中學時代的生活給我們聽，又數出好多個同學的姓名來。說結婚以後就去了重慶，抗戰勝利又來到了台灣，這些好同學已經失散十多年了。說時窗外的紫薇花微微晃動，我們四個小孩都在屬於二房的一個房間裏玩耍，而母親的眼神越出了我們，盯住那棵花樹又非常遙遠起來。

同學會那個清晨，我很早就起來了，趁著大人在弄稀飯，一下就把自己套進了那件並不太中意的新衣服裏面去。當母親發覺我打算不上學校，就上來剝衣服。我仍是被逼換上制服背著書包走了。姐姐陪我一路走到校門口，講好不失信，下午兩點鐘會來接，一定會來接的。我不放心的看了姐姐一眼，她一直對我微笑又點頭。

中午吃便當的時候天色開始陰沉，接著飄起了小雨。等到兩點鐘，等到上課鐘又響過好一會，才見母親拿著一把黑傘匆匆忙忙由教務處那個方向的長廊上半跑的過來。姐姐穿著新衣服一跳一蹦的在前在後跟。

很快被帶離了教室，帶到學校的傳達室裏去換衣服。制服和書包被三輪車夫，叫做老周的接了過去，放在坐墊下面一個凹進去的地方。母親替我梳梳頭髮，很快的在短髮上紮了一圈淡紫色的絲帶，又拿出平日不穿的白皮鞋和一雙新襪子彎腰給我換上。

母親穿著一件旗袍，暗紫色的，鞋是白高跟鞋——前面開著一個露趾的小洞。一絲陌生的香味，由她身上傳來，我猜那是居家時絕對不可以去碰的深藍色小瓶子——說是「夜巴黎」香水的那種東西使她有味道起來的。看得出，母親今天很不同。

老周不是我們私人家的，他是在家巷子口排班等客人的三輪車夫，是很熟的人。我和姐姐在微雨中被領上了車，位置狹窄，我擠在中間一個三角地帶。雨篷拉上了，母親怕我的膝蓋會溼，一直用手輕輕頂著那塊黑漆漆的油布。我們的心情並不因為天雨而低落。

由舒蘭街到愛國西路是一段長路。母親和姐姐的身上還放著兩個大鍋，裏面滿盛著紅燒肉和另一鍋羅宋湯，是母親特別做了帶去給同學們吃的。前一天夜裏，為了這兩樣菜，母親偷偷的燉了很久都沒進房睡覺。

雨，越下越大，老周渾身是水，彎著身體半蹲式的用力踩車，母親不時將雨篷拉開，向老周說對不起，又急著一下看錶，一下又看錶。姐姐很專心的護湯，當她看見大鍋內的湯浸到外面包紮的白布上來時，就要哭了一般，說媽媽唯一的好旗袍快要弄髒了。

等到我們看見一女中的屋頂時，母親再看了一下錶，很快的說：「小妹，趕快禱告！時間已經過了。快跟媽媽一起禱告！叫車子不要準時開。快！耶穌基督、天上的父……」我們馬上閉上了眼睛，不停的在心裏喊天喊地，拚命的哀求，只望愛國西路快快出現在眼前。

好不容易那一排排樟樹在傾盆大雨裏出現了，母親手裏捏住一個地址，拉開雨篷跟老周叫來叫去。我的眼睛快，在那路的盡頭，看見一輛圓圓胖胖的草綠色大軍車，許多大人和小孩撐著傘在上車。「在那邊——」我向老周喊過去。老周加速的在雨裏衝，而那輛汽車，眼看沒有人再上，眼看它噴出一陣黑煙，竟然緩緩的開動了。

「走啦！開走啦！」我喊著。母親嘩一下子將全部擋雨的油布都拉掉了，雙眼直直的看住那輛車子——那輛慢慢往前開去的車。「老周——去追——」我用手去打老周的背，那個好車夫狂衝起來。

雨水，不講一點情面的往我們身上傾倒下來，母親的半身沒有坐在車墊上，好似要跑似的往前傾，雙手牢牢的還捧住那鍋湯。那輛汽車又遠了一點，這時候，突然聽見母親狂喊起來，在風雨裏發瘋也似的放聲狂叫：「——魏東玉——嚴明霞、胡慧傑呀——等等我——是進蘭——繆進蘭呀——等等呀——等等呀——」

雨那麼重的罩住了天地，母親的喊叫之外，老周和姐姐也加入了狂喊。他們一直叫、一直追，釘住前面那輛漸行漸遠的車子不肯捨棄。我不會放聲，緊緊拉住已經落到膝蓋下面去的那塊油布。雨裏面，母親不停的狂喊使我害怕得快要哭了出來。呀——媽媽瘋了。

車子終於轉一個彎，失去了蹤跡。

台北市在當年的一個星期天，那樣的模糊和空虛。

母親廢然倒身在三輪車靠背上。老周跨下車來，用大手拂了一下臉上的雨，將油布一個環一個環的替我們扣上。扣到車內已經一片昏暗，才問：「陳太太，我們回去？」母親嗳了一聲，就沒有再說任何話。車到中途，母親打開皮包，拿出手絹替姐姐和我擦擦臉，她忘了自己臉上的雨水。

到了家，母親立即去煤球爐上燒洗澡水，我們仍然穿著溼透的衣服。在等水滾的時候，乾的制服又遞了過來，母親說：「快換上了，免得著涼。」那時她也很快的換上了居家衣服，一把抱起小弟就去沖牛奶了。

我穿上舊制服，將溼衣丟到一個盆裏去。突然發現，那圈荷葉邊的深紫竟然已經開始褪色，沿著白布，在裙子邊緣化成了一攤一攤朦朧的水漬。

那件衣服，以後就沒有再穿過它。

許多年過去了，上星期吧，我跟母親坐在黃昏裏，問她記不記得那場同學會，她說沒有印象。我想再跟她講，跟她講講那第一件新衣，講當年她那年輕的容顏，講日本房子窗外的紫薇花、眼神、小弟，還有同學的名字。

母親心不在焉的淡然，聽著聽著，突然說：「天明和天白咳嗽太久了，不知好了沒有——」她順手拿起電話，按了小弟家的號碼，聽見對方來接，就說，「小明，我是阿嬤[2]。妳還發不發燒？咳不咳？乖不乖？有沒有去上學？阿嬤知道妳生病，好心疼好心疼……」

# 愛和信任。

每次回國，下機場時心中往往已經如臨大敵，知道要面臨的是一場體力與心力極大的考驗與忍耐。

其實，外在的壓力事實上並不太會干擾到內心真正的那份自在和空白，是可以二分的。最怕的人，是母親。

在我愛的人面前，「應付」這個字，便使不出來。愛使一切變得好比「最初的人」，是不可能在這個字的定義下去講理論和手段的。

多年前，當我第一次回國，單獨上街去的時候，母親追了出來，一再的叮嚀著：「綠燈才可以過街，紅燈要停步，不要忘了，這很危險的呀！」

當時，我真被她煩死了，跑著逃掉，口裏還在悄悄的頂嘴，怪她不肯信任我。可是當我真的停在一盞紅燈的街道對面時，眼淚卻奪眶而出。「媽媽，我不是不會，我愛妳，妳看，我不

2. 祖母。

是停步了。」

最近，又回國了，母親要我簽名送書給親戚們，我順從的開始寫，她又在旁邊講：「余玉雲姐姐的玉字，是賈寶玉的玉，妳要稱她姐姐，因為我們太愛這位正直、敬業的朋友。不要寫錯了，《紅樓夢》中寶玉、黛玉的玉，斜玉邊字加一個點，不要錯了——」那時，我忍下了，因為她永遠不相信我會寫這個玉字，我心裏十分不耐，可是不再頂嘴。

我回國是住在父母家中的，吃魚，母親怕我被刺卡住。穿衣，她在一旁指點。萬一心情好，多吃了一些，她強迫我在接電話的那擠忙不堪的時候內，要我同時答話，同時扳開口腔，將嗆死人的胃藥粉、人參粉和維他命，加上一杯開水，在不可能的情況下灌溉下去。結果人嗆得半死，她心安理得的走開。電話的對方，以為我得了氣喘。

回想起來，每一度的決心再離開父母，是因為對父母愛的忍耐，已到了極限。而我不反抗，在這份愛的氾濫之下，母親化解了我已獨自擔當的對生計和環境全然的責任和堅強——她不相信我對人生的體驗。在某些方面，其實做孩子的已是比她的心境更老而更蒼涼。無論如何說，固執的母愛，已使我放棄了挑戰生活的信心和考驗，在愛的偉大前提之下，母親勝了，也因對她的愛無可割捨，令人喪失了一個自由心靈的信心和堅持。

我想了又想，這件家庭的悲喜劇，只有開誠佈公的與父母公開談論，請他們信任我，在人生的旅途上，不要太過於以他們的方式來保護我。這件事，雙方說得坦誠，也同意萬一我回國定居，可能搬出去住，保持距離，各自按照正確的方向，彼此做適度的退讓和調整。這一點，父母一口答應了。而我，為了保護自己的生活方式，做了一個在別的家庭中，可能引起極大的傷心，甚而加上不孝罪名的叛逆者，幸而父母開明，彼此總算瞭解。

講通了，樂意回國定居，可是母親突然又說：「那麼妳搬出去我隔幾天一定要送菜去給妳吃，不吃我不安心。」

又說：「莫名其妙的男朋友，不許透露地址，他們糾纏妳，我們如何來救，妳會應付嗎？」

十七年離家，自愛自重，也懂得保護自己，分別善惡和虛偽，可是，在父母的眼中，我永遠是一個天真的小孩子，他們絕對不相信我有足夠的能力應付人世的複雜。雖然品格和教養是已慢慢在建立，可是他們只怕我上當。

父親其實才是小孩子，他的金錢，借出去了，大半有去無還，還不敢開口向人討回，這使他的律師公費，常常是年節時送來一些水果，便解決了他日夜伏案的辛勞。

有一次，一場費力的訴訟結果，對方送了一個大西瓜來，公費便不提了，當事人走時，父親居然道謝又道謝，然後開西瓜叫我們吃。我當時便罵他太沒有勇氣去討公費，他居然一笑置之，說這是意外的收入，如果當事人一毛不拔，過河拆橋，反臉不認，又將他如何。

這種行徑，我不去向他反覆嚕嘛，因為沒有權利，因為我信任他；不會讓我們凍餓。可是，當我捨不得買下一件千元以上的衣服時，他又反過來拚命講道理給我聽，說我太節省，衣著太陳舊，有失運用金錢的能力，太刻苦，所謂刻薄自己也。

其實，名、利、衣、食和行，在我都不看重。只有在住的環境上，稍稍奢侈。渴望一片藍天，一個可以種花草的陽台，沒有電話的設備，新鮮的空氣，便是安寧的餘生，可是，這樣的條件，在台灣，又豈容易？

父母期望的是——「餵豬」。當我看見父母家的窗外一片灰色的公寓時，我的心，常常因為視線的無法遼闊和舒暢，而覺自由心靈的喪失和無奈——畢竟，不是大隱。吃不吃，都不能解決問題，可是母親不理這些，絕對不理。

母親看我吃，她便快樂無比。我便笑稱，吃到成了千台斤的大肥豬而死時，她必定在嚥氣之前，還要灌一碗參湯下去，好使她的愛，因為那碗湯，使我黃泉之路走得更有體力。

愛和信任，愛與尊重，愛過多時，便是負擔和干擾。這種話，對父母說了千萬次，因為他們的固執，失敗的總是我——因為不忍。畢竟，這一切，都是出於彼此刻骨的愛。

每當我一回國，家中必叫說「革命份子」又來了。平靜的生活，因我的不肯將眼睛也吃到堵住，必然有一番傷到母親心靈深處的悲哀。可是，我不能將自己離家十七年的生活習慣，在孝道的前提之下，喪失了自我，改變成一個只是順命吃飯的人，而完全放棄了自我建立的生活形態。

在父母的面前，再年長的兒女，都是小孩子，可是中國的孩子，在倫理的包袱下，往往擔得太認真和順服，沒有改革家庭的勇氣和明智。這樣，在孝道上，其實也是「愚孝」。我們忘了，父母在我們小時候教導我們，等我們長大了，也有教育父母的責任，當然，在方式和語氣上，一定本著愛的回報和堅持，雙方做一個適度的調整。不然，這個社會，如何有進步和新的氣象呢。

一個國家社會的基本，還是來源於家庭的基本結構和建立，如果年輕的一代只是「順」而不「孝」，默默的忍受了上一代的生活方式和觀念，一旦我們做了父母的時候，又用同樣的生活習慣和思想，自自然然的教自己的孩子再走上祖父母的那種生活方式，這在理性上來說，便是「不孝」了。

父母的經歷和愛心，是不可否認的事實。在好的一方面，我們接受、學習、回報，在不合時代的另一方面，一定不可強求，鬧出家庭悲劇。慢慢感化，溝通，如果這一些都試盡了，而沒有成果，那麼只有忍耐愛的負擔和枷鎖，享受天倫之樂中一些累人的無奈和欣慰。但是，不能忘了，我們也是「個體」，內心稍稍追求你那一份神秘的自在吧！

因為我的父母開明，才有這份勇氣，在夜深人靜的時候，母親不再來替我——一個中年的女兒蓋被的偶爾自由中，寫出了一個子女對父母的心聲。

父親、母親，愛你們勝於一切，甚而向老天爺求命，但願先去的是你們。而我，最沒有勇氣活下去的一個人，為了父母，要撐到最後。這件事情，在我實在是艱難，可是答應回國定居，答應中國式接觸的複雜和壓力，答應吃飯，答應一切你們對我——心肝寶貝的關愛。那麼，也請你們適度的給我自由，在我的雙肩上，因為有一口噓息的機會，將這份愛的重負，化為責任的欣然承擔。

# 軌外的時間。

其實，有一年，不久以前的一年，我也常常出去。

不，我的意思不是說旅行，我說的出去，是在夢與醒的夾縫裏去了一些地方，去會一些埋在心裏的人。

你看過一本叫做《時與光》的書嗎？徐訏先生的作品。你沒有看過？那麼你看過他另一個短篇了？想來你可能看過，他寫的那一篇叫做〈軌外的時間〉。

三毛妳去了什麼地方？

就在附近走走，穿過一層透明的膜，從床上起來——出去——就出去了。

費力是不行的，我們又不是拔河。我沒有跟永恆拔河，繩子的那一端拉著的，不是血肉的雙手。你放鬆，不能刻意，甚而不要告訴自己放鬆，就如風吹過林梢，水流過淺溪，也就如你進入舒適的一場睡眠那麼的自然和放心，然後，妳走了。

妳怎麼走？

我輕輕鬆鬆的走，輕到自己走了才知道。

妳的拖鞋還在床邊，妳忘了講穿鞋子那一段。

對，我也沒有講穿衣，洗臉，拿皮包。我也沒有講牆、講窗和那一扇扇在夜裏深鎖著的門。我沒有忘，只是出去時這些都不重要了，包括睡在床上的那個軀體。

可是，我走了，又回來，坐在這裏，喝茶，寫字，照鏡子。

你也照鏡子對不對？

那片冰冷鏡中的反影使你安心，你會想——你在，因為看見了自己，是不是？

三毛，妳到底要講什麼？

**我不說了，讓姑姑來跟你說。**

這許多年來，我一直很少出門。我是一個家庭主婦，丈夫早逝之後，我的一生便託付給了子女。年輕的時候，孩子小，我中年的時候，孩子們各自婚嫁，我高年，孩子們沒有拋棄我，一同住在台北，在普普通通的家庭生活和瑣事裏，我的一生便這樣交了出去。我的天地是家，沒有常常出門的習慣，當我終於有一些閒暇可以出外走走的時候，我發覺自己的腳步已經蹣跚，體力也不能支持，出門使我疲倦，也就不去了。

那一天，我為什麼進了國泰醫院？是家人送我去的。我並不喜歡住在一個陌生的房間裏，只因為全身疼痛難當，他們就哄著我去住院了，孩子們總是這個樣子。

其實，我的腦筋仍是很清楚的，八十年前做女兒的情景一段一段的能夠講得出來。不久以前我跟我的外甥女平平說：年輕的時候我也打過高爾夫球。她眼睛睜得大大的瞪住我，也不笑，好似我說的不是家族生活的過去，而是洪荒時代的神話一般。她的眼神告訴我，像我這種老太太，哪裏知道高爾夫球是怎麼回事。

我也有過童年，我也做過少女，這一生，我也曾哭過，也曾笑過，當然，也曾麗如春花。而今，只因我說了全身痠痛，他們就將我送進了醫院，我有什麼辦法，只有來了。

你也曉得，醫院的歲月比什麼地方都長，即使身邊有人陪著，也不及家裏自在。我不好跟兒女們老吵著要回家，於是，我常常睡覺，減去夢中的時間，天亮得也快些了。

那個午後，四周很安靜，窗外的陽光斜斜的照進病房，黏住了我床單的一角，長長方方的一小塊，好像我們家鄉的年糕一樣。

看了看鐘，下午四點——那塊黏得牢牢的年糕動也不肯動。

天氣不冷也不熱，舒適的倦怠就如每一個午後的約會一般，悄悄的來探訪我。

今天不同，我卻沒有睡過去。病房裏沒有人，走廊上看不見護士，我的心不知為何充滿歡喜，我的年紀有如一件披掛了很久的舊棉襖，有那麼一隻手輕輕拂過，便不在了。當它，被抖落的那一霎間，我的腳，我的身體，奇蹟似的輕快了起來。

我要出去玩——

什麼時候已是黃昏了，滿城燈火輝煌，車水馬龍，每一條街上都是匆匆忙忙各色各樣的人。多年沒有出來逛街，街道不同了，綢布莊裏的花色奪目明亮，地攤上居然又在賣家鄉小孩子穿的虎頭鞋，麵包烤房裏出爐的點心聞著那麼香。西門町以前想來很遠，今日想著它它就在眼前，少男少女擠著看電影，我沒有去擠，電影也沒有散場，我只想看看裏面到底在演什麼，我就進去了，沒有人向我要票，我想告訴一位靠著休息的收票小姐，我沒有買票妳怎麼不向我討呢，她好似沒有看見我似的——

多年來被糖尿病折磨的身體，一點也不累了，我行路如飛——我是在飛啊——

百貨公司我沒有去過幾家，台北什麼時候多了那麼多迷城也似的大公司？比起上海永安公司來，它又多了不知多少奇奇怪怪的貨品。這裏太好玩了，我動得了更是新鮮，健康的人真是愉快，走啊走啊，我的腳總也不累——

我攔住一個路人，告訴他我很歡喜，因為我自由，自由的感覺身輕如燕，我不停的向這個路人笑，他不理我，從我身上走上來——

這一代的年輕人沒有禮貌，也不讓一讓，就對著我大步正面走過來——我來不及讓，他已經穿過我的身體走掉了，對，就是穿過我。再回頭看他，只見到他咖啡色夾克的背影。我嚇出一身汗來，怕他碰痛了，他顯然沒有知覺，好奇怪的年輕人呀！

我的心像一個小孩子那樣的釋放，沒有想念那些孫子，沒有怕兒女掛念我的出走，我只是想盡情的在台北看一看，玩一玩，逛一逛，多年的累，完全不在了。

這種感覺當然弄得我有些莫名其妙，可是我沒有絲毫懼怕，沒有怕，只是快樂，輕鬆。自由啊，自由原來是這樣好。

自從我的兒女開始奉養我之後，我們搬過兩三次家，年輕人不念舊，我卻突然想念羅斯福路的日本房子，在那兒，我們一家度過了大陸來台灣之後長長的時光。以前我走不動，我總是累，那麼現在不累了，我要回去看一看。

從百貨公司到羅斯福路好快啊，心裏想它，它就到了，「心至身在」是怎麼回事？這份新的經歷陌生得如同我眼前的大台北，可是為什麼去想呢，我趕快去找自己的故居，那個進門的玄關旁，總也開著一片片火也似的美人蕉——

日本房子沒有了，我迷失在高樓大廈裏，這裏找不到我的老房子，花呢，花也不見了。那條長長的路通向什麼地方？新店。我怎麼在新店？

不好走遠了，我回去吧，我不去醫院，我回兒子女兒住的大廈，百樂冰淇淋招牌的那條巷子裏就是我的家。

小孫子在吃飯，電視機開著也不看也不關，費電呢。我上去關，電視卻不肯滅掉。家裏沒有人叫我，我四處找找人，沒有什麼人在家，除了孫子之外。

後來我又想，回家是失策的，萬一孫子看見我逃出了醫院，大叫大嚷，捉住我又去躺病床也不舒服，我快走吧，趁他低頭吃飯快快溜走。

漢清大哥、嗣慶、谷音全在台北，他們是我的手足，這些年來行動不方便，總也難得見面，見了面，大家怕我累，也不肯多說話，總是叫我休息、休息。這個時候誰要休息呢，我要快快去告訴他們，我根本沒有病，走得飛快。我完全好了。

小弟嗣慶不在家，他的辦公室在火車站正對面，那個地方我從來沒有去過，今天跑去看看他，他一定嚇了一跳。

就看見嗣慶啦！他在看公文，頭伏得低低的，我不跑到他面前去，我要跟他捉迷藏，就像我未上花轎以前在家裏做他姐姐一般的跟他頑皮一下——

我浮在他的上面，用手指輕輕搔一下他的頭頂心，嗣慶沒有反應，人老了就是這個樣子，弟弟也老了，敲他的頭都沒有感覺，他不及我年輕了，我怎麼又一下那麼爽快了呢？

是的，我們都老了，爹爹姆媽早已過去了，我找不到他們，看不到他們，這也沒有辦法，我只有在台北跑跑，再去看看我的親戚們。

今天不累，我一個一個房子去走親戚，我好忙啊，已經是老婆婆了玩心還那麼重，自己也有一點不好意思，可是能走還是去走走吧，今天不同凡響——

於是我走了好多好多的路，我看親戚，看街，看外銷市場，看新公園，看碧潭的水，看街上的人，看陽明山淡水河，看廟看教堂，也去了一間國民小學——

玩了不知多少地方，繞了好大的一場圈子，我到了一幢建築面前，上面有字，寫著「國泰醫院」，這個地方眼熟，好像來過，二樓一個窗口尤其熟悉，我上去看一看裏面有什麼東西。

於是我從窗外向裏看，你可別問我怎麼飛到二樓窗口去的，我沒有說謊，我是在二樓外面看——

這一看吃了一驚，我的兒子阿三怎麼坐在一張床的前面，哀哀的在向一個老太太一遍一遍的叫——「姆媽！姆媽！姆媽！姆媽……」

那個睡著不應的女人好面熟……她不是我自己嗎？難道是我？那個鏡中的我？一生一世鏡中才看得見的我？

我急忙往窗內跑，跑向自己——

「姆媽——」

我聽見了兒子的聲音，哽住的聲音，叫得好大聲，吵得很的。

再一看床頭的鐘，五點了，原來一個小時已經過去，一個小時，我去了好多地方——而我又在床上。

「姆媽，現在是早晨五點，妳昏迷了十三個小時，怎麼救也救不過來，我們——」

傻孩子，急成那個樣子，姆媽哪裏是昏迷了，姆媽只是出去玩了一場，散散氣悶，你們怎麼叫護士小姐用針扎人呢。

我的姑姑跟你講了一件很普通的小事，她不太會說故事，又越說越匆忙，因為說完她要收拾東西回百樂冰淇淋那條巷子裏的家裏去，她想回家，不肯慢慢細細的講。

至於我的故事，並沒有說完，可是讓我悄悄告訴你一個秘密，有關我的秘密——

當我「出去」的時候，我從來不肯去照鏡子。

# 狼來了。

對於我在台北市開車的事情，在我們家中，不太贊成的有八個人，熱切盼望的只有一個。我們一共是九個成人的家庭。

當然，如果我自己不發心買車，那九個人就想法一致了。

這幾年來，海外的日子雖然過下來了，房子總覺得大到沒有人氣。一到夜間，陽光退去，黑暗裏總有奇異的聲音在每一個角落裏輕輕的響。

有時候天氣不好，海浪就如巨獸般的繞住房子怒吼。這種夜晚，我必是不能再睡，悄悄開了車房的門，將汽車倒出來，跑到高速公路上去慢慢的駛到天亮。再回家的時候，心中便很舒坦了。

所以說，相依為命的東西，一直是那匹馬。我的白馬。

回到台灣來之後，發覺我突然屬於許多人。這當然增加了說話的對象，也縮減了長長的光陰，可是我的情況仍是相同的；沒有一個人或物是完全屬於我的。這一回，難道唯一的馬也沒有了嗎？

堅持要一匹馬，而且它必須是白色的。

白馬是一輛喜美，報紙上找到它的，要它的人相當的多。它先前的主人是一個美麗的中國女孩子。我懇求這一位老主人——這匹馬和我一見鍾情，請讓我來馴養它吧。那個女孩子依依不捨的將它過給了我。

馬來我家的時候，是下午五點，我跟著它跑進了台北最混亂的交通時刻裏去，一直跑到深夜十二點半才回家。

台北是這麼美麗的城市，尤其在落著微雨的深夜。以前不認識它，因為馬和我沒有在這裏共同生活過。

於是，我屬於了一匹馬，彼此馴養著。

那時候，我還沒有搬到陽明山的學校宿舍中去住，我常常藉著種種的理由，將我的父母手足和下一代的孩子們裝進白馬裏，一同出去跑路。這件事情就有如請親人來我自己的家中坐坐一樣，他們進車來，我便開車招待他們，心中十分欣慰。

開車的時候，不太鎮靜的弟弟總是忍不住大叫，這件事情使我有些抱歉。他們很怕。

事實上我自己也是心虛的，每次在街上一看見警察，就會煞車，口裏也會輕輕的喊出來。

「一個警察！」

「警察總是有的，叫什麼嘛！」坐在旁邊的人總是奇怪。

「怕他捉我，不如先慢下來，表示我沒有逃走的意念。」

「為什麼要抓妳？」
「就是不知道呀！不知道做了什麼就更怕了，想想看，隨時隨地會被抓。」
「可是妳沒有犯規——」
「就是不知道有沒有犯規，才那麼緊張的。」
這麼一說，將同座的人也弄成怕警察了，坐一趟車大家都很費力。
當我住在西班牙那個海島上的時候，小城的交通也到了飽和點，停車當然是極大的難題。只因為警察們心腸軟，我常常派他們看守我隨便停著的車，自己跑去快速的辦事，辦好出來，不但沒有被罰，反而有人吹哨子將交通擋住，讓我上路。在那邊，警察是一群卡通片裏的熊，碰到他們，總是喜劇——華德狄斯奈的那種。
台北是不是卡通片？我猜不是。
那天夜裏，我的弟弟和他們的小女兒回到父母家中來探望之後，要回家去了。我當然熱心的要送他們。彼此客氣了一會兒之後，我們上車了。
「妳就穿這個樣子跑出去啦？」弟弟問我。
我的百慕達式牛仔褲是舊的長褲剪成一半的，沒有縫邊，上身一件軟得如同豆腐皮一般的恤衫，並沒有穿襪子，踏著一雙帶子斷了的白球鞋。亂髮分叉盤在頭頂，一叢蘆花也似的。
當然，這個樣子是不好看，可是只是坐在車內開一趟，十多分鐘便又回來，誰會看得見呢？更何況天也是黑黑的，還下著雨。

送完了弟弟全家，彼此有禮貌的揮手晚安了一大場，我快快樂樂的往仁愛路財神酒店的方向開，要繞過圓環到敦化南路去。

那時候路上已經沒有什麼車輛和行人了，雨地的反光將都市襯得更加涼快而空寂。

進入圓環之前，看到一盞紅燈，接著看見不遠處又是一盞紅燈。我想了一下；好，開到遠的紅燈停下來就對了，那一盞對左轉的人是要的。

四周看不到一輛車，我慢慢的過去了，收音機裏正在放〈環遊世界八十天〉的曲子。

正在漫遊呢，一輛車子飛也似的由黑暗中向我直衝而來，鬼魅也似的突然出現在我左前方，我嚇住了，一個緊急煞車——那輛車裏，居然全是警察。

「小姐，妳闖紅燈了！」

「真的？」我伸出頭去大喊了一句，不信似的。

「是闖了嘛！」

對嘛，原來是闖了嘛！對啦！我的心撲撲的狂跳起來，臉一下全熱了。四周突然好安靜，什麼也聽不見了。

「我們開到邊上去說話好不好？」我趕緊說。

我不敢快開，怕警察誤會我想逃。我慢慢的開，開出了圓環停在一排高樓大廈冷冷黑黑的邊上。

沒有什麼辦法了，這批警察不說西班牙話，我不知怎麼對付他們。

我只有穿著那條有流蘇的牛仔褲，慢吞吞的挨下了車。服裝先就代表了身分，這種樣子警察不喜歡的。

「駕照借看一下。」一個警察上來了，口氣平淡。

我太緊張了，拿錯了，出來的是一張保險卡。

「我——才開沒有幾天，不太明白台灣的交通規則。而且，也沒有開過圓環的街道，我以為前面這盞紅燈才是給我的——」我交纏著手，將十指扭來扭去，不自在極了。

「不懂交通規則怎麼開車呢？」警察將我給他的保險卡翻來覆去地看，我發覺拿錯了，趕緊又遞上去一張，結果卻是行車執照。我的駕照呢？

「是真的，不是說謊，實在不太懂台北的燈，請你瞭解，我是遵守交通規則的人，雖然做錯了，絕對不是故意的——」

警察先生看了我一眼，這時候我的頭髮不知什麼時候散了一撮，一半就被風吹到臉上來，更不討人喜歡了。

你說不說西班牙文？求求你。

警察瘦瘦的，一口白牙在夜裏閃爍。他不是熊，是一種狼——台北市之夜狼。

好囉！要說的話已經說過了，我還站著，狼坐在車子裏，狼也在我面前，等吧！沒有希望逃了。

「請您原諒我，給我改過的機會，這是第一次，以後絕對不再錯了——」我的聲音怎麼好像生病了。

警察又看了我一眼。誰叫妳隨隨便便就出門了，什麼怪樣子來給警察看到，我恨死自己了。

「請你不要罰我——」

「不是要罰妳，這是妳自己的安全，要當心的呀！」

「那你罰不罰？」

他也不說到底要將我怎麼樣，微微一笑，將我的什麼證都還給了我，還了以後並沒有再掏出筆來寫字。他的筆掉了？沒有罰單好寫了？

「以後要當心哦！」警察說。

大概是可以走了，在全車的狼沒有後悔之前趕快走。

這一場嚇之後，我不認識方向了，不知道要怎麼走。

四周沒有什麼行人，我只有再跑上去問警察：「現在我要去南京東路四段，要怎麼走？」

警察指了一條大路要我走，我腿軟軟的跑去開車，頭也不太敢回。

那一次之後，我得到了一個證明：狼的牙齒雖然很白，而且來去如風，可是牠們不一定撕咬人。黃卡其布做的那種除了顏色嚇人之外，其實是不錯的。

「小姐妳講這種話實在很不公平，我們受警察的氣不是一天了，憑妳一次的接觸，怎麼說他們是講理的？交通警察只有我們計程車最明白——」

「你不犯規他會抓你？」
「抓是沒有錯，抓的時候就沒有商量了。」
「你自己被抓的時候是不是也死樣怪氣的呢？」
「倒楣啦！給他罰還會好臉色給他看？」
其實，跟計程車司機先生們說話是十二分有趣的，他們在某方面識人多，見到的社會現象也廣，長長的路程一路說話，往往下車時都成了朋友，我喜歡跟他們接觸。
當我的白馬進醫院去住院看內科的時候，我偶爾也會坐計程車。這一回因為講到警察，彼此不大談得攏，最後的結論是警察只有一個講理的，就是那天晚上被我碰到的那一個。司機說他相信我沒有說不老實的話。
可是，如果那天晚上他罰了我，難道便是不講理的嗎？

「妳不要太大意哦！我那天開車，有一個斑馬線上的人要過不過的，我給他搞得煩了，開過去也沒壓死他，警察竟然跑上來罰我錢，還抓我去上課，班都不能上了。」
女友阿珠長得比我美，汽車比我大，居然也被交通警察收去了，沒有放她。活該，人又不是餃子皮，怎麼能去壓的？太大膽了。應該多上幾堂課再放出來。
「什麼活該？妳怎麼跟警察那麼好？」
我嘻嘻的笑，覺得台北市的人相當有趣。阿珠的先生是交通記者，自己太太被罰，居然救不出來，真好。

說來說去，不覺開車已經快一個月了。

一般來說，我的行車路線是固定的，由家中上陽明山，由陽明山回父母家，平日有事在學校，週末回來省視父母請安，便是此次回台對生活的安排，並不亂跑。

當然，我一向也只會走民權東路、圓山、士林那幾條路，別的就不大會。

聽說外雙溪自強隧道內有時候會有奇幻的影像出現。例如說明明看見一個小孩躺在隧道地上，開車的人停車探看，就不見了。又說有一個漂亮的小姐招手要上車，上了車過完隧道也消失了。當然，這都是計程車司機先生們說出來娛樂我的事情。

自從知道這些故事之後，我便想改道了，有次下山回家特意開過隧道，經過大直，轉松江路過去。

隧道裏沒有小孩和女人，什麼都沒有。還好。

松江路上車水馬龍，很多地方不許左轉，等到有一條大街可以左轉時，紅燈又亮了，紅燈亮了我正好從窗口買一串玉蘭花。

紅燈滅了，綠燈亮得好清爽，我便一打方向盤，轉了過去。奇怪，台北市怎麼居然有的地方一排同時掛著五個紅綠燈的，不嫌多嗎？眼花撩亂的有什麼好。

轉過去了，警哨劃破長空，我本能的煞了車，眼前居然是一個警察在揮手。我連忙回頭去看，身後沒有車跟上來，心裏有些孤單。不好了，難道是我嗎？

買了路邊的玉蘭花有什麼錯？又不是警察家的。

「請問是吹我嗎？有什麼事？」我打開車窗來問。

警察叫我靠邊停，許多路人開始看我。路邊不遠就是一個洗車站，我假裝並沒有什麼臉紅，假裝自己是心血來潮要去洗車，慢慢的停下來了。

那個警察咬住哨子的牙齒又是雪亮的，不過不太尖。

「沒有看左轉燈，搶先轉道。駕照借看一下。」

他說這句話，正好應了鍾曉陽的小說名字——《停車暫借問》，以前總要念錯的書名，這一回腦子裏一順就出來了。警察來了，居然有聞聯想到曉陽身上去，自己竟是笑出來了，一面笑一面下車，這回是罰定了。

「你要罰我囉，對不對？」

「駕照呢？」

我雙手遞上去，那串花啪一下落到地上去了。

我蹲下去撿花，站起來的時候風颳過來了，臉上的紅潮也就吹掉了。

「警察先生，你的紅燈很特別，怎麼有五個的？我挑了一個綠的看，不知道綠燈也不可以轉過來，難道紅燈才能轉嗎？請你教教我。」

「妳來——」警察往前走，走到路中間，眾目睽睽之下我也只好跟過去了。

「交通流量每一個地區都不同，這邊車子多，沒有左轉綠燈就不能走，明白了嗎？」

「別的路車子也很多，怎麼只有三個燈呢？這一回應該不算，給我學習改過的機會，請你原諒我，好不好？」

「妳不會看燈怎麼開車，奇怪呀？」

「我是鄉下人，這種五燈的東西鄉下沒有，我剛剛才住到城裏來的，請你相信我，不是故意的。」

我沒有說謊，在國外我是住在市郊。

「那妳要去學呀——」

「請你不要捉我去上課——」我叫了起來。

警察看見我那個樣子，抿著嘴笑了笑，居然反過來安慰我：「沒有抓妳去上課，現在不是已經講解給妳聽了嗎？明白了嗎？」

「明白了，可不可以走了？」我沒命的點頭。

「不要罰了哦？」我一面小跑一面不放心的回頭問。

「下次不要再犯了——」

「謝謝你，一定不會了。」

上車的時候，心中非常感激那位警察先生，看見手裏只有一串香花，很想跑上去送給他，可是又怕路人說我行賄。什麼也不敢做，只是坐進車裏，斜著頭笑了一笑，就走了。

兩次絕處逢生，對於制服底下的那些人也不再害怕了，交通警察總是站在空氣最壞的地方服務，這個職業付出的多，收進去的廢氣又不健康，看見的臉色大半是壞的，他們實在也有自己的辛酸，畢竟也是血肉之軀的人啊！

「妳知道他們住在哪裏？北平路一帶，我去過，環境不好，宿舍大統艙，外面吃灰淋雨，回到宿舍也不能安靜，妳以為警察好做嗎？不跟妳吼就好囉！」

柱國弟弟聽說警察兩次放了我，十分感慨的對我說。我愣了一陣，沒有說什麼話。在台灣，我知道的事不夠深入，沒有什麼見識。

好，沒過幾天，我去了北平路，不是故意的，是在巴黎的時候答應了騫騫給他買裱好金邊的宣紙，要去中山北路北平路交錯的「學校美術社」買了寄出去。

天橋底下停滿了車，轉來轉去找不出一個停車的位置，急得不得了。因為時間很緊，我要趕回陽明山去換衣服上課，眼看車子不能丟，路上都是黃線，四周全是警察地盤，急得不知如何是好。

這一次是明知故犯，如果警察來抓，只有認了。

一咬牙，我就擋在警車前面停住了車。當然不能理直氣壯，總是回頭看了一下。

就在我車後，一輛紅色的警察吊車因為我擋住了一個漆好車號在地上的空位，進不來了。

「我是故意的——」我一摔車門就向車後跑去，那兒一個警察也下車了。

「妳這麼停，我怎麼辦？」他說。

我現在知道警察的牙齒為什麼全是白的了，他們風吹雨打，皮膚都黑，當然了。

我也說不出任何理由來，只是站在他面前，嘻的一笑。

「如果你要罰，我就乾脆先去買紙頭，兩分鐘，好不好？請你看住車，不要叫別的吊車來拖走了，拜託——」

「兩分鐘就出來，我等妳——」吊車就是他嘛！

我笑笑，點點頭，趕快跑過街去。

兩分鐘不到，買好了一盒紙，付了錢，抱著盒子飛快的穿過街，再跑去站在警察的面前。

「咦，妳不是三毛嗎？我是妳的讀者呀！」他嘩一下叫了起來，表情真純，很教人感動。

好傢伙，你笑的時候像我弟弟。

「謝謝你護車，對不起，我馬上要走了。」我不敢多跟他講話。跟警察扯自己的書也是不好的，他是我的讀者，更不敢提醒他罰不罰了，還是趕快走，趁他沒有要抓我之前就走掉，這樣他的心裏便不會有矛盾了。

我規規矩矩的把車開出去，回頭笑了一笑。

經過忠孝東路兩排高樓大廈的深谷，交通擠成麥芽糖似的扭成一團。看看那些爭先恐後搶道爭先的車隊，我笑了起來，將玻璃窗搖上，免得吸進太多廢氣。收音機裏播音員說要放一條歌，李佩菁唱的：〈到底愛我不愛〉。然後，歌聲飄了出來——

躲開一部壓上來的大巴士，閃掉一輛硬擠過來的計程車，我在洶湧的車潮裏不能脫身。快線道上什麼時候來了一輛賣饅頭的腳踏車，那個路人為什麼在跨越安全島？這一群亂七八糟的人啊，都和我長著一樣的臉孔。

台北，台北，如果你問我，到底愛不愛你，我怎麼回答？

想到這兒，酸楚和幸福的感覺同時湧了上來，滋味很複雜。十字路口到了，那兒站著的，明顯的兩個卡其制服的黃警察。

# 他。

去年那天，也是冬天，我在陽明山竹子湖一帶走路，同行的人隨口問了一句：「妳一生裏最好的朋友是誰？」還在沉吟，又說：「不許想的，憑直覺說，快講——」講了，是父親母親姐姐小弟還有我的丈夫。

「那他呢？難道他不算？」當然問他囉，他們是好同學。

我拿了根乾樹枝啪啪的打過一排又一排蘆花，一面跑一面口裏嗚嗚的學風叫，並不回答。

他當然是生命中很重要的一個人。

打過他，用刷頭髮的梳子，重重一掌下去，小鋼釘在面頰上釘成小洞洞，過了好幾秒鐘，才慢慢滲出數十個血珠子來。那一回，他沒有哭，我還要再打，是夾在中間死命拉扯的母親發著抖流淚。那一年，我十九歲，他十七。

後來，沒有幾天，又在街上看見他，台北桃源街的牛肉麵館外邊。他低頭在踩摩托車，口裏叼著一支煙，身後跟著一個穿迷你裙的女孩。還記得，他們上車而去的時候，那套西裝在夜風裏飄出來的是一塊大紅的襯裏，女孩的手，環在腰上，那麼意氣飛揚的招搖過市。他沒有看見我，那個手裏拎著一袋書，看到他就站住了腳的人。

我回家後並沒有對母親說什麼，那幾年，母親稍一緊張就會極輕微的搖擺她的脖子，那種不自覺的反應，看了使人心酸。我深信，她的這種毛病，是因為女兒長年的不肯上學和陰沉的個性造成的。在家裏，我總是攻擊人，傷害性的那種打法。尤其看不慣只上學而不真讀書的人。當年的他，就是那個死相，他假上學真蹺課，只對自己花錢，對人不友愛，而且自高自大語氣輕浮。

想了一下在街上看見他的那副樣子，把一本自己批註的《水滸傳》送到小弟的房間裏去。那時候，小弟初二了，正是我當年批註這本書的年紀，我們一同看書，小弟也開始批寫，批上一段，上學校去的時候，我就拿起來看。跟小弟，也沒有說他什麼。

又過了好多天，長春市場的路邊邊有人賣藥玩蛇，算是夜市吧。圍觀的人怕蛇，圈圈圍成很大，賣藥的人費力的連說帶表演，一直讓蛇咬他的手肘——真咬，卻沒有一個人上去買藥。那個弄蛇人又表演了吞蛇，緊緊握住長蛇的尾巴，讓蛇身蛇頭滑到口裏去，這一招惹得許多人退了一步。就在人群擴散開去的那一剎，我又看見了他，有一絲驚懼，又有一絲哀憐，透過他的表情默默的投射到那個在一支光禿燈泡下討生活的賣藥人身上去。人群裏的那個他，陌生、柔軟，有一點孤零，透著些青少年特有的迷茫。他沒有在摩托車上。

再從窗口望他的那一年，小弟已經讀大學了，我初次回國。巷子裏的他，蹲著在鎖車子，知道必然會進來，我等著跟這個一別四年，沒有通過一封信寫過一個字的人見面。

進門的時候微笑著喊了我一聲，自己先就臉紅了。看見他的手上拎著一個帆布袋子，裏面裝著想來是到處推銷的油墨樣品，沒有穿什麼怪裏怪氣的紅襯西裝，一件夾克十分暗淡，頭髮被風吹得很毛，看上去好似很累，脫鞋子的時候半彎著身體，那個灰撲撲的帆布袋也忘了可以擱在地上——那一年，他進入了社會。也是那個夜晚，想到他的口袋和脫鞋子時的神情，我伏在床上，在黑暗中流了一夜的眼淚。過不久，我又走了。

我們依然沒有什麼話講，也不通信，有一天，母親寫信來，說他有了兩個女兒，做了父親。又不久，說他離開了油墨行，跟一個好同學拼湊了一點點小資金，合開了一家小公司。

很多年過去了，我結婚，他也沒有片紙隻字來。後來我便以為自己是忘了這個人，直到有一天的夢裏，看見一大面猙獰的鐵絲網，他在那邊，我在另一邊，清楚看見是他，臉上還有鐵刷子打上去的那些小血洞。我很緊張，喚他，叫他跳鐵絲網，他向四周張望了一下，退了幾步，然後向我跑過來，上網了，接著看見電光強閃，他無助的被掛在鐵絲上成了一個十字形，然後，我在夢中的的確確聞到了生肉燒焦的氣味——我被搖醒的時候還在慘叫，知道經歷的是夢，只是一場夢，仍然不能停止的叫了又叫。夢的第二日，收到一封電報，是大伯父打來的，沒看清楚內容先撲到地上去便痛哭，赤著腳沒有帶錢，奔過荒野，走進簡陋的電信局，一定要他們掛長途電話回台灣。等到丈夫大步走進電信局的時候，我已經等了六個多小時。丈夫來，電話通了，接電話的是父親，我喊了父親一聲抱住電話筒失聲大慟，好不容易雙方弄懂了，說他沒事——那個以為已經忘掉了的人沒事，這才再細看那封捏成一團的電報；那封會錯了意的電報。

那事以後的幾日，當我一個人在家的時候，總是恍惚，夜間，睜著眼睛向著黑暗，想起他，那個一生沒有交談過什麼話的他，才發覺這個人對我，原來也有什麼意義。

又是一年，我回國，父母一同回來的，下飛機，他不知道要跟我說什麼，那時候，我心情不好，一路上很沉默。他將我放在前座，開到家的巷子裏，他掏出來一把鑰匙來給我看，臉上是逼出來的笑，他跟我說：「來，來看妳的汽車，買給妳的，二手貨，可是裏面要什麼有什麼，不信妳問我，音響、冷氣、香水瓶、錄音帶……妳高不高興？妳看，買給妳的車，來看嘛！看一眼……」我快步跑上樓，沒有碰鑰匙，他跟上來，我說：「以後精神好了才去看——」那輛車，在巷子裏風吹雨打了三個月，我沒有看它一眼，後來，他沒有說什麼，賠了三萬塊，轉手賣掉了。

爸爸貼了他錢，他頭一低，接下了。那一剎，我眼眶有些溼，他根本沒有什麼錢，卻貼出了財產的大半，標會標來的，給了我。

再見他當然又是回國，窗外的大個子從一輛漆成紫綠兩色的破汽車上下來，鎖好車門，一手夾著一個小女娃兒上樓，那時候我叫了他，從窗口送下一句話：「胖子！好醜的車。」「實用就好，醜不醜什麼相干？」還是談不來的，可是這句話已經慢慢中聽了。當年那件西裝並不實用，卻悄悄去做了會女朋友。那時候，也只是打架，我們不談的。

有一回我問他，他家裏為什麼不訂《大華晚報》，偏偏每天要來一次看看這份報才走。他說，怕忘了看有一個「愛心基金會」的消息，問他看了做什麼，他不響，向母親和我討錢，討到手便走。第二天，他匯了錢去基金會，然後才說了一句：「這種開銷每個月很多，看報不大好，看了會有心理負擔，不寄錢又不安。」我沒有什麼話跟他講，可是也有了自己的負擔，是他傳給我的。

很多年後，才發覺他早已通信認養了一個新竹地區的苦孩子。那時候，他的頭髮開始一絲一絲白出來了，我去香港，替他買簡便的治白髮藥水，而我，早也染髮了。

有一次在他家裏，我賴他偷我當年的書，他很生氣，說我的那種枯燥書籍他是一定不會看的，我不肯信，他打開書櫃叫我搜，看見那些寶貝書，我呆了好一會兒，也確定了他不可能偷我的書。那一天他很慷慨，說可以借我三本書帶回去看，借了，當天晚上，翻了三頁，便睡著了。

我還是有些討厭他，沒有什麼話跟他講。

有一天他來，已經深夜了，我正在因為劇烈的肩痛而苦惱，母親一定要替我按摩，而我死也不肯。他問我為什麼不去做指壓，我說夜深了，不好去煩固定做指壓的朋友春香，他拿起電話便撥，聽見在跟太太說要晚些回去。那一次，他替我做指壓，做到流汗。

我沒有說什麼，他很晚才走，走的時候，說了一聲：「那我走了！」我說：「好。」想起當年打他的事情，呆呆的。

又有一天晚上，他又來，說肩痛可能是在歐洲常年習慣喝葡萄酒，在台灣不喝酒的緣故。他很急的在我桌上放下了一只奧國的瓶子，說是藏了很多年的葡萄酒，要給我。說完兩人又沒有什麼話講，他便走了。看看德文標籤，發覺那是一瓶葡萄果汁。我們還是不通的，那麼多年了。

他的車子換了許多次，辦公室搬了自己的，不再租房子。有一天，我在街上看見一個人騎著一輛摩托車，覺得眼熟，一看是他，嚇了一跳，才發覺，在白天跑工作的時候，他仍然騎車而不駕車。不太認識他，使自己有些臉紅，我們已經認識夠久了。

去年夏天，我在西班牙，郵箱中一張明信片，寫的人是他美麗賢慧的妻子，夫婦兩個人在東北亞旅途中寄的。他只在上面簽了一個名字，出國十八年來第一次看見他寫的字——兩個字。

這個人喜歡看電影、聽歌、跳舞、吃小館子，原先也喜歡旅行，那次東北亞回來的飛機上遭了一次火警，便發誓不坐飛機了。以後的錢，捐了好多給基金會，那個基金會騙錢不見了，他仍然不坐飛機，也沒有多餘的錢。

我們談不來，只有一次，他跟我悄悄的講了好久的話，說他大女兒如果坐在我的車子裏，千萬不要一面開車一面放音樂，因為女兒睡不夠神經衰弱，一聽音樂便說頭昏，要煩的。我答應了，他又叮嚀一次，叫我千萬不能忘了，我說不會忘，他還不放心，又講又講。那一回，是他一生裏跟我講最多話的一回。我發覺他有些老了。

他的小公司，開業的時候明明是兩個股東，後來各讓出百分之十，無條件分給了一位職員。我問母親，這是為什麼？母親說，那位職員是開天闢地便一起跑單子來的，做事勤快認真又忠誠，兩位合夥人商量了一下，便分他二十股，不要投資，算做另外一個老闆。做了好多年，那位股東要求退股，於是和和氣氣公公平平的分了帳，說了再見，而今也仍是朋友。回想起小時候過年時我們孩子賭錢，可以賭三天，如果有他在場，我一定不參加，那時候他最善賴帳，輸了錢臉色很壞而且給的時候一定打折扣，如果贏了，死活也說坐莊的要討雙倍。為了過年的賭，也跟他摔過碗，吵過、氣過，將新年氣氛弄成大僵局。當年的他，守財奴一個，新年的收入，可以用上半年幾個月不缺錢，而我，是看不起他的。

他的朋友多，在外買東西吃東西都有固定的人家，我洗照片，他叫去他的那家沖洗，去了，說是邦德公司介紹來的，老闆娘一面開收據一面隨口說：「邦德那兩個老闆真不簡單，合作了那麼多年，沒看他們紅過一次臉，從來不在背後說彼此一句壞話——」我有些發愣，這兩個大寶貝，當年都是混畢業的，那種，打電動玩具出來的，那種，看書不用腦子只用眼睛的，絕對不是讀書人，可是——

對於金錢，他越來越淡了，自己有限的吃吃用用，對他人，卻是慷慨。手上一只光鮮好錶，萬華地攤上買來的，見人就要伸出來顯一顯，我猜那是「COPY」錶。我看他，衣服也整潔，孩子護得緊，妻子也很疼愛——也確是一位可敬可愛的婦人。那輛長長的麵包車很老爺了，是父親母親姐姐小弟全家和我的公共汽車，假日東家接西家送，當年的煩人和銳氣就如他的體型，由瘦長到微胖，是一個和氣又有耐性的小胖子，口頭語，在從前是：「氣死人！」而今，只說傷害他人的人「可悲可憫」。

有一次，在我的面前他動手打了左也不是右也不要的孩子，孩子驚嚇大哭撲在媽媽的懷裏，我氣得發抖，想打他，並沒有真動手。那幾日看見他，我不跟他說話，他的臉，十分羞慚，穿鞋子的時候總是低著頭。那幾日，母親對他也很冷淡。我們絕對不打孩子的。

他不是我的朋友，我們不能琴棋書畫和談人生，一說這些，他就很不耐煩，就如他當年那輛可怕汽車的顏色一樣，他偏說汽車是將人載到目的地的，性能好就好，外形沒什麼重要。奇怪的是，他又愛看崔苔菁，這位敬業的藝人是他的專情歌星，崔苔菁並不實用——對他。

他不看我寫的文章，他對我的稿費，卻付出了極大的欣賞與關心，常常叫我：「捐出去！捐出去！」

看我捐得多了些，又會心疼，背地裏嚕嚕囌囌，說我對己太節儉。當我下決心要買一台錄影機的時候，他怕我後悔，當天便替我搬了回來，又裝又教又借錄影帶，然後收錢，含笑而去，說我對自己慷慨了一次，他很愉快。

我罵他是一種一生的習慣，並沒有存心，那次坐上他的車子，他將我一開開回了童年的老家老巷子，叫我慢慢走一次，又在老里長的門口徘徊，里長不在家，他有些悵然的離去。這個人，我不罵了。

可是叫他去看林懷民的雲門，他不去呢，他寧願去萬華看夜市。這些地方，我也不怪他，因為萬華我也愛去，一個又雜又深又活潑的台北。我又想，金庸小說可以看吧，他也不，他看別人的，那種催眠的東西。我也想，我的書不可讀，《娃娃看天下》總可讀吧，他不，他卻看卡通片。

學校開母姐會，他不是母也不是姐，跟著太太，打扮得整整齊齊去看孩子的老師，竟然還敢說話，請老師少留功課，他不要孩子太用功，只要她們有一個快樂而糊塗的童年。那個可敬的老師，對他居然含笑而尊敬。功課果然留少了，少得適可又合理。

前幾天，耶什麼誕節的，姐姐為了給小弟的孩子一個未來的回憶，興匆匆的抬了一棵樹來放在父母家，鬼鬼祟祟的在樹下堆滿了各人的禮物，全家十幾口，每人都有一個秘密在樹下。那棵樹，披頭散髮，紅綠燈泡一閃又一閃。我一看便生氣，塵世艱辛已久，磨人的事已經夠多，再來應景，也去買禮物送家人，萬萬沒有這份精神與心力，我很難堪，也真，也做得臉皮夠厚，二十二日便逃離了台北，不回去過什麼節。走的時候，自圓其說：「心裏愛就夠了，表面的不做，雪中送炭勝於錦上添花。」小弟回了一句：「妳不做，人家怎麼知道？」我走了，走到中部鄉下去看老厝，沒有回來。家裏太吵，精神衰弱。

那個他，卻存心要給他一樣東西，不為過節。他也坦然，說：「我不要皮鞋，我要皮帶，妳送，我乾脆指定。」

於是，大街小巷百貨公司去找，要一條全台北最漂亮的皮帶送給一個微凸的肚子去用，一心一意的去找。

耶誕節過了，除夕也沒有回家，元旦之後在獅頭山和三峽，聽人講客家話看寺廟，我沒有回家。

昨天姐姐來電話，說那輛全家人的司機和公車又載了十幾口出去吃飯——我們家人喜歡吃飯。在餐廳裏來了一個小妹妹賣玫瑰花，那些花，枯了，陪襯的「滿天星」小白花朵都成了淡灰色，小女孩穿著國中制服出來賣花，一桌一桌的走，沒有人理她——那是一把把枯了的花。

他不忍，招手喚了過來，笑著買了兩束，全家人都在看他，他不大好意思，解釋說：「一定賣了好幾天了，不然花不會枯，賣不出去血本無歸，我們買下，也是安心。」

這個人，這個當年在成長時被我憎恨的大俗人，在去年還不肯將他列入朋友的他，一點一點進入了我的心，手足之外的敬和愛，那優美卻又平平凡凡的品格，使我自己在他的言行裏得到了啟示和光照。今年，我也不敢講我能夠是他的朋友，因為我自卑——在他和他好妻子的面前。

我要把這篇文章，送給我的大弟，永春堂陳家二房的長子。大弟，永遠不會看我文章的你，你看了這一篇，也是會打瞌睡的，睡覺對健康有益。預祝你大年初七，生日快樂。對不起，當年的那一血掌。今生今世，我要對你的一雙女兒盡力愛護，算作一種不能補償的歉，謝謝你，你教了我很多。

# 忠孝西路 P.M. 5:15 1986。

那條街，比起異國任何一條馬路，都要令人心慌。從來只是車裏坐著經過，靠著玻璃不當心那麼飄它一眼，心裏馬上幾十團亂毛線打結。

十年吧，這才去了。

即使走在騎樓裏，仍然感到一輛輛汽車壓在背部——再加油煙浸漬的一隻大手捂在人口上。一種世紀將要滅亡之前一刻的幻覺。天地是加蓋的壓力鍋。那聽不聽都得刺進身體裏去的高音貝，是哪一個小伙子套住麥克風站在沒有門面的衣服堆裏狂喊那五十塊任選一件不然隔壁還有六十塊一把的雨傘。

在那叫人發狂的噪音真相裏，沒有人真正的發狂。如果說這種聲音算做熱帶病毒，那麼被感染的一群也不過是被擴音機吸了進去，開始發作時機械性的動作；翻那小山一般買了回去也不能改變任何生活秩序的小摺傘，不然，一件不死不活的T恤。

小東西並不夠小，寒傖花色之外，不知道還有什麼更好的特性可以稱讚它。那種小花傘，是一對手足失措的情人，小小氣氣躲在裏面，怕，怕沾上任何一滴其實死不了的酸雨，擠那本來就夠擠了的寒傖。

這也許是廉價，傘本來也只六十塊一把，不能給人理直氣壯的骨架。就如床單總也不換的賓館，明晃晃大白天亮著日光燈招牌——「休息兩百五十元」藏在高樓幽巷裏，好使人看不見那一地的垃圾污水加爛菜葉子還有擋路的大鍋。

那種，休息之後出來；手也不拉的出來，直直走向幾步路騎樓邊的小食檔。男的問女的「吃什麼？」女的，對著一攤豬腸，小聲說：「隨便。」他們彎曲了身體，就著一團熱氣，把灰嗒嗒的肉團，吃到口裏不算，還在認真的咀嚼，然——後，噍——了——下——去。他們一直佝僂，在吃的時候。

傘還是有人買的，成就了一種那麼微薄的安全——只要六十塊就可以擺進皮包。天隨時可以下雨。

擴音機不能不叫，叫成了都市的命脈。

那個叫賣的人很清楚，他的嗓門和貨色對於路人是不可或缺的安撫，一旦沉默下來，城市要被嚇得出大禍。叫著叫著，不過是反覆幾千次的——來呀！來呀！卻將失群的人潮激起了狂喜的蕩漾。在那飽滿的呼喚裏，有人只用五六十塊的交換如同傳道者一般救贖著人的靈魂——來呀耶穌愛你。

那麼名貴的端硯毛筆名家字畫的門前，有人起勁的把一塊塊臭豆腐下鍋，臭豆腐的氣味成了墨香，於是沒有人看硯台。

紅紅的中國結襯著金色塑膠大字，財啦福啦，大吉大利、招財進寶、招財進寶、招財進寶、招財進寶、招財進寶、招財進寶、招財進寶、招財進寶。一定要使幸福的顏色濃得傖俗。而那金銀財寶，就算是佝著身體一輩子去膜拜它，也帶給人心甘情願的喜悅和親愛。哦，如果叫它神的名字，買的路人會不會比財字更瘋狂？

商店的門口倒不要神位，做了好多長條凳請人留步。就有條凳那麼周到，擺明了功能還擔心那不夠殷勤切意，添上了「請坐」二字。就像它不請人坐，人不敢坐下去那般小心猜測路人的客氣和謙卑。

而那些擺地攤的，知道自己絕對不算路人，就真敢也不敢坐下去，那麼識大體的離著條凳只幾分寸，賣著他的假名牌真恤衫，他們不在意口袋上那塊小標記，對著商店一條凳子卻又當當心心，壁壘分明。無論條凳是白是藍是黃，他們靠也不去靠。

書店倒是好大一家，沒有書香，聞到的老是胃裏的東西，照樣擠滿了只看不買的人群。當然是不買的，它不能兩百五十塊休息不能十五塊肉羹也不能給人蔽雨。

一群群被辦公大樓吐出來的下班族類，面無表情的站在公車站牌下，他們當然不再表情，因為下班了。等慣了車的人不張望——早也慣了。該來的總是會來，載人去每天必然回得去的地方。用一種方盒子。

人，每天上班在大盒子裏，下班苦等小盒子載人回家，家是另一種打著小方格子的空間，床不只是平面方形，電視叫做立體方形，等那中午好不容易鬆一口氣可以品嘗薪水變為食物的辛酸，還是面對一個便當盒——這就突然明白了，人在潛意識裏沒有面對棺材時，為什麼亂七八糟的買T恤和小花傘。他們很自然的不再買四四方方的書。當然。

車子當然也是擠的，擠來擠去，擠掉車門外的尊嚴沒有人會在意。而尊嚴也是一種習慣的代名詞，慣了，就好。如果人人不再講這個字，它就不必放在任何層次。這裏已經夠擠了，加不進一只髮夾。

那麼多裝扮相似的人混成一團，仔細看看又實在沒有一絲可以點明的相像。這個人的球鞋疊在那個人的背包上，那群人的外套擠成衣架上統一尺寸的貨色，而女人的頭髮，全部冒著燙焦沒有光澤沒有彈性縐巴巴蓬成一團濃煙，享受著與眾一同的安然。

與眾一同，叫做美麗。注意，要——燙——焦——頭——髮。

三五個拿著地圖的白種人，呆望著不能明瞭的公車站牌，沒有人理會他們。儘管學英文已經成為另外一種病毒，能不講的時候，還是不發病來得不叫人臉紅。學英文為的是：一開口說英文時，那一陣臉上湧出的熱潮令人興奮。聽說台北市可以坐上六百道不同站牌的公車，為什麼不看見有人，走上去，不講一句英文，把那貼著不穿衣服女人的隨手丟打火機啪一下去燒掉外國陌生路人手上緊握的台北市地圖。

小得像凹字大一點的什麼小櫃子，裏面卡住那個粗粗壯壯的青年，就在一家麵包店大玻璃片前的騎樓下，把自己卡成了一個囚字。他的背後正好是食物，還配上出爐味。粗小子賣手鐲、別針、項鍊、耳環，細成如同他手臂血管暴脹青筋三分之一細的鍊子，鎖住了一個大男人的青春——我不要青春我要麵包。

看了麵包一眼，粗裏有細的櫃檯囚人，警覺的堆出一臉笑來。「小姐妳看，妳身上這件衣服配上這月白色的耳環就更周全了。」就為了那用詞，多看了人一眼。櫃檯上，張愛玲的《半生緣》看到一大半，反面擱著。「曼楨的結局你喜歡嗎？」粗小子手中的耳環不晃了，靜止在空中。「妳也知道張愛玲，一百五十塊的耳環算妳八十塊。」並不會因為張愛玲而移情，笑說：「那邊走過去，一把花傘——可摺的，才六十。」台北人是這麼講話的。

大廈跟大廈之間的巷子，永遠沒有陽光，夾縫裏，生命流動得舒暢又緩慢，只要汽車開不過去的地方，就沒有東西壓在背上的感覺。人，在下棋，才夏天呢，灰撲撲的汗衫早也露了出來。卒子過河，車馬炮無聲的殺來殺去，慢慢殺、蓄意的殺。棋盤旁邊，小卒子壓著兩張紅票子，發印五百塊和一百塊相同顏色新台幣的人不會因此殺頭。猜是兩百塊吧，不看那穿堂風吹過，票子一起一伏的好像要飄走，賭棋的人壓都不多壓一個棋子。

台北人真真假假還是有錢。兩百塊可以買三把花傘加一個波羅麵包另外找回五塊銅板用來當工具刮痧。台北人不要心理醫生，人懂得怎麼去疏導自己，那麼漫不經心的。車子一輛一輛壓上來，狹巷裏，聲音被一個過河卒子啵一下吸成透明。

是哪個小姐在等情郎用摩托車來載她去休息，長長胖胖打褶裙子的下面，一雙球鞋加紅襪子，人就落實到地面上去了。上身一件緊身襯衫，擠出了成熟多汁的性感加肉慾——什麼?!這種身材的人會是處女。

「天主教文物供應中心」的前面站著那個肉體，一座聖母悲愴的塑像伸出一隻手，好像就要穿過玻璃，去摸一摸那活生生的大地之母。聖母在悄悄的嘆息——妳是一個好女人，好到一如當初天主創造的夏娃。而那個不站在公車站牌下卻時時張望著街頭的胖小姐，正在起勁的咀嚼口裏的東西，不，那不是口香糖，那是一種鹹溼食物——帶著五花肉的烤香腸。那麼旁若無人的吃著，那麼原始的磨著牙齒吞嚥。果然來了一輛摩托車，小姐把香腸棒子一丟，粗粗魯魯的跨上車，緊緊抱住騎士的細腰，帶著燙焦毛髮的烏煙，哄一下飛駛而去。

人潮湧來湧去，擴音機永恆的在吶喊，公共汽車逼到騎樓邊來載客，隊伍總是突然亂一陣，帶去了要去的人，而路上的人並沒有因此減少。登山用品店為什麼還不變成食品店，上公車的人絕對不是去了山上。在都市喧譁悶熱叫人窒息的黃昏，山林之夢是不能也不可以做的——那太單調了——一幅不能感動人的廉價房地產廣告。

不等車的人還是大部分，不知往哪裏去的人們市政府給了天橋、給了地下道，如果膽子夠大，衝過車陣也可以跑到對街——警察不會來抓你。這一片的街景全在騷動中跳舞，活生生的，活得朦朧又活得顯明、活得那脈搏有如灌濃時的生猛，砰、砰、砰、砰，飽出令人想尖叫的喜悅或說恐懼。

晚報出來了，走過書報攤的人，收回了那邁出的右腳，丟下一個銅板，迫不及待的就在人群裏把手臂拉開——更擠了，如果人人在街頭看報。猜那看報的人並不那麼好奇，人們看報紙，往往只有一個絕大的動機——不放心自身的利益和安危。這樣一來，只看早報就不夠了。

巨大的落日在都市大峽谷中靜靜墜落，人們一般並不意識它的存在，人們正在養精蓄銳，等待那立即將來的華燈初上歌舞昇平。

我捨不得離開眼前的現象。我站著點燃了一支煙，就在街上當眾吸著。我啪一下把煙蒂用手指彈到地上去甚而不許自己把它踏熄。我差一點走回頭路跑去買花傘。我果然被店家的「請坐」所感動，略略沾了那條凳的邊。我開始走過那總共包括六百個牌名的公車站牌，專心找一個指引人回家的地名。

而公車來了，我並沒有擠上去。我說過了，尊嚴只是某種習慣的代名詞。既然沒有車子可以立即習慣，我往抽過煙的老地方走了回去。你知道，不久以前，我是種菜還有玻璃花房的那種鄉下人。

雖然我佝僂了那麼十秒鐘不到的姿勢有一些使人委屈，我還是在一大群地上的丟棄物裏——觀察，是哪一支煙蒂上透露出我吸過的特定記號。

我仔細的撿起「一支煙蒂」，把它用化妝紙包起來，小心放進皮包。當我做出這一個動作來的時候，我突然看見滿月變紅像血從市議會的方向升起，不，我沒有看錯，那絕對不是霓虹燈。我聽見嘩啦嘩啦的笑聲——人的笑聲，摻雜著洗牌的碰撞，四面八方響起。人的五官模糊，可是他們明確的在噼噼啪啪拍手又歡笑，包圍著我大聲唱起來。

他們唱——來呀！來呀！台北人。來呀來呀台北人。來呀來呀——來——呀——六十塊一把，你還等什麼、等什麼、等什麼——

他們又輕輕的，說——來。

# 我的快樂天堂。

基本上，我之所以在成長期間老是不肯穩穩當當的去固定愛穩一個人的原因，是近十年來，方才整理出來的。

二十多歲的時候，我的男朋友們總是說——妳小姐好大脾氣——我自己也被這句話的方向所誤導，以為自己是個不講理又常常失去耐性的人。

的確，對於那個時代的戀愛方式，無論在中國或者在西方，我總要一不控制好，就生起氣來。那是什麼模式呢？男朋友準時來接，女朋友小小遲到十分鐘——我都是早到的，也改變不了大局。一同去看一場不能夠專心的電影，散了場當然什麼咖啡館再去賴一下之後，兩個人打把傘，在家門口的巷子裏走來——走去——走來——走去——如果在國外，前景是一色一樣的，那「走來走去」的一場，就換成女生宿舍的大鐵門了，而且一定是修道院附設的——那種——那種好人家女兒——九點整——一定得回家，以示貞潔的地方。

我每一次戀愛的終結，百分之七十五以上的原因在於——那種花前月下——它們費了我的鞋子不說，還得磨破腳也可以了吧——時間的浪費在青春期倒是沒有在乎過——好在可以揮霍——

但——是，愛來愛去的結果——每天都有著同樣的問題和答案。

答案是——我送妳回去。

問題是——那我們下次什麼時候再見。

人，是可以換的。

電影，當然改片子。

街道，隨便你怎麼橫著豎著左著右著走，最後還是——我送妳回去。

戀愛給我的經歷，等於永無止境的流浪。

流浪的意義在於每天面對新的挑戰和喜悅——或說苦難——這十分引誘人。但——是，交男朋友是種一成不變的文明戲，裏面乏善可陳、枯燥不堪、陳腔濫調、週而復始——如果，戀愛的雙方——沒——有——一——個——屋——頂——和——四方的——牆。我是說——對我。

有，有人有的，就在那種學生時代的情況裏。有人一旦有的，那——麼——交往或許可以拖長一點——直到有一天，我——意識到——那是你的屋頂嘛，我每天到時候還是得——回去。於是，也就小姐妳脾氣好大——吹掉好了。

原來，我的脾氣並不大，原來我的忍耐成了不知不覺的愛戀，原來我也實在不是什麼小姐，原來我可以永遠不再在換男朋友上嘆氣——哦——又是一樣的——看透明了——太陽底下沒有新鮮事。

原來，以前的我，那——「生命感傷」——出自於——沒有自己的房子。

好。我的看法是——父母家的房子，在某種特定年齡之下——可以是自己的房子。

等到已經被允許去看電影、上咖啡館、逛街、交朋友——無論性別——的時期——我們生長的觸角已經探向了家門和學校之外的界限。那——時——候——父母大概開始罵我們——把家當成旅館，整天看不見人影，你以為翅膀硬了——等等的話——時。

起碼在我的心理狀態下，已經真的把父母的家當成旅館了。我意識到這一件事實的時候，內心的歉疚實在很深很深，深到無力感也浮了上來，好似撈也撈不完的浮萍，一大片一大片的滋長起來。

對待國外修女們倒是沒有浮萍的。她們夜裏查房間，我用枕頭加外套做成的——人形，如假包換的被蒙在已經熄燈的宿舍裏的——一條毯子下面，於是——修女放心，我也放心去跳舞。這種放蕩的行為，其實不是我的本性。當時實在年紀小，也以為——是的。是的——使我一不小心，就要空虛得去向隨便哪一個走在我身邊的男性，大發脾氣，好使他把我——大風——吹掉——吹死好了——又不在乎——

原來，在我的一生裏，最愛的——東西，被我理了出來。

衣裳。布料。

房子。建築。

衣裳包裹我的肉體。房——子，將我與外界隔絕。——造就我那——緊張兮兮的——靈魂。

對，我就是那種，那種靈肉一定要合一的人。

衣裳是今天不許進格子的題外話，於是——注意——就不給它們跑出衣櫃。

好。

房子最可貴的特質在於，它就像是空的——是空的——才有那份——功能——將東西，給一樣一樣放進去。

房子有牆、房子有門、房子有窗、房子有鎖——哦——我還有四道門栓——房子的別名——叫做——咦——「防止」。

真好。

於是，我將自己，在有了防止外界一切的安全意識下，在「我的房子」裏——不做什麼見不得人的事情——看書、吃飯、睡覺。而外界——根本沒有欺負過我。

不過，你試試看——如果說——如果這三件最平凡不過的小事——在街頭——進行——你看看能看幾頁書吃幾頓飯睡幾秒鐘的覺？你去試試看。

不，我不是在說「租來的買下的」這種事情，我只是在說——人，跟房子的關係。

有一些事情——生活中必須的小事情——沒有見不得人的——例如說——人人都剪的腳趾甲——好像大多數的人，總在——房子——裏——完成。咦——

房子，是一切隱私——沒有見不得人的——最好的幫手。房子，是另一個風貌向自我舒展開來時，唯一的證人——好在它從不說話。

房子不說話?!

房子說盡了所有的話。

看——一幢房子、一排房子、一批大樓、一個鄉、城、小——鎮、荒——郊——野——外——海——角——天——涯——只要房子一出現——那情調——的——定義——才落了——實在。

房子是情調、房子是價值、房子是心態、房子是地位、房子是性向、房子是記憶、房子是創造。房子是文化、房子是經濟、房子是社會。

**房子，是歷史的紀錄。**

房子是——人。

我——所——驚——異——的——生——老——病——死——愛。

好。房子是人。

有人住房子，當然。

從這個方向去推理——或說——感性一點嘛——去感覺——那就好玩囉——

噯——我的太太一只盤子放在地上，裏面的剩菜都乾成發霉了還不收掉，實在很懶——我喜歡回家時家裏乾乾淨淨的，偏偏她——

你給我當——心——哦——你的太太恐怕不是懶，她很不——快樂。

三毛妳怎麼知道?!嚇死了!

我的家呀——永遠是乾乾淨淨清爽如洗的，連一根頭髮都不留在梳子上，妳看，這麼愛惜它——那個死人——還是不肯回家。

當然嘛！妳先生回家來像個仰望妳偉大成就的客人，他回來幹什麼？妳是不是老舉著一塊乾淨的抹布，往他臉上刷？

三毛妳——

於是，我們要講求風水風水了。

他是不是公司太忙，又沒有自己隔開的辦公室？他是不是回來話也懶得跟妳講，即使禮拜天可以休息，也只是租來一大堆錄影帶坐在沙發上像典型的「沙發馬鈴薯」般變成植物？不是？他好像四肢百骸都沒處放，吃完飯就抓了鑰匙出去亂轉？他是不是不愛妳了？什麼?!這跟愛情有什麼關係——妳試試看嘛，對對，我知道妳喜歡光明——我也是，不過妳試試看——把妳家的那些日光燈全部換成可以調光的電燈——看看這種連林二哥都不一定會反對的方法——妳先生這種——回家官能騷動症——能不能安靜下來。萬一不能夠，那我們光講電話就不夠囉——好——妳付我計程車錢，讓我來給妳——看看——那當然就像酒吧了嘛——不看妳先生——噓——就是酒吧裏那種柔和的光線才不回來的。

好。林二哥最知道我了，那天他還在飛機上向台灣的落日追趕的下午，我鼻子上還在用氧氣加上肺裏那個痛得人不活的抽血管一吸一吸吸出人並不悲傷的眼淚——我又沒有哭是身體自己痛哭的呀的下午，我對必須回答我一遍又一遍——我是誰、我在哪裏、我是不是車禍進來的、那妳又是誰——的——特別護士小姐——說——我可是發夢話順口說——今天晚上林雲大師要來看我——不是，我不知道他在哪裏雲遊不——過——哦——今天晚上他會出現在——這裏——我的床邊——來握住我的手——不——過——妳還是要當心哦——這條血皮帶——插在肺裏——流到床下血罐子裏去再接到牆上機器上的這種救我命的東西——還是要保護妥當——以免跟隨大師來的那一——群朋友踢翻了孔明的七星燈——

那天深夜裏——穿黑色衣服的林雲大師，果然悄悄、悄悄，推開了我病房的門，在榮總民總醫院——

我只張開了一絲眼縫，感覺到——手被一隻充滿溫暖以及巨大愛力的雙手包裹，我笑了起來，閉上眼睛——哦——天花板又在地板上倒置了——說——二哥，我們真是心通啊——手足情深。

「林二哥最知道我了，我不做什麼風水的。」有人講給二哥聽——不好了，三毛家我去看過了，她坐在——「刀口樑下」寫文章，難怪背痛成快要變成十分之一的杏林子了——我叫她快快去買兩支簫——把樑給象徵性的——撐起來——二哥說對不對？又怕她掛倒了樑反而嘩一下塌下來——

一年後二哥——林二哥笑問著我——我笑說——那種東西何必去具象呢——我對自己說——樑——根本不存在——就不在了嘛——二哥讚嘆——對了，妳這種人多一點，二哥也可以少累一大半。對了對了——三毛的風水——是抽象實在的出世解——林二哥實在寂寞——雖然跟他的人成千上萬——不給他睡覺——

好。

風水這種東西，就是——使你居住的房子裏——有你的放心自在坦然。有你的——我想——我要——我愛——我舒服——就是大原則的掌握。

風水是——我的居所，使我沒有不安，況且很是塵埃落定之後的——釋放。

在這座我的城堡裏——心，有個擱成四平八穩的宇宙。我放鬆吃飯、睡覺、工作、愛——安安靜靜的沉潛——於是——人生的大福氣——就在裏面得到了——空間——滋長——養分——完成。

看，這一切，和房子，有著多麼密切的關係——

人，生命的最終目的——「跟自己和平，跟他人和平，跟社會和平，跟宇宙星辰日月天律的交融」——原來可以透過我們的椅子、桌子、床、櫃子和廚房中的柴米油鹽、四壁的燈光、盆景、唱片、衣裳、鞋子加兩三條毛巾、抹布，以及劉墉一巨冊——畫集——蔡志忠的自然簫聲——六朝怪談——皇冠雜誌——民生報——講義雜誌——石濤和尚花果集——史記——資治通鑑——愛在瘟疫蔓延時——宋室王朝——毛澤東沁園春——煙雨濛濛——在溫暖的土地上——海上花——本草綱目——什麼人寫給兒子的第多少封信——上海生與死——革命之子——越南淪陷和中美關係——東京夢華錄——十二樓——九尾龜——中國的法律與中國的社會——肉蒲團——末代皇帝的後半生加上一支只打出去、並不常接的——電話——交織成——一片——氤夢樓——

那假是真來真是假——無為有處有還無——的一片白茫茫大地真乾淨——簡單——又——紅塵滾滾。

房子——是我的生命感傷——最後——成為生命意義完成的靈魂工程師——

在這肯定的結論裏——我並不是——不是小龍女的古墓，也不再是那梅超風——請參看金庸中那一個個有血有淚，在人性枷鎖中不得釋放的英雄好漢亂世兒女——他們大半浪跡江湖——居無定所——不然——肯定在哪裏擦桌子抹灰，漁樵閒話起來，想起那愛恨情仇——哦——一笑——而已。

所以，武俠小說裏的人——不許定居太久，不然哪來的戲唱？

房子，是我個人生活中極大的救贖。也是個人生命中不可分割的紀錄材料。

其實這個「大家來講房子」的話題，是我給提出來的。不——我還沒有開始講——在我所居住過的——形形色色的房子裏——發生過什麼樣可以記錄的生活與時代——那留待——以後。

寫這篇稿子的現在——我一個人，住在都市窄巷的快——樂——天——堂——裏——哦——我在這小樓燈火的——夜晚——安——身——立——命。

我在一幢——自己的房子裏。

# 永恆的母親。

我的母親——繆進蘭女士，在十九歲高中畢業那一年，經過相親，認識了我的父親。那是發生在上海的事情。當時，中日戰爭已經開始了。

在一種半文明式的交往下，隔了一年，也就是在母親二十歲的時候，她，放棄了進入滬江大學新聞系就讀的機會，下嫁父親，成為一個婦人。

婚前的母親是當年一個受著所謂「洋學堂」教育之下長大的當代女性，不但如此，因為生性活潑好動，也是高中籃球校隊的一員。她打後衛。

嫁給父親的第一年，父親不甘生活在淪陷區裏，他暫時與懷著身孕的母親分別，獨自一個，遠走重慶，在大後方，開始律師的業務。那一年，父親二十七歲。

等到姐姐在上海出生之後，外祖父母催促母親到大後方去與父親團聚。就是那個年紀，一個小婦人，懷抱著初生的嬰兒，離別了父母，也永遠離開了那個做女兒的家。

母親如何在戰亂中帶著不滿週歲的姐姐由上海長途跋涉到重慶，永遠是我們做孩子的百聽不厭的故事。我們沒有想到過當時她的心情以及毅力，只把這一段往事當成好聽又刺激的冒險紀錄來對待。

等到母親抵達重慶的時候，大伯父母以及堂哥堂姐那屬於大房的一家，也搬去了。從那時候開始，母親不但為人妻、為人母，也同時嘗到了居住在一個複雜的大家庭中做人的滋味。

雖然母親生活在一個沒有婆婆的大家庭中，但是因為伯母年長很多，「長嫂如母」這四個字，使得一個活潑而年輕的婦人，在長年累月的相處中，一點一滴的磨掉了她的性情和青春。

記憶中，我們這個大家庭，是到了台灣，直到我已經念小學四年級時，才分家的。其實那也談不上分家，祖宗的財產在大陸淪陷時，已經全部流失。所謂分家，不過是我們二房離開了大伯父一家人，搬到一幢極小的日式房子裏去罷了。

那個新家，只有一張竹做的桌子、幾把竹板凳、一張竹做的大床，就是一切了。還記得搬家的那一日，母親吩咐我們做孩子的各自背上書包，父親租來一輛板車，放上了我們全家人有限的衣物和棉被，母親一手抱著小弟，一手幫忙父親推車，臨走時向大伯母微微彎腰，輕聲說：「嫂嫂，那我們走了。」

記憶中，我們全家人第一次圍坐在竹桌子四周開始在新家吃飯時，母親的眼神裏，多出了那麼一絲陌生的閃光，雖然吃的只是一鍋清水煮麵條，而母親的微笑，即使做為一個很小的孩子，也分享了那份說不出的歡喜。

童年時代，很少看見母親在大家庭裏有過什麼表情，她的臉色一向安詳，在那安詳的背後，總使人感受到那一份巨大的茫然和恍惚，即使母親不說，也知道，她是不快樂的。

父親一向是個自律很嚴的人，在他年輕的時候，我們小孩一直很尊敬他，甚而怕他。這和他的不苟言笑有著極大的關係。然而，父親卻是盡責的，他的慈愛並不明顯，可是每當我們孩子打噴嚏，而父親在另一個房間時，就會傳過來一句：「是誰？」只要那個孩子應了問話，父親就會走上來，給一杯熱水喝，然後叫我們都去加衣服。對於母親，父親亦是如此，淡淡的，不同她多講什麼，即使是母親的生日，也沒見他有過比較熱烈的表示。而我明白，父親和母親，是要好的。我們四個孩子，也是受疼愛的。

許多年過去了，我們四個孩子如同小樹一般快速的生長著，在那一段日子裏，母親講話的聲音越來越高昂，好似生命中的光和熱，在那個時代的她，才漸漸有了信心和去處。

等我上了大學的時候，對於母親的存在以及價值，才知道再做一次評估。記得放學回家來，看見總是在廚房裏的母親，突然脫口問她：「姆媽，妳念過尼采沒有？」母親說沒有。又問：「那叔本華呢？康德呢？沙特和卡繆呢？還有黑格爾、笛卡兒、齊克果……這些哲人妳難道都不曉得？」母親還是說不曉得。我呆看著她轉身而去的背影，一時裏挫折感很深，覺得母親居然是這麼一個沒有學問的女人。我有些發怒，向她喊：「那妳去讀呀！」這句喊叫，被母親嘩一下丟向油鍋內的炒菜聲擋掉了，我回到房間去放書，卻聽見母親在叫：「吃飯了！今天都是妳喜歡的菜。」

又是很多年過去了，當我自己也成了家庭主婦，照著母親的樣式照顧丈夫時，握著那把鍋鏟，回想到青年時代自己的極淺浮和對母親的不敬，這才升起了補也補不起來的後悔和悲傷。

以前，母親除了東南亞之外，沒有去過其他的國家。八年前，當父親和母親排除萬難，飛去歐洲探望外子與我的時候，是我的不孝，給了母親一場心碎的旅行。外子的意外死亡，使得父親、母親一夜之間，白了頭髮。更諷刺的是，母女分別了十三年的那一個中秋節，我們卻正在埋葬一個親愛的家人。這萬萬不是存心傷害父母的行為，卻使我今生今世一想起那父母親的頭髮，就要淚溼滿襟。

出國二十年後的今天，終於再度回到父母的身邊來。母親老了，父親老了，而我這個做孩子的，不但沒有接下母親的那把鍋鏟，反而因為雜事太多，間接的麻煩了母親。雖然這麼說，還是明白，我的歸來，對父母來說，仍是極大的喜悅。也許，今生帶給他們最多眼淚而又最大快樂的孩子，就是我了。

母親的一生，看來平凡，但是她是偉大的，在這四十多年與父親結褵的日子裏，從來沒有看過一次她發脾氣的樣子，她是一個永遠不生氣的母親。這不因為她懦弱，相反的，這是她的堅強。四十多年來，母親生活在「無我」的意識裏，她就如一棵大樹，在任何情況的風雨裏，護住父親和我們四個孩子。她從來沒有講過一次愛父親的話，可是，一旦父親延遲回家晚餐的時候，母親總是叫我們孩子先吃，而她自己，硬是餓著，等待父親的歸來。一生如是。

母親的腿上，好似綁著一條無形的鍊子，那一條鍊子的長度，只夠她在廚房和家中走來走去。大門雖然沒有上鎖，她心裏的愛，卻使她甘心情願的把自己鎖了一輩子。

我一直懷疑，母親總認為她愛父親的深廣勝於父親愛她的程度。我甚而曾經在小時候聽過一次母親的嘆息，她說：「你們爸爸，是不夠愛我的。」也許當時她把我當成一個小不點，才說了這句話。她萬不會想到，就這句話，釘在我的心裏半生，拔不去那根釘子的痛。

九年前吧，小弟的終身大事終於在一場喜宴裏完成了。那一天，父親當著全部親朋好友的面前，以主婚人的立場說話。當全場安靜下來的時候，父親望著他最小的兒子——那個新郎，開始致詞。

父親要說什麼話，母親事先並不知道。再沒有想到，父親首先表達了他對國家的感謝，感謝國家給了我們現今的衣食和安定，感謝政府給予孩子的教育，當父親在說著這些又一些話的時候，母親也站在禮台的上面。

當父親最後說出來：「我同時要深深感謝我的妻子，如果不是她，我不能夠得到這四個誠誠懇懇、正正當當的孩子，如果不是她，我不能夠擁有一個美滿的家庭……」當父親說到這裏時，母親的眼淚奪眶而出，她站在眾人面前，任憑淚水奔流，那時，在場的人，全都溼著眼睛，站起來為這篇講話鼓掌。我相信，母親一生的辛勞和付出，終於在父親對她的肯定裏，得到了全然的回收和喜極而泣的感觸。我猜，在那一刻裏，母親再也沒有了愛情的遺憾。而父親，這個不善表達的人，在一場小兒子的婚禮上，講盡了他一生所不說的家、國之愛。

這幾天吧，每當我匆匆忙忙由外面趕回家去晚餐時，總是呆望著母親那拿了一輩子鍋鏟的手發呆。就是這一雙手，把我們這個家，撐了起來。就是那條圍裙，紮上又放下的，沒有缺過我們一頓飯菜。就是這一個看上去年華漸逝的婦人，將她的一生一世，毫無怨言，更不求任何回報的，交給了父親和我們孩子。

這樣來描寫我的母親是萬萬不夠的，母親在我的心目中，是一位真真實實的守望天使，我只能描述她小小的一部分。就因為是她的緣故，我寫不出來。

回想到一生對於母親的愧疚和愛，回想到當年念大學時看不起母親不懂哲學書籍的罪過，我恨不能就此匍匐在她的面前，向她懺悔。我想對她說的話，總也卡在喉嚨裏講不出來。想做一些具體的事情回報她，又不知做什麼才好。今生唯一的孝順，好似只有在努力加餐這件事上來討得母親的快樂。而我常常在心裏暗自悲傷，新來的每一天，並不能使我歡喜，那表示，我和父親、母親的相聚又減少了一天。想到「孝子愛日」這句話，我雖然不是一個孝子，可是也同樣珍惜每一天與父母相聚的時光。

但願藉著這篇文章的刊出，使母親讀到我說不出來的心聲。想對母親說：真正活過的人是她。真正瞭解人生的人，是她。真正走過那麼多長路、經歷過那麼多滄桑、品嘗過萬般種滋味，也全然用行為詮釋了愛的人，也是她。

在人生的旅途上，母親所賦予生命的深度和廣度，沒有一本哲學書籍能夠比她更周全。母親、母親，我親愛的姆媽，妳也許還不明白自己的偉大；妳也許還不知道，在妳女兒的眼中，在妳子女的心裏，妳是源、是愛、是永恆。

妳也是我們終生追尋的道路、真理和生命。——一九八七年的母親節，寫我偉大的母親；親愛的姆媽。

# 他沒有交白卷。

## ——寫我的大伯父二三事

我的大伯父陳漢清先生，是父親唯一的胞兄，自小以來，我們陳家大房與二房，始終生活在一起。大伯父執業律師，父親亦然。無論在事業上、生活上，我們兩家人都沒有區別過。直到我們孩子大了，居住的房子不夠，這才搬開另住。所以說，對於大伯父母和堂哥們，我們的情感仍然很深。直到現在，我們二房的孩子稱呼大伯母仍如她自己的孩子一樣叫她「媽媽」，而我們自己的母親，則被稱為「姆媽」。

大伯父雖然不久前過世了，可是他生前的一些小事蹟仍然值得一寫。

因為過去二十年的歲月，我一直住在海外，對於大伯父在台灣的事情不甚瞭解，在這兒所記的，除了一兩件之外，都是在西班牙時與大伯父母相處的情形。

記得在一九七三年，我新婚方才十七日的時候，伯父伯母抵達西班牙首都馬德里來旅行。當時我住在北非撒哈拉沙漠，萬里迢迢趕去馬德里接機，那時伯父大約是七十六歲。

為著伯父伯母步行方便，我為他們所訂的旅館就在馬德里市中心最繁華的地帶，因為由旅館到任何參觀的地方都很近，可是那是一間在外表上十分不起眼的三星旅社，也就是說，不過中等而已。

當我將伯父伯母安頓下來時，我向兩位長輩抱歉旅館的陳舊，請他們原諒。當時我的大伯父對我說：「我們是普通人，在旅遊中，能有一個旅館住已經很好了，妳為什麼耿耿於懷呢？」伯父是個隨和的人，他那隨遇而安的個性並不只在生活上，在做人上亦是如此。

在西班牙首都就靠近我們旅社的地方，住著伯父一位多年好友，一對過去曾經住在台灣的美國夫婦，他們退休之後沒有回返美國，遷移到馬德里來做了寓公。我記得非常清楚，以前每當這對美國夫婦回到台灣來時，伯父總是儘可能抱著最大的熱忱招待他們，總也安排上好的酒席同時請了一大桌美國夫婦的朋友做陪客。

當伯父一抵達馬德里，他就囑我與那對夫婦電話連絡，滿腔歡喜的要去拜望人家。我連絡好了，約好第二日早晨十一點見面，由我們去他們的家裏。第二日途中，我問伯父母，這麼好的朋友，如果留飯我們怎麼辦，伯父欣然笑說：「那就留下來呀！多年未見，也好談談話。」

沒有想到到了那位朋友家，他們非常熱烈的擁抱我們大家，帶我們參觀了那豪華的公寓，然後女傭人倒出一杯茶來，雙方還沒有講什麼話，只問了彼此近況和安好，那杯茶還沒有涼呢，那位美國老太太很決斷的說：「好了，看見你們來，真是高興，那麼我們下次再見了。」

這當然是表示送客，我帶著大伯父母，就這麼出來了，那對朋友只送到門口，我們還在等電梯時，他們公寓的大門已經關上了。

等我們走到街上時，我很生氣很生氣，想到他們在台時伯父如何招待他們，而今他們又如何冷待我們，更是生氣。於是我在街上罵這對美國人，罵著罵著，伯父一點也不生氣，他實在是不生氣，還說：「看到老朋友身體健朗，真是高興。好，現在我們找地方去吃中飯吧。」

大伯父就是這樣一個人。

大伯父不但從不與人計較，也是童心很重的一個老人。在馬德里時，我帶大伯父母去看佛朗明哥舞，那種西班牙舞蹈的節拍是非常快速而狂熱的。大伯父不但專心欣賞舞蹈，同時拿著他的手杖打拍子——他拿手杖去打一根桌邊的柱子。當急速而高昂的歌舞進行時，只聽見大伯父完全不合節拍的慢速敲打聲，砰一下又砰一下的交雜在中間，十分突出。

那時我們就坐在舞台旁邊，台上的舞者和樂者，聽見那個手杖聲都快笑死了，差一點把大伯父捉到台上去一同舞蹈。大伯父自己也非常高興，說這種歌舞真是好看。

大伯父不是冬烘，他什麼都能欣賞的。

又有一次，我們在馬德里坐計程車，一路上我跟司機先生聊天，司機誇獎伯父氣質高尚，我翻譯了這句話，大伯父馬上回一句：「四海之內皆兄弟也。」請我再翻譯給這位司機，結果雙方做了朋友，第二日以極合理的價格包了這輛車去郊外名勝參觀了。

大伯父好奇心重，這又是他一個優點，因為好奇心就是知識的起源。

當大伯父母與我走在馬德里的城市內時，有關這個國家的地理、氣候、歷史、風俗、人口、物產、交通、政治……他全都要問的，甚而包括建築式樣都要我解說。這種旅行就等於在念一本活書，收穫是立即的。

我們去參觀馬德里極大的柏拉圖美術館，大伯父不良於行，可是他又捨不得匆匆而去。於是我向館方借了一把輪椅，把大伯父放上去，由我伯母和我推著他，慢慢的欣賞名畫。他尤其喜歡大畫家哥耶的〈公爵夫人裸像〉。

等到輪椅碰到下樓的樓梯時，大伯父突然站起來，自己走下樓，一面哈哈大笑，傲視著其他驚愕的遊客，用英文說：「喂，我不是永遠坐輪椅的，你們看，我還會走。」

那一次我被這位七十六歲的頑童笑得幾乎把手中的輪椅也滑下樓去。

我們又去參觀皇宮，大伯父跟著皇宮內的導遊和一群遊客在裏面一間一間走，皇宮當然豪華無比，大伯父嘆了一聲：「民脂民膏。」使我心裏敬佩他，因為他看見豪華，想到的卻是民間的疾苦。經過好多好多房間，大伯父突然叫我問導遊，問：「廁所在哪裏？」我快步上去輕聲轉問，導遊立即小聲說：「請人帶妳去。」大伯父聽了，慢吞吞的說：「請妳告訴他，不是我要上廁所，我只是想知道，走了那麼多房間沒有看見洗手間，當年這些國王、皇后、公主、王子上廁所怎麼辦？」我翻譯了，許多遊客都說問得好，也大笑起來，導遊方才說：「呃，這個嘛——是用馬桶的，方便好就去倒掉。」

小如國王怎麼上廁所，大伯父都有好奇心，他說這有什麼好笑，這是人生大事，我深以為然。

後來，有一年我回到台灣，大伯父已經八十四歲了。當時，他的行走開始更不俐落，但是他樂於參加一切的社會活動。有一次「超心理學會」開會，大伯父叫我先去接他，然後再一同去接曾虛白伯伯同去。

「超心理學會」一開會時，大伯父以理事的資格坐在台上，開會開了兩個多小時，伯父體力不支，就將上身撐在手杖上，下巴頂住手杖的把手公然在台上小睡。等到散會，我將他扶回家，他笑著對我說：「這種會議很有意思，以後妳也得多參加，對身心有益。」我認為伯父是一個很會自尋快樂的人，高年的他對於出門還是很感興趣，這的確對他的身心有益。

又有一次，伯父到辦公室去，下樓時父親奔到街口去替他的老哥哥喊計程車，伯父一個人站在一家唱片行門口，門內的擴音機大聲的播放著搖滾音樂，伯父非但不覺吵，反而又拿那支手杖去敲地，同時身體跟著搖擺，一副怡然自得的樣子。當時一位路邊的小姐問他：「老先生你也喜歡這種音樂呀？」伯父答說：「我今年八十四歲，就在這大樓十樓上班。」雖然答非所問，可是顯見他是一個愉快的人，赤子之心很重，這是他最可貴的地方。

在台灣時高年的大伯父果然上班，他去辦公室內象徵性的坐坐，然後就回家。這種事情都由我的父親接送，父親很愛他的哥哥，手足情深。

說起這對兄弟的情感，又使我想起伯父的另一件事情。有一個冬夜裏，伯父起床上洗手間，右腿無力，突然跌倒了。當時，伯父不願叫醒熟睡中的伯母，於是他躺在地上起勁拉被子，將他的被褥拉到地上來，就那麼蓋著，過了一夜。

清早六點多，當父親接到伯母電話時，飛奔去救，那時大伯父說他要上廁所，可是無論如何站不起來。我的父親當時也已經近七十歲了，又瘦。他抬不動哥哥，就把伯父放在厚被上，半拖著被子往洗手間一寸一寸拖，直到伯父上好廁所，這才半靠著父親的手臂一步一拖的上床。躺在床上時，我大伯父嘻嘻笑起來。

伯父在台灣時有過好幾次跌倒的情形，都是由我父親抱他，替他按摩，由母親張羅飯菜送過去。有一回大伯父閃了腰，父親開了一瓶最好的XO白蘭地要替伯父去擦腰。當時我正好也在台灣，跳起來，拿了另一瓶白蘭地給父親，說XO太名貴了，怎麼拿去當藥酒用呢？我又說：「用高粱酒效果可能更好，不信——」

話還沒說完，父親怒叱我：「我只有這麼一個哥哥，妳要怎麼樣？我就給他最貴的酒去擦妳怎麼樣？我只有一個哥哥。」

那天我跟父親同去，看見父親半抱起床上的伯父，請伯父側過身，父親開始用酒替伯父不停的推拿和按摩。我眼中的他們都老了。父親和伯父，一同執業五十年，沒有分過。在父親的心目中，他實在「只有這一個哥哥」，看見兩個老人的情深，我心深受感動。

我的堂兄們全都住在海外，伯父母開始計畫赴美養老。這個計畫其實我們都不贊同，生活在台灣，大伯父比較快樂，他可以偶爾去參加什麼會又什麼會，而「聖約翰大學同學會」以及同鄉會他最樂於參加。一旦赴美依親，那個地方沒有去處，子女對他們再好，對於高年人來說仍是無處可去的。

我們家的孩子對大伯父母也是相當敬重，親弟弟陳聖全家就住在大伯父母的正對面，如果有什麼事情，我們是飛奔而去的。對於大伯父母赴美的事，我們要求他們一拖再拖，直到大伯父八十六歲。

伯父伯母還是決定赴美，臨行的那一天，我們二房的全家都到機場送行，同鄉會的鄉伯們也去了很多位。當我大伯父母都坐在輪椅上要被推上去登機時，我的父親叫喊著：「等一下，我們陳家再拍一張合照。」

在拍照時，我們雖然微微的笑中含淚，可是我心裏很明白，這其實是生離也等於是死別了。雖然我們笑喊再見時一再的喊：「伯伯，等你九十歲我們全家來美跟你祝壽呀！」

那次之後，我父母去了一趟美國看望伯父母，我又回西班牙去，從此只有他們的消息而沒有再見過他們。

今年（一九八七年）七月八日我們接到堂兄來的長途電話，說大伯父突然去了。當天晚上我們又打電話去美給伯母，伯母在電話中哀哀痛哭不止，我向她喊：「媽媽，妳要堅強，妳一定要勇敢——」她向我哭道：「我怎麼能夠——」

在我們家中，長堂兄是早逝的，我的堂嫂潔芝也在美國，帶著三個孩子生活。我本身亦在八年前失去丈夫。大伯母失去大伯父的心情，可能只有堂嫂和我這兩個過來人，才知其中的深悲。這種疼痛，只有依靠時間來治療未亡人，說什麼安慰的話都沒有用。

伯父伯母結褵六十多年，這時期的伯母，雖有子女在身邊，想來她仍然感到極大的空虛以及難言的淒苦。而人，除了活下去之外，又有什麼辦法。這才是最苦最苦的。

伯父陳漢清先生以九十高齡過世。在寫一篇紀念他的文章時，我情願追憶那些與他在一起時歡樂的時光，而不願在文中悲泣。因為伯父生前是一個愉快的人，他的一生，可以說圓滿。

在這苦多於樂的生活裏，伯父的性格使他活得樂多於苦，就是不容易的人生哲學。我認為伯父的生命，活得很划算，走時，沒有欠過「眠床債[3]」，對於這場人生，他沒有交白卷。

# 愛馬落水之夜。

在我還是一個十多歲的女孩子時，已經會開車了。當時的交通工具仍然是以三輪車為主的那最後兩年的台北，私家車並不多見。我的家中自然也沒有汽車。

回憶起開車的學習過程實在很簡單。在當時，如果一年中碰到一個朋友恰好手上有輛車，那我必定抓住機會，低聲下氣的請求車主讓我摸摸駕駛盤，哪怕是假的坐在車裏不發動車子，也是好的。

偶爾有幾個大膽的好心人肯讓我發動了車子開，我必不會辜負人家，把車當當心心的開在台北市空空蕩蕩的馬路上，又會開回來。

開了兩三次，就會了。那時候用的大半是天母一位美國朋友的車——當然也不屬於他的，車屬於他做將軍的爸爸。爸爸睡覺去，兒子就偷出來慷慨的做好國民外交。

我是開了好久的車子，才去進駕駛學校的。那個往事被寫成一個智鬥警察的短篇，叫做

3.「眠床債」，在我們故鄉語言中的意思，就是沒有常年臥病在床上。如果常病在床而後方逝，就叫「欠眠床債」。

〈天梯〉，已經收到書本裏去了。

好的，從此做了一個養馬的人。

我叫我的車子馬兒，對待每一匹生命中的馬都很疼愛，常常跟車講話。跑長途時拍拍車子，說：「好馬，我們又要跑囉！」那車子就聽得懂，忠心的水裏去，火裏來，不鬧脾氣。

說到「水裏去」並不只是形容詞，開車時發生最大的事件並不在於一次國外的車禍，而在台北。

我的經驗是，每次車子出事，絕對不在於馬兒不乖。決定性的出事原因，必然在於主人不乖。

那是一個狂風大雨的寒夜，我姐就選了這種天氣去開「學生鋼琴發表會」，地點在植物園畔的「藝術館」。天不好，姐很傷心。

這是家中大事，當然全體出動參加捧場。

大雨中我去停車，停在「藝術館」和以前「中央圖書館」之間的一塊空地上。對於那個地方，我不熟，而且，那天太累了，眼睛是花的，累的人還開車，叫不乖。

當我要停車時，看見一個牌子，白底紅字中文，靠在一棵樹邊，寫著——「停車場」。沒錯，就停在牌子下面。可是其他的車輛都駛得離我遠遠的，停在二十幾步路邊的地方。「好笨的人，這裏那麼空曠，怎麼不來停呢？」我想。

等到鋼琴表演結束，家長和小朋友們捧了一些花籃出來，各自上車走了。我的車內派到爸爸爸和媽媽同坐。看見那傾盆大雨，捨不得父母淋溼，就說：「別動，我去開車來，你們站在廊下等。」又因為天氣酷寒，我怕父母久等會凍著，於是心裏就急了一點，發足往雨夜中衝去。

停著的車子必須來個大轉彎才能回頭，我看了一下左邊的寬度，估計得倒一次車才能全轉。我看一下右邊，右邊樹下那塊牌子又告訴我——停車場。那個停車場一輛車也沒有，雨水中平平坦坦的。那就向右轉好了，不必倒車，一個大彎就可以改方向了。那時，我念著父母，又急。

好，發動車子，加足馬力，駕駛盤用力一扭，馬兒跳了出去，是匹好馬。

不過一秒鐘吧，我聽見不算大聲的一種衝擊聲，然後我發現——車窗外面不是雨水，而是一整片大水在我四周。

車子在沉——是在沉，的確在沉。在沉——

我不知道是怎麼回事，我不驚慌，我根本莫名其妙，我以為自己進入了一種夢境。這不可能是真的。

車子還在沉，四面都是大水、大水。

我一定在做夢。

那時小弟帶了他的全家人往他的車子去，夜寒，大家擠在傘下埋著頭疾走。就在那時候，姪女天明三歲，她一回頭，看見小姑的車子沉入「停車場」中去。她說：「小姑——」手中一朵菊花一指。

這一來，正往自己車去，也帶著妻女的大弟聽見了，猛一回頭，忙丟掉了雨傘就往池塘水裏跑。這都是外面發生的事情。事後說的。

我無聲無息在水中慢慢消失。

我仍然在對自己說：「這一定是在做夢。」

這時，水滲進車子裏來了，水快速的浸過我的膝蓋，水凍醒了我的夢，我又對自己說：「我正在死，原來是這種死法——真是浮生如夢。」

就算是夢中吧，也有求生的本能，我用力推開被水逼住的車門，用力推，車門開了，水淹過了我。我不張口。

我踩到椅背上去，我露出水面了，我看見四周有科學館、藝術館，還有那向我遠遠奔來的大弟弟。

「救命呀——」這才不必要的尖叫起來。

大弟拖我，我又不肯被救了，說了一聲：「我的皮包。」又鑽進水中去摸皮包。

等到我全身滴水站在地上時，開始跟大弟激辯：「明明是個停車場，怎麼突然會變成一個大水塘？我問你，這是什麼鬼？」

這時候家人都來圍觀啦！弟說：「妳——難道不知道這裏有個池塘啊？」我儘可能不使牙齒打抖，說：「是剛剛變出來的，存心變出來淹死我的，從來沒有什麼池塘的，這是奇幻人間電視劇——」

爸爸當時立即指揮：「妹妹和弟弟回去——全身溼的受不起這種凍。有小孩子的也都快回去。媽媽坐別人的車也回去。這個車，明早請人來吊——」

我捨不得我的馬兒，一定要跟它共患難，我堅守現場，不願離開。不但不離開，硬逼家人快快去打電話，請修車廠立即就來救馬。

那種情形下，弟弟們也不肯走了。爸爸說：「要有理智，這種大雨裏，都得回去，況且大家都淋溼了，快快給小孩們回去泡熱水。」

在那個攝氏六度的冬夜裏，爸爸和我苦等吊車來，弄到清晨三點半，馬被救起來了。

我只差一點就跟那兩位見義勇為的吊車好手跪下叩頭。

中國同胞真好真好。我不是說爸爸。

過了幾小時，我才真正弄懂了。

那是個真真實實的水池，以前就在的，偶爾水池裏還有朵蓮花什麼的。我身上滿佈的浮萍也是真正的浮萍，不是幻象。那天下大雨，水池在夜間我停車時已經漲滿了水，所以，看上去就成了一塊平坦的地。再有那麼一個神經病，就把「停車場」這塊牌子給擱到水池邊上去。

來停車的台北人，全不上當，很小心的避開這片告示，停得遠遠的，不會見山就是山。

然後，來了一個回國教書的土包子，很實心的一個「初戀台北人」，就相信了那塊牌子，把車恰恰好停在牌下。過了兩小時，自願落水。

「這是一次教訓，妳可懂了吧？」爸爸說：「在台北做人，不要太相信妳的眼睛。斑馬線上是壓死人的地方，好味蔭花生是送妳到陰間去的，賓館請你進去休息不是真正休息，馬在此地是用來殺雞的！」

我說：「我知道、我知道、我知道……」

那次之後，我做了一個夢，夢中有個金面的人來對我說：「誰叫妳看見別人夫妻吵架就去多管閒事呢，自己功力全無，還弄神弄鬼替人去解。結果人家夫妻被妳解好了，妳自己擔去了他人的劫難——落到水中去。」

家人後來說：「如果不是天明回頭得早，過兩秒鐘妳的車子可能完全沒頂，水面又會合起來。我們絕對不會想像妳在水底，總以為妳突然開車先走了，也沒講一聲；這種事在妳做出來很平常，不會奇怪。於是我們擠一擠就上別人的車回家，三天以後再報失蹤。妳呢——在水底泡著呢——」我說：「放心，會來託夢的。」

後來夢中金面人又來了，說：「捨掉妳的長髮吧，也算應了一劫。」夢醒，將頭髮一把剪成國中女生。等我過了數月，經過新竹一間廟，突然看見夢中金面人原來是尊菩薩。沉思了一會兒，我跪了下去，心裏發了一個大願，這個願，終生持續下去，直到天年了結，不會改變。

至今還是擁有一匹愛馬，跟我的馬兒情感很深很密，共享人間快樂，又一同創造了許多在此沒有講出來的故事。

我又想，那一次，應該可以請求「國家賠償」，怎麼沒有去法院呢？那個沒有去，是人生角度取捨問題，沒法說了。

# 我要回家。

那一年我回台灣來九個月。

當時手邊原先只有一本新書打算出版，這已經算是大工作了，因為一本書的誕生不僅僅表示印刷而已。

雖然出版社接手了絕大部分的工作，可是身為作者卻也不能放手不管。那只是出一冊書——《傾城》。

後來與出版社談了談，發覺如果自己更勤勞些，還可以同時再推出另兩本新書——《談心》以及《隨想》。這兩本書完全沒有被放在預期的工作進度裏，尤其是《隨想》，根本就得開始寫，而愚昧的我，以為用功就是積極，竟然答應自己一口氣出三本書。這種癡狂叫做絕不愛惜身體的人才做得出來。

也是合該有事，小丁神父也在同時寫完了他的另一本新書——《墨西哥之旅》——後來被我改成《剎那時光》的那十二萬字英文稿，也交到我的手中。我又接下了。

一共四本書，同時。

也是在那個時期裏，滾石唱片公司與我簽了合同，承諾要寫一整張唱片的歌詞。我快快的寫好了好多首歌詞去，滾石一首也沒有接受——他們是專家，要求更貼切的字句，這一點，我完全同意而且心服。製作人王新蓮、齊豫在文字的敏銳度上夠深、夠強、夠狠、夠認真，她們要求作品的嚴格度，使我對這兩個才女心悅誠服。她們不怕打我回票，我自己也不肯懶散，總是想到腦子快炸掉了還在力求表現。常常，一個句子，想到五百種以上的方式，才能定稿，而我就在裏面拚。

於是我同時處理四本書、一張唱片，也沒能推掉另外許多許多瑣事。

就在天氣快進炎熱時，我愛上了一幢樓中樓的公寓，朋友要賣，我傾盡積蓄將那房子買了上來。然後，開始以自己的心意裝修。

雖然房子不必自己釘木板，可是那一燈一碗，那布料、椅墊、床罩、窗簾、家具、電話、書籍、擺設、盆景、拖鞋、冰箱、刀、匙、杯、筷、灶、拖把……還是要了人的命和錢。

雪球越滾越大，我管四本書、一張唱片、一個百事待舉的新家，還得每天回那麼多封信，以及響個不停的電話和飯局。

我的心懷意志雖然充滿了創造的喜悅與狂愛，可是生活也成了一根繃了快要斷了的弦。就在這種水深火熱的日子裏，摯友楊淑惠女士得了腦癌住進台大醫院，我開始跑醫院。

沒過十天，我的母親發現乳癌，住進榮民總醫院。這兩個我心摯愛的人先後開刀，使我的壓力更加巨大，在工作和醫院中不得釋放。

也許是心裏再也沒有空白，我捨棄了每天只有四小時的睡眠，開始翻出張愛玲所有的書籍，今生第二十次、三十次閱讀她——只有這件事情，使我鬆弛，使我激賞，使我忘了白日所有的負擔和責任。

於是，我活過了近三個月完全沒有睡眠的日子。那時，幾次開車幾乎出事，我停止了開車，我放棄了閱讀，可是我不能放下待做的文稿。我在絞我的腦汁，絞到無汁可絞卻不能放棄。

我睜著眼睛等天亮，惡性失眠像鬼一樣佔住了我。我開始增加安眠藥的份量，一顆、三顆、七顆，直到有一夜服了十顆，而我不能入睡。我不能入睡，我的腦傷了，我的心不清楚了，我開始怕聲音，我控制不住的哭——沒有任何理由。歌詞出不來、書出不來、家沒有修好，淑惠正在死亡的邊緣掙扎，媽媽割掉了部分的身體……

我不能睡覺、我不能睡、不能睡不能睡。

有一天，白天，好友王恆打電話給我，問我鋼琴到底要不要，我回說我從來沒有想買鋼琴。王恆說：「妳自己深夜三點半打電話來，把我們全家人吵醒，叫我立即替妳去找一架琴。」

我不記得我打過這種電話。

又有一天，女友陳壽美對我說：「昨天我在等妳，妳失約了沒有來。」我問她我失了什麼約，她說：「妳深夜一點半打電話給我，叫我帶妳去醫院打點滴，妳講話清清楚楚，說不舒服，跟我約——」

我不記得我做過這種事。

連續好幾個朋友告訴我，我託他們做事，都在深夜裏去吵人家，我不承認，不記得。

有一天早晨，發覺水瓶裏插著一大片萬年青，那片葉子生長在五樓屋頂花園的牆外，我曾想去剪，可是怕墜樓而沒有去。什麼時候我在深夜裏爬上了危牆把它給摘下來了？我不記得——可是它明明在水瓶裏。

那一天，淑惠昏迷了，醫生說，就要走了，不會再醒過來。我在病房中抱住她，貼著她沉睡的臉，跟她道別。出來時，我坐在台大醫院的花壇邊埋首痛哭。

我去不動榮民總醫院看媽媽，我想到爸爸黃昏回家要吃飯——我得趕回家煮飯給爸爸吃。我上了計程車，說要去南京東路四段，車到了四段，我發覺我不知自己的家在哪裏，我知道我是誰，可是我不會回家。

我在一根電線杆邊站了很久很久，然後開始天旋地轉，我在街上嘔吐不停。後來看見育達商職的學生放學，突然想起自己已經修好的公寓就在附近，於是我回了自己的家，翻開電話簿，找到爸爸家的號碼，告訴爸我忙，不回他們家中去，我沒說我記憶喪失了大半。

那天我又吞了一把安眠藥，可是無效。我聽見有腳步聲四面八方而來，我一間一間打開無人的房門，當然沒有人，我嚇得把背緊緊抵住牆——聽。人病了，鬼由心生。

近乎一個半月的時間，我的記憶短路，有時記得，有時不記得，一些歌詞，還在寫，居然可以定稿。

最怕的事情是，我不會回家。我常常站在街上發呆，努力的想：家在哪裏，我要回家。有一次，是鄰居帶我回去的。

整整六個月沒有闔眼了，我的四肢百骸痠痛不堪，我的視力模糊，我的血液在深夜裏流動時，自己好似可以聽見嘩嘩的水聲在體內運轉。走路時，我是一具行屍，慢慢拖。

那一年，兩年半以前，我終於住進了醫院，治療我的是腦神經內科李剛大夫。十七天住院之後，我出院，立即出國休息。

從那次的記憶喪失或說話錯亂之後，我不再過分用腦了，這使我外在的成績進度緩慢，可是一個人能夠認路回家，卻是多麼幸福的事。

# 求婚。

「請你講給我聽，當年你如何向媽媽求婚？」我坐在爸爸身邊，把他的報紙彈一彈——爸在報紙背後。

「我沒有向她求婚。」爸說。

「那她怎麼知道你要娶她？」

「要訂婚就知道了嘛！」

「那你怎麼告訴她要訂婚？」

「我沒有講過。從來沒有講過。」

「不講怎麼訂？」

「大人會安排呀！」爸說。

「可是你們是文明的，你們看電影、散步，都有。大人不在旁邊。」

「總而言之沒有向她求婚，我平生沒有向人求過婚。」

「那她怎麼知道呢？說呀——」

「反正沒有求過。好啦！」

等了兩小時之後，爸爸要去睡覺，我又追問了同樣的問題，答案還是跟上面的對話一色一樣。這時間媽媽喊著：「好了，妳也早些睡吧，求不求婚沒關係。」

我還是想不通：他不跟她講，怎麼她就會知道要訂婚了。

我們這一代是怎麼回事？就去問了弟弟。

弟說：「神經病，講這個做什麼嘛！」

那是大弟。也問了小弟，當時他夫婦兩人都在，聽見問求婚，就開始咯咯的笑個不停，弟妹笑得彎腰，朝小弟一指，喊：「他——」小弟跳起來拿個椅墊往太太臉上用力一蒙，大喊：「不許講——」臉就嘩一下紅了起來。

「反正你們都不講，對不對？」我點起一支煙來，咬牙切齒的瞪著他們。

「我們是保守派，妳是週末派。」弟妹說。

他們不肯講求婚，表情倒是很樂，美得冒泡泡，可見滋味甜蜜。

求婚這種事情，其實並沒有那麼傖俗，雖然目的只有一個——結婚，可是方程式太多，說說也是很有趣的。

我的第一次求婚意向發生得很早，在小學最末的一年。這篇童年往事寫成了一個短篇叫做〈匪兵甲和匪兵乙〉，收錄在《傾城》那本書中去。

總而言之，愛上了一個光頭男生，當然他就是匪兵甲。我們那時演話劇，劇情是「牛伯伯打游擊」。我演匪兵乙。匪兵總共兩人，乙愛上甲理所當然。

為了這個隔壁班的男生，神魂顛倒接近一年半的光景，也沒想辦法告訴他。可是當時我很堅持，認定將來非他不嫁。這麼單戀單戀的，就開始求婚了。

小小年紀，求得很聰明。如果直接向匪兵甲去求，那必定不成，說不定被他出賣尚得記個大過加留校察看什麼的。所以根本不向當事人去求。

我向神去求。

禱告呀——熱烈的向我們在天上的父去哀求，求說：「請祢憐憫，將來把我嫁給匪兵甲。」

這段故事回想起來自然是一場笑劇，可是當日情懷並不如此，愛情的滋味即使是單戀吧，其中還是有著它的癡迷和苦痛。小孩子純情，不理什麼柴米油鹽的，也不能說那是不真實。

等到我長到十六歲時，那個匪兵甲早已被忘光了，我家的信箱裏突然被我拿到一封淡藍色信封信紙的情書。沒貼郵票，丟進來的。

從那時候開始，每星期一封，很準時的，總會有一封給我的信。過了好幾個月，我在巷子裏看見了那個寫信的人——一個住在附近的大學生。沒有跟他交談，只是看了他一眼，轉身輕輕關上大門。

那個學生，寒暑假回到香港僑居地時，就會寄來香港的風景明信片，說：「有一天，等我畢業了，我要娶妳，帶妳來坐渡輪，看香港的夜景。」

我的父母從來不知道有這麼一個人存在過，信件我自己收起來，也不說什麼，也不回信。偶爾我在黃昏時出門，他恰好就站在電線杆下，雙手插在口袋裏，相當沉著也相當溫柔平和的眼神朝我望著。我直直的走過他，總是走出好幾步了，才一回頭，看他一眼。

這半生了，回想起來，那個人的眼神總使我有著某種感動，我一點也不討厭他。

兩年之後，他畢業了，回港之前的那封信寫得周詳，香港父親公司地址、家中地址、電話號碼，全都寫得清清楚楚。最後他寫著：「我不敢貿然登府拜訪，生怕妳因此見責於父母，可是耐心等著妳長大。現在我人已將不在台灣，通信應該是被允許的。我知妳家教甚嚴，此事還是不該瞞著父母，請別忘了，我要娶妳。如果妳過兩三年之後同意，我一定等待……」

那時，我正經過生命中的黯淡期，休學在家好幾年，對什麼都不起勁，戀愛、結婚這種事情不能點燃我生命的火花，對於這一個癡情的人，相連的沒有太多反應。

後來那種藍信封由英國寄來，我始終沒有回過一封信，而那種期待的心情，還是存在的，只是不很鮮明。如果說，今生有人求過婚，那位溫柔的人該算一個。

等到我進入文化學院去做學生的時候，姐姐出落得像一朵花般的在親戚間被發現了。那時候很流行做媒，真叫「一家女，百家求」。我們家的門檻都要被踏穿了。

每當姐姐看不上的人被婉轉謝絕的時候，媒人就會說：「姐姐看不上，那妹妹也可以，就換妹妹做朋友好囉！」

我最恨這種話。做了半生的妹妹，衣服老是穿姐姐剩下來的，輪到婚姻也是：「那妹妹也可以。」好像妹妹永遠是拿次級貨的那種品味。每一次人家求不到姐姐，就來求妹妹，我都給他們罵過去。

那一陣子，三五個月就有人來求親，反正姐姐不答應的，妹妹也不答應。姐姐一說肯做做朋友，那個做妹妹的心裏就想搶。

那是一個封閉的社會，男女之事看得好實在，看兩三次電影就要下聘。姐姐就這麼給嫁掉了。她笨。

我今生第二次向人求婚還是在台灣。

那是我真正的初戀。

對方沒有答應我。我求了又求，求了又求，哭了又哭，哭了又哭。後來我走了。

到了西班牙，第一個向我求婚的人叫荷西，那年他高中畢業，我大三。他叫我等他六年，我說那太遙遠了，不很可能。

為了怕這個男孩子太認真，我趕快交了一些其他的朋友，這其中有一個日本同學，同班的，家境好，還在讀書呢，馬德里最豪華的一家日本餐館就給他開出來了。

這個日本同學對我好到接近亂寵。我知道做為一個正正派派的女孩子不能收人貴重的禮物，就只敢收巧克力糖和鮮花——他就每天鮮花攻勢。宿舍裏的花都是日本人送來的，大家都很高興，直到他向我求婚。

當我發現收了糖果和鮮花也有這種後果的時候，日本人買了一輛新車要當訂婚禮物給我。當時宿舍裏包括修女舍監都對我說：「嫁、嫁。這麼愛妳的人不嫁，難道讓他跑了嗎？」

我當然沒有收人家的汽車，兩個人跑到郊外樹林裏去談判，我很緊張——畢竟收了人家的小禮物也常常一同出去玩，心虛得緊，居然向著這個日本人流下淚來。我一哭，那個好心的人也流淚了，一直說：「不嫁沒關係，我可以等，是我太急了，嚇到了妳，對不起。」

那時候我們之間是說日文的，以前我會一點點日文。半年交往，日文就更好些，因為這個朋友懂得耐性的教，他絕對沒有一點大男人主義的行為，是個懂得愛的人，可是我沒想過要結婚。我想過，那是在台灣時。跟這日本同學，也不知道是怎麼回事，他在戀我，我迷迷糊糊的受疼愛，也很快樂，可是也不明白怎麼一下子就要結婚了。

為了教這個日本人死了心，我收了一把德國同學的花。我跟德國同學在大街上走，碰到了荷西。我把兩人介紹了一下，荷西笑得有些苦澀，還是很大方的跟對方握握手，將我拉近，親吻了我的面頰，笑道再見。

當年害慘了那位日本同學，後來他傷心了很久很久。別的日本同學來勸我，說我可不可以去救救人，說日本人要自殺。切腹其實不至於，我十分對不起人是真的，可是不肯再去見他，而兩個人都住在馬德里。他常常在宿舍門外的大樹下站著，一站就好久，我躲在二樓窗簾後面看他，心裏一直向他用日文說：「對不起，對不起。」

學業結束之後，我去了德國。

我的德國朋友進了外交部做事，我還在讀書。那時候我們交往已經兩年了。誰都沒有向誰求婚，直到有一天，德國朋友拉了我去百貨公司，他問我一床被單的顏色，我說好看，他買下了——雙人的。

買下了被單兩個人在冰天雪地的街上走，都沒有說話，我突然想發脾氣，也沒發，就開始死不講話，他問什麼我都不理不睬，眼裏含著一汪眼淚。

過了幾小時，兩個人又去百貨公司退貨，等到櫃檯要把鈔票還給我們時，我的男友又問了一句：「妳確定不要這條床單？」我這才開口說：「確定不要。」

退了床單，我被帶去餐館吃烤雞，那個朋友才拿起雞來，要吃時，突然迸出了眼淚。

過了一年，他在西柏林機場送我上機，我去了美國。上機的時候，他說：「等我做了領事時，妳嫁，好不好？我可以等。」

這算求婚。他等了二十二年，一直到現在，已經是大使了，還在等。

我是沒有得到堂兄們允許而去美國的，我的親戚們只有兩位堂兄在美國，他們也曾跟我通信，叫我留在德國，不要去，因為沒有一技之長，去了不好活。

等到我在美國找好事情，開始上班了，才跟堂兄通了電話。小堂哥發現我在大學裏恰好有他研究所以前的中國同學在，立即撥了長途電話給那位在讀化學博士的朋友，請他就近照顧孤零零的堂妹。

從那個時候開始，每天中午休息時間，總是堂哥的好同學，準時送來一個紙口袋，裏面放著一塊豐富的三明治、一只白水煮蛋、一枚水果。

他替我送飯。每天。

吃了人家的飯實在是不得已，那人的眼神那麼關切，不吃不行，他要心疼的。

吃到後來，他開始悲傷了，我開始吃不下。有一天，他對我說：「現在我照顧妳，等哪一年妳肯開始下廚房煮飯給我和我們的孩子吃呢？」

那時候，追他的女同學很多很多，小堂哥在長途電話裏也語重心長的跟我講：「妹妹，我這同學人太好，妳應該做聰明人，懂得我的鼓勵，不要錯過了這麼踏實的人。」我在電話中回答：「我知道，我知道。」掛下電話，看見窗外白雪茫茫的夜晚，竟然又嘩嘩的流淚，心裏好似要向一件事情去妥協而又那麼的不快樂。

當我下決心離開美國回台灣來時，那位好人送我上機先去紐約看哥哥再轉機回台。他說：「我們結婚好麼?妳回去，我等放假就去台灣。」我沒有說什麼，伸手替他理了一理大衣的領子。

等我人到紐約，長途電話找來了：「我們現在結婚好麼？」我想他是好的，很好的，可以信賴也可以親近的，可是被人問到這樣的問題時，心裏為什麼好像死掉一樣。

我回到台灣來，打網球，又去認識了一個德國朋友。我在西班牙講日文，在德國講英文，在美國講中文，在台灣講德文。這人生——

那一回，一年之後，我的朋友在台北的星空下問我：「我們結婚好嗎？」我說：「好。」清清楚楚的。

我說好的那一霎間，內心相當平靜，倒是四十五歲的他，紅了眼睛。

那天早晨我們去印名片。名片是兩個人的名字排在一起，一面德文，一面中文。挑了好久的字體，選了薄木片的質地，一再向重慶南路那家印刷店說，半個月以後，要準時給我們。

那盒名片直到今天還沒有去拿，十七年已經過去了。

說「好」的那句話還在耳邊，挑好名片的那個晚上，我今生心甘情願要嫁又可嫁的人，死了。

醫生說，心臟病嘛，難道以前不曉得。

那一回，我也沒活，吞了藥卻被救了。

就那麼離開了台灣，回到西班牙去。

見到荷西的時候，正好分別六年。他以前叫我等待的時間。

好像每一次的求婚，在長大了以後，跟眼淚總是分不開關係。那是在某一時刻中，總有一種微妙的東西觸動了心靈深處。無論是人向我求、我向人求，總是如此。

荷西的面前，當然是哭過的，我很清楚自己，這種能哭，是一種親密關係，不然平平白白不會動不動就掉淚的。那次日本人不算，那是我歸還不出人家的情，急的。再說，也很小。

荷西和我的結婚十分自然，倒也沒有特別求什麼，他先去了沙漠，寫信給我，說：「我想得很清楚，要留住妳在我身邊，只有跟妳結婚，要不然我的心永遠不能減去這份痛楚的感覺。我們夏天結婚好麼？」

我看了十遍這封信，散了一個步，就回信給他，說：「好。」

婚後的日子新天新地，我沒有想要留戀過去。有時候想到從前的日子，好似做夢一般，呆呆的。

我是一九七三年結的婚。荷西走在一九七九年。

這孀居的九年中，有沒有人求過婚？

還是有的。

只是沒什麼好說的了，在那些人面前，我總是笑笑的。

去年，我的一個朋友來台灣看我，我開著車子陪他去旅行。在溪頭往杉林溪去的那些大轉彎的山路上，不知怎麼突然講起荷西死去那幾日的過程，這我根本已經不講多年了。

說著說著，突然發現聽的人在流淚。那一日我的朋友說：「不要上去了，我們回去。」回到溪頭的旅館，我的朋友悄悄進了他自己的房間。到了晚上我們去喝酒，在寂靜的餐館廳，我的朋友說：「很多年沒有流淚了，包括我父親的死。今天中午，不知怎麼搞的——」

我靜靜的看住他，想告訴他屬於他的心境變化，卻又沒有說出來。一個中年人，會在另一個人面前真情流露，總是有些柔軟的東西，在心裏被碰觸到了，這是一個還算有血肉的人。

就在今年舊曆年前一天，一張整整齊齊的信紙被平放在飯桌上。字體印刷似的清楚。我的信，不知誰拆了。

信中寫著：「回來以後聽妳的話，沒有寫信。這三個月來，我一直在思考一個可能的生活方式，屬於妳我的。我沒有一切的物質條件可以給妳享受，也不算是個有情趣的人，我能給妳的只有平平實實的情感，還有我的書。夏天如果妳肯來這兒——不然我去台灣，我們再相處一段時間，然後結婚好嗎？現在我才發覺，在往杉林溪去的那條路上，當我不知不覺流下眼淚的那一刻，已經——」

他說的，我都知道，比他自己早了三個月。

爸爸在我看信時走過，說：「什麼人的信呀？」

我朝他面前一遞，說：「一封求婚信。」

爸看也不要看，說：「哦！」就走開了。

吃年夜飯，全家人擠在一起，熱熱鬧鬧的十幾個人。

我宣佈：「各位，今天有人來求婚。」

沒有人回答什麼，大人開始替自己的小孩分菜。夾著零零碎碎的對話。

「我說，今天有人來向我求婚。」

「拜託，把妳面前那盤如意菜遞過來，小妹要吃。」大弟對我說。

我講第三遍：「注意，今天有人來信向我求婚。」

姐姐大聲在問弟妹：「那妳明天就回嘉義娘家啊？」

「我——」我還沒說別的，媽媽看了我一眼，說：「妳不要多講話，快吃飯。」

那封求婚信不知被誰拿去做了茶杯墊子，溼溼的化了一攤水在上面。

我看著眼前這一大群人，突然感到有一種被自己騙了的驚駭，我一直把自己看得太重要，以為，萬一我決定早走一步，他們會受不了。

「有人向——我——求——婚。」我堅持只講這句話。

「那妳就去嫁呀——咦，誰吃了我的春捲——」

「你們——」

「我們一樣。小明，吃一塊雞，天白，要黃豆湯還是雞湯？」

捧著一碗湯，覺得手好累好累。心情，是一隻鬼丟上來的灰披風，嘩一下罩住了大年夜中的我。

這時候，是哪一家的鞭炮，等不及那歡喜，在暮色還不太濃的氣氛裏，像做什麼大喜事似的轟轟烈烈的響了起來。

# 孤獨的長跑者。

## ——為台北國際馬拉松熱身

我的父親陳嗣慶先生，一生最大的想望就是成為一個運動家。雖然往後的命運使他走上法律這條路，可是在日常生活中他仍是個勤於活動四肢的人。父親小學六年級開始踢足球，網球打得可以，撞球第一流，乒乓球非常好，到了六十多歲時開始登山。目前父親已經七十五歲了，他每天早晨必做全身運動才上班，傍晚下班時，提早兩三站下公車，走路回家。這種持之以恆的精神，其實就是他一生做人做事負責認真的表率。

我的母親在婚前是學校女子籃球校隊的一員，當後衛。婚後，她打的是犧牲球。

父親對於我們子女的期望始終如一；他希望在這四個孩子中，有一個能夠成為運動家，另一個成為藝術家，其他兩個「要做正直的人」，能夠自食其力就好。

很可惜的是，我的姐姐從小受栽培，她卻沒有成為音樂家，而今她雖是一個鋼琴老師，卻沒能達到父親更高的期許。我這老二在小學時運動和作文都好，單槓花樣比老師還多，爬樹跟猴子差不多俐落，而且還能自極高處蹦下，不會跌傷。溜冰、騎車、躲避球都喜歡，結果還是沒成大器，一頭跌進書海裏去，終生無法自拔。

大弟的籃球一直打到服兵役時都是隊中好手，後來他做了個不喜歡生意太好的淡泊生意人。小弟乒乓球得過師大附中高中組冠軍，撞球只有他可以跟父親較量，而今他從事的卻是法律，是個專業人才以及孩子的好玩伴。小弟目前唯一的運動是——趴在地上當馬兒，給他的女兒騎來騎去。

在我們的家人裏，唯有我的丈夫荷西，終生的生活和興趣跟運動有著不可分割的關係。他打網球、游泳、跳傘、駕汽艇，還有終其一生對於海洋的至愛——潛水。他也爬山、騎摩托車、跑步，甚而園藝都勤得有若運動。

我們四個子女雖然受到栽培，從小鋼琴老師、美術老師沒有間斷，可是出不了一個藝術家。運動方面，籃球架在過去住在有院落的日本房子裏總是架著的，父親還親自參與拌水泥的工作，為我這個酷愛「輪式冰鞋」的女兒在院中鋪了一個方形的小冰場。等到我們搬到公寓中去住時，在家庭經濟並非富裕的情形下，父親仍然買來了撞球檯和乒乓球桌，鼓勵我們全家運動，巷內的鄰居也常來參加，而打得最激烈的就是父親自己。

記得當年的台灣物質缺乏，姐姐學鋼琴和小提琴，父親根本沒有能力在養家活口之外再買一架昂貴的鋼琴，後來他拿出了小心存放著預備給孩子生病時用的「急救金」，換了一架琴。自那時起，為了物盡其用和健康的理由，我們其他三個孩子都被迫學音樂。那幾年的日子，姐姐甘心情願也罷了，我們下面三個，每天黃昏都要千催萬請才肯上琴凳，父親下班回來即使筋疲力盡都會坐在一旁打拍子，口中大聲唱和。當時我們不知父親苦心，總是拉長了臉給他看，下琴時歡呼大叫，父親淡淡的說了一句：「我這樣期望你們學音樂，是一種準備，當你們長大的時候，生命中必有挫折，到時候，音樂可以化解你們的悲傷。」我們當年最大的挫折和悲傷就是彈琴，哪裏懂得父親深遠的含意。

至於運動，四個孩子都淡漠了，連父親登山都不肯同去，倒是母親，跟著爬了好幾年。當然，那只是些不太高的山，他們的精神是可佩的。

我的丈夫深得父親喜愛並不完全因為他是半子，父親在迦納利群島時，每天跟著女婿去騎摩托車，兩人一跑就不肯回家吃飯，志同道合得很。

回想有一年我開始學打網球時，父親興奮極了，那一年是我出國後第一次回國，在教德文，收入極有限，可是父親支助我買二手球拍、做球衣，還付教練費，另外給我買了一輛腳踏車每日清晨騎去球場。這還不夠他的歡喜，到後來，父親下班提早，也去打球。他的第一個球伴是球場中臨時碰上的——而今的國民楷模孫越。父親打球不丟臉，抽球抽得又穩又好，他不會打競爭的，他是和平球。

等到我又遠走他鄉一去不返時，我的生活環境有了很大的變遷，我住北非沙漠去了。那時最普通的運動就是走路，買菜走上來回兩小時，提水走上一小時，夜間去鎮上看電影走上兩小時，結婚大典也忘了可以借車，夫妻兩人在五十度的氣溫下又走上來回一百分鐘。那一陣，身心都算健康，是人生中燦爛非凡的好時光。

後來搬去了迦納利群島，我的日子跟大自然仍然脫不了關係，漁船來時，夫妻倆苦等著幫忙拉魚網；朋友來時，一同露營爬山拾柴火；平日種花、種菜、剪草、擦地、修房子，運動量仍算很大。夏日每天「必去」海灘。我泡水、先生潛水，再不然，深夜裏頭上頂了礦工燈，岩石縫中摸螃蟹去，日子過得自然而然，膚色總是健康的棕色。雖然如此，夫妻兩人依舊看書、看電影、聽音樂、跳舞、唱歌，雙重生活，沒有矛盾。回想起來，夫妻之間最不肯關心的就是事業，我們安穩的拿一份死薪水，絕對不想創業，這自然是生活中煩惱不多的大好條件。

有一年，偶爾回國，在電視上看見了紀政運動生涯的紀錄片，我看見她如何在跑前熱身，如何起跑，如何加速，如何訴說本身對於運動的理想和熱愛……我專注的盯住畫面不能分心，我分解她每一個舉手投足的姿勢，我觀察她的表情，我回想報章雜誌上有關她的半生故事，我知道她當時正跑出了世界紀錄，我被她完全吸引住了的原因，還是她那運動大將的氣質和風度，那份從容不迫，真是嘆為觀止。一個運動家，可以達到完美的極致，在紀政身上，又一次得到證明。

沒過了幾年，我們家的下一代，也就是大弟的雙生女兒陳天恩、陳天慈進入了小學。父親經歷了對於我們的失望之後，在他的孫女身上又重新投入了希望。他渴望他的孫女中有一個成為運動家。暑假到了，當其他的孩子在補習各種才藝的時候，父親懇請紀政，為我們的小女孩請來了「體育家教」。

天恩、天慈開始每天下午，由體育老師帶著，在市立體育場上課。記得初初上體育課時，父親非常興奮，他說，如果孫女有恆心，肯努力，那麼小學畢業就要不計一切送到澳洲去訓練打網球。又說，經濟來源不成問題，為了培植孫女，他可以撐著再多做幾年事不談退休。很可惜的是，天恩、天慈所關心的只是讀學校的書，她們無視於祖父對她們的熱愛，不聽祖父一再的勸告：「書不要拚命念，及格就好。」她們在家人苦苦哀求之下無動於衷，她們自動自發的讀書，跑了一個半月的體育場，竟然哭著不肯再去。我們是一個配合國策邁向民主的家庭，絕對不敢強迫孩子，在這種情形下，父親嘆了口氣，不再說什麼。

孫女沒有運動下去，父親居然又轉回來注意到了我。那一年我回國教書，父親見我一日一日消瘦，母親天天勸我：「睡覺、吃飯！」倒是父親，他叫我不要休息，應該運動。我選擇了慢跑。

有半年多的時間，每個星期總有三天左右的晚上，我開車到內湖的大湖公園，繞著湖水開始慢跑，總要跑到全身放鬆了，出汗了，這才回家繼續工作。就有那麼一個夜晚，我一個人在大湖公園的人行道上慢跑，不遠處來了兩輛私家車，車上的人看我跑步，就放慢了車速開始跟我，我停步不跑了，車上下來七個男子，他們慢慢向我圍上來，把我擠在他們的人圈裏。其中一個人說：「小姐一個人散心不寂寞？」我看看四周，沒有其他的行人，只有車輛快速的在路邊駛過。我用開玩笑的口吻對待這一群傢伙，說了幾句不輕不重的雙關語，「笑問」他們是哪一個角的。他們一聽我說起什麼角什麼角，就有些不自在，我把其中擋路的一個輕輕推開，頭也不回的再跑，很有把握的跑進對岸叢林小路中再繞公園出來，那批人已經走了。從那次之後，我停止了夜間的慢跑，而清晨尚在讀書，不能跑，這再次的運動也就停了。「角」的意思就是黑話「幫派」，看雜誌看來的，居然用得順口。

我們的家族運動小史並沒有告一段落。小弟的大女兒天明今年八歲，得的獎狀裏雖然包括體育，可是她最癡迷瘋狂的還是在閱讀上。小學二年級就在看我的《紅樓夢》，金陵十二金釵都能背，她只運動那翻書的小指頭。小弟的二女兒天白在兩歲多時由茶几上跳下來，父親觀察她的動作，她不是直著腳跳的，她先彎下膝蓋才借雙腳的力一蹦落地，這發現又使父親大喜，連說：「恐怕是這一個，可以訓練。」從那時起，天白每與父親見面時，祖孫兩人就在遊玩一種暗藏心機的運動遊戲。可是天白現在已經四歲多了，她最大的成就卻是：追趕著家中大人講鬼故事。我們被她嚇得哀叫，她是一句一句笑笑的逼上來，用詞用句之外，氣氛鋪陳詭異、森冷、神秘，是個幻想魔術師——眼看她走上司馬中原之路。她只做這種運動，四肢不算靈。每聽孫女造鬼不疲，父親總也嘆一口氣，他的期望這一次叫做活見鬼。

其實，要一個家庭中的成員做為運動家或藝術家並不那麼簡單，可是保有活潑而健康的心態去參與，不必成家也自有意義。

拉雜寫來，由家庭中的運動小史鋪展到馬拉松，內心的聯想很多。其實每一個人，自從強迫出生開始都是孤獨的長跑者，無論身邊有沒有人扶持，這條「活下去」的長路仍得依靠自己的耐力在進行。有時我們感到辛酸遭受挫折，眼看人生艱難，實在苦撐著在繼續，可是即使如此，難道能夠就此放棄嗎？有許多人，雖然一生成不了名副其實的運動員，可是那份對於生活的堅持，就是一種勇者的行為。

我自然也是這一群又一群長跑人類中的一員，但誠實的說，並不是為了父親的期望而跑，支持著我的，是一份熱愛生命的信念，我為不負此生而跑。我只鼓勵自己，跟那向上的心合作。這些年來，越跑越和諧，越跑越包容，越跑越懂得享受人與人之間一切平凡而卑微的喜悅。當有一天，跑到天人合一的境界時，世上再也不會出現束縛心靈的愁苦與慾望，那份真正的生之自由，就在眼前了。

# 楊柳青青。

## ——詩人瘂弦的故事

要說的是——
　老家本在河南南陽城外四十里
爺爺半生趕驢車
　爹爹做了莊稼郎
三代單傳得一子
　我娘長齋報天恩

那家園
白露前後看早麥
　小麥青青大麥黃
總記得
老娘紡紗明月光

放下娃兒急急忙忙做鞋幫
忘不了
　老爹天方亮喝便上耕
晌午打罷東隅又西桑
辛苦苦
　巴到日落上了炕
計算算
　今秋能拏幾個洋
再想想
到了下年好歹加蓋兩間房
苦盼盼
娃兒長大討個媳婦兒好興旺
捨不得
　小子細肩把鋤扛
只期望
　省城念書好風光

小子上學堂
　爹娘向著師傅打躬屈膝淚滂滂
孩兒燈下琅書聲
　喜得爹娘睡不沉
寒冬上炕讓暖被
　炎夏鋪蓆打扇備涼床
只求娃兒不災不病寫字忙
　爹娘白湯粗饝也是香

小子十六作文章
　村裏人人面容光
看信代書把人拉
　那今世秀才便是他
休道爹娘做牛做馬費了學錢不管用
　只盼來年似錦前程祭祖告天耀門宗

那年兵荒馬亂方才起

唬得爹娘心惶惶
小子不及定親家
慌慌張張打發他
說起同學結伴走
老娘漏夜趕行裝
厚厚褲子肥肥襪
密密鞋幫打成雙
不言不語切切縫
油燈點到五更矇
老爹牆角挖出現大洋
老娘縫進貼身內衣裳

小子不知離別傷
怨怪爹娘瞎張忙
只想青春結伴遠
哪知骨肉緣盡箭在弦
才聽得

更雞鳴叫天方亮
就來了
同學扣窗啟程嚷
三五小子意氣佳
不見爹娘亂髮一夜翻蘆花

門前呼喚聲聲到
灶上油餅急急烙
油膩膩
粗紙包著遞上來
氣呼呼
孩兒不耐伸手接
老娘擦眼硬塞餅
哽說趁熱路上帶了行
推推拉拉幾番拗
餅散一地沾白霜
娘撿油餅方抬頭

孩兒已經大步走
娘呼兒可不能餓
人影已在柳樹大橋頭
娘追帶號扶樹望
孩兒身影已渺茫
那柳樹——
秋盡冬正來
寒鴉驚飛漫天嘩
爹娘哭喚聲不聞

三十年大江南北
離亂聲訊終斷絕
南陽城外老爹死也沒瞑目
睜眼不語去向黃泉路
孤零老娘視茫茫
日日扶牆門前苦張望
樹青一年
娘淚千漣

我兒不死我兒不死
　只看那青青楊柳樹
我兒必不死
　我兒在他鄉

那一年
村人討木要柴燒
　老娘抱住楊柳腰
只道這是我兒心肝命
　誰搶我拿命來拚
村人上前拖又說
　老娘跪地不停把頭磕
那——一——年
　樹砍倒　娘去了
　死前掙扎一哽咽
叫聲——「我兒」眼閉了

江湖煙雨又十年

他方孩兒得鄉訊
只告你爹你娘早去了
爹死薄棺尚一副
娘去門板白布蒙了土中是一場

楊柳青青　楊柳青青
南陽城外四十里
小麥青青大麥黃
昔日一枕黃粱夢
今朝乍醒兒女忽成行
養兒方知父母恩
雲天渺渺何處奔
眼前油餅落滿地
耳邊哭聲震天淘
悔不當初體娘心
而今思起——
眼不乾
淚成河

# 重建家園。

那天，其實我們已經走過了那座被棄的紅磚屋。走了幾步，一轉念頭，就往右邊的草叢裏踩進去。

達尼埃和歌妮停下了步子，歌妮喊了一聲：「有蛇！」我也不理她，向著破屋的地方大步走，一面用手撥開茅草，一面吹口哨。

當我站在破磚破瓦的廢屋裏時，達尼埃也跟了上來。「做什麼？」他說。「找找看有沒有東西好撿。」我張望著四周，就知道達尼埃立即要發脾氣了。

這一路下來，由台北到墾丁，開車走的都不是高速公路，而是極有情調的省道，或者根本是些小路。達尼埃和歌妮是我瑞士來的朋友，他們辛苦工作了兩三年，存了錢，專程飛到台灣來看我。而我呢，放下了一切手邊的工作，在春節寒假的時候，陪著他們，開了一輛半舊的喜美車，就出發環島來了。

就因為三個人感情太好，一路住旅館都不肯分開，總是擠在一間。也不睡覺，不然是拚命講話，不然就是在吵架。

達尼埃什麼時候會生氣我完全瞭解。

只要我撿破爛，他就氣。再說，一路下來，車子早已塞滿了我的所謂「寶貝」，很髒的東西。那叫做民俗藝品，我說的。歌妮同意，達尼埃不能妥協。

「快走，草裏都是蚊子。」達尼埃說。

「你看——」我用手往空了的屋頂一指，就在那沒有斷裂的樑下，兩盞細布中國紗燈就吊在那兒。

「太髒了！妳還要？」

「是很髒，但是可能用水洗乾淨。」

「不許拿。」達尼埃說。

我跳了幾次，都搆不上它們。達尼埃不幫忙，冷眼看著，開始生氣。

「你高，你跳呀——」我向他喊。他不跳。

四周再張望了一下，屋角有根破竹竿，我拿過來，輕輕往吊著紗燈的細繩打了一下，那一對老燈，就落在我手裏了。樑上嘩嘩的撒下一陣灰塵弄得人滿身都是，達尼埃趕快跳開。歡喜的觀察了一下那一對燈，除了中國配色的大紅大綠之外，一盞燈寫著個「柯」姓，另一盞寫著「李」。

我提著它們向歌妮跑去，她看見我手裏的東西正想快樂的叫出來，一看身後達尼埃不太好看的臉色，很猶豫的只好「呀」了一聲。

「走，前面有人家，我們討水去沖一沖。」

「算不算偷的？Echo，是不是偷的？」歌妮悄悄的追著問。我笑著也不答。屋頂都爛了的空房子，大門也沒有，就算偷，也是主人請來的呀！

向人借水洗紗燈，那家人好殷勤的還拿出刷子和肥皂來。沒敢刷，怕那層紗布要破，只有細心的沖沖它們。乾淨些，是我的了。

「待會兒騎協力車回去，別想叫我拿，妳自己想辦法！」達尼埃無可奈何的樣子叫著。他一向稱我小姐姐的，哪裏會怕他呢。

那輛協力車是三個人共騎的，在墾丁，雙人騎的那種比較容易租到，我們一定要找一輛三個人的。騎來的時候，達尼埃最先，歌妮坐中間，我最後。這麼一來，在最後面的人偷懶不踩，他們都不知道。

向土產店要了一根繩子，把紗燈掛在我的背後，上車騎去，下坡時，風來了，燈籠就飛起來，好似長了翅膀一樣。土產店的人好笑好笑的對我用台語說：「這是古早新嫁娘結婚時帶去男家的燈，小姐妳撿了去，也是馬上會結婚的哦！」歌妮問：「說什麼？」我說：「拿了這種燈說會結婚的。」「那好呀！」她叫起來。達尼埃用德文講了一句：「神經病！」就拚命踩起車子來了。

我們是清早就出發的，由墾丁的「青年活動中心」那邊向燈塔的方向騎，等到餓了，再騎回去的時候，已經是中午了。

在一間清潔的小食店裏，我們三個人佔了三張椅子，那第四張，當心的放著兩盞看上去還是髒兮兮的燈籠。達尼埃一看見它們就咬牙切齒。

點了蛋炒飯和冷飲。冷飲先來了，我們渴不住，捧著瓶子就喝。

也就在那個時候，進來了另外四個客人，在我們的鄰桌坐下來。應該是一家人，爸爸、媽媽，帶著十五、六歲的一對女兒。

當時我們正為著燈在吵架，我堅持那輛小喜美還裝得下東西，達尼埃說晚上等我和歌妮睡了，他要把燈丟到海裏去。

進來了別的客人，我們聲音就小了，可是彼此敵視著，恨恨的。

就因為突然安靜下來了，我聽見鄰桌的那個爸爸，用著好和藹好尊重的語調，在問女兒們想吃什麼，想喝什麼。那種說話的口吻，透露著一種說不出的教養、關懷、愛和包涵。

很少在中國聽見如此可敬可親的語氣，我愣了一下。

「別吵了，如果你們聽得懂中文，隔壁那桌講話的態度，聽了都是享受，哪裏像我們。不信你聽聽，達尼埃。」我拍打了達尼埃一下。

「又聽不懂。」歌妮聽不懂，就去偷偷看人家，看一眼，又去看一眼。結論是，那個媽媽長得很好看，雖然衣著樸素極了，可是好看。

於是我們三個人一起去偷看鄰桌的四個人。

歌妮會講不太好的英文，達尼埃一句也不會。歌妮又愛跟人去講話，她把身子湊到那一桌去，搭訕起來啦！

那桌的爸爸也聽見了我們起初在講德文，他見歌妮改口講英文，就跟她講起某一年去德國旅行的事情來。

說著說著，那桌年輕極了的媽媽，笑著問我：「是三毛吧？」我欣喜的趕快點頭。不知道為什麼非常喜歡結交這一家人。他們的衣著、談吐、女兒、氣質，都是我在台灣少見的一種投緣，很神秘的一種親切，甚而有些想明白的跟他們講，想做一個朋友，可不可以呢？

後來，我們開始吃飯，我一直愣愣的看著那兩盞死命要帶回台北的燈籠。我把筷子一放，用德文講：「我要把這兩盞燈，送給隔壁那桌的一家人。」

「妳瘋了！瘋啦！」達尼埃這才開始護起燈來。

「沒商量，一定要送，太喜歡他們了。」

「那妳一路跟我吵什麼鬼？」達尼埃說。

「要送。他們是同類的那種人，會喜歡的，我在旅行，只有這個心愛的，送給他們。」

當我表示要把燈送給那一家人的時候，他們很客氣的推辭了一下，我立即不好意思起來，覺得自己太唐突了。可是當他們答應收下的時候，我又大大的歡喜了一場。忘了，這只是兩盞髒得要命的老燈籠，還當寶貝去送人呢。

分別的時候，交換了地址，一下發現都住在台北市的南京東路四段，只差幾條巷子就是彼此的家，我又意外的驚喜了一次。

那是我不會忘記的一天——認識了在台北工專教授「工業設計」的賴一輝教授，認識了在實踐家專教授「色彩學」的陳壽美老師，又認識了他們的一對女兒——依縵、依伶。

再驚喜的發現，那些姪女們的兒童書籍——《雅美族的船》、《老公公的花園》、《小琪的房間》，這些書籍裏的圖畫，都是陳壽美老師的作品。

為什麼直覺的喜歡了這家人，總算有了一部分的答案——我愛教書的人，我仰慕會畫畫的人。雖然他們是留學美國的，我也很接受。因為在那次旅行之後，我自己也立即要去美國了。那是一九八四年的春節。

在機場揮淚告別了達尼埃和歌妮的第二天，我將衣服丟進箱子，暫別了父母，飛向美國加州去。那時，還在教書的，搶著寒假的時間，再請老同學代課到春假，使我在美國得到了整整六個星期的休息。那一年，因為燃燒性的狂熱投入，使得教書的短短兩個學期中，失去了十四公斤的體重。我猜，大概要停了，不然死路一條。

美國的時候，媽媽打電話來，說：「那個好可愛的妹妹賴依伶，送來了一大顆包心菜，說是去橫貫公路上旅行時買下來的，從來沒有吃過那麼清脆的包心菜。」

丁神父來信，告訴我：「妳的朋友賴老師一家帶了朋友來清泉，還給我買了核桃糖。」

我正去信給依伶，她的來信已經埋伏在我的信箱裏了。厚厚的一封，細細小小的字，寫了好多張，又畫了地圖，將她和全家人去橫貫公路旅行的每一個地方都畫了出來。最後，把那些沿途亂丟垃圾的遊客大罵了一頓，又叫我以後寫文章也應該一起來罵。我深以為是。

這一家人，以後就由最小的依伶，十五歲吧，跟我通起信來。

休息了六個星期，忘不了學校和學生，急急趕了回來，務必教完了下學期才離開。我日日夜夜的改作業，人在台北，卻沒有去賴家探望。他們體恤我，連依伶都不叫寫信了。

那個學期沒能教完，美國的醫生叫我速回加州去開刀。我走了，搬出了教職員宿舍，搬去母親借我住的一幢小公寓去。把書籍安置妥當，和心愛的學生道了再見。

媽媽的公寓在台北市民生東路底的地方，叫做「名人世界」，二十三坪，夠住了。我一個人住。

鄰居，很快的認識了，左鄰、右舍都是和藹又有教養的人。不很想走，還是抱著衣服，再度離開台灣到美國去。

「家」這個字，對於我，好似從此無緣了。

在美國，交不到什麼朋友，我拚命的看電視，一直看到一九八四年的年底。

「當我知道隔壁要搬來的人是妳的時候，將我嚇死了！」少蓉，我的緊鄰，壓著胸口講話。我嘻嘻的笑著，將她緊緊的一抱，那時候，我們已經很熟了。我喜歡她，也喜歡她的先生。

「名人世界」的八樓真是好風好水，鄰居中有的在航空公司做事，有的在教鋼琴，有的教一女中，有的在化工廠做事。有的愛花，有的打網球，李玉美下了班就寫毛筆字。這些好人，都知道我的冰箱絕對是真空的，經過我的門口，食物和飲料總也源源不絕的送進來「救濟難民」。

我的家——算做是家吧，一天一天的好看起來，深夜到清晨也捨不得睡的。大廈夜班的管理員張先生，見了我總是很痛惜的說：「昨天我去巡夜，您的燈又是開到天亮，休息休息呀！身體要緊。」他講話的語氣，我最愛聽。

我不能休息，不教書了，寫作就來，不寫作時，看書也似搶命。

住在那幢大樓裏，是快樂的，我一直對父母說：「從管理員到電梯裏的人，我都喜歡。媽媽，如果我拚命工作存錢，這個公寓就向妳和爸爸買下來好不好？」他們總是笑著說：「妳又絕對不結婚，也得存些錢養老。媽媽爸爸的房子給小孩子住也是天經地義的，安心住著，每天回家來吃晚飯才是重要，買房子的事不要提了。」

每天晚上，當我從父母家回到自己的公寓去時，只要鑰匙的聲音一響，總有哪個鄰居把門打開，喊一聲：「三毛！回來了嗎？早點睡喔！」

我們很少串門子，各做各的事情，可是，彼此又那麼和睦的照應著。

「名人世界」裏真的住了一個我敬愛的名人——孫越，可是很少看見他。一旦見了，歡天喜地。

我的朋友，由大樓一路發展出去，街上賣水果的、賣衣服的、賣杯子的、賣畫的、賣書的。小食店的、自助洗衣店的、做餃子的、改衣服的、藥房、茶行、金店、文具……都成了朋友，三五日不見，他們就想念。

我不想搬家，但願在台灣的年年月月，就這麼永遠的過下去。

「三毛姐姐：我們快要搬家了，是突然決定的。那天，媽媽和我到延吉街附近去改褲子，看見一家四樓的窗口貼著『出售』的紅紙，我們一時興起，上去看了一下，媽媽立即愛上了那幢房子。回來想了一夜，跟爸爸商量後，就去付了定金，所以我們現在的家就要賣了。如果妳不來看一下我們的小樓和屋頂花園，以後賣掉就看不到了，如果妳能來——」

看著依伶的信時，已是一九八五年的二月了，正好在墾丁相識一年之後。這一年，常常想念，可是總也沒好意思說自己想去，他們那方面呢，怕我忙，不敢打擾，都是有教養的人，就那麼體恤來體恤去的，情怯一面。

看了信，我立即撥電話過去，請問可不可以當天晚上就去賴家坐一下？那邊熱烈的歡迎我，約好在一家書店的門口等。我從父母家吃過晚飯，才走三分鐘，就看見了依伶的身影。

再走三分鐘，走到一排排如同台北市任何一種灰色陳舊的公寓巷子裏，就在那兒，依伶打開了樓下公用的紅門，將我往四樓上引。

那兒，燈火亮處，另外三張可親的笑臉和一雙拖鞋，已經在等著我了。

進門的那一霎間，看見了柔和的燈光、優雅的竹簾、盆景、花、拱門，很特別的椅子、鋼琴、書架、魚缸、彩色的靠墊……目不暇給的美和溫暖，在這一間客廳裏發著靜靜的光芒。

來不及坐下來，壽美將我一拉拉到她的臥室去，叫我看她的窗。即使在夜裏，也看到，有花如簾，有花如屏，真的千百朵小紫花，垂在那面窗外。

「來看妳的紗燈。」依緲對我說。我們通過曲折的拱門之外，穿過廚房、走到多出來的一個通道，有寬寬的窗台，那兩盞燈，並掛在許多盆景裏，而我的右手，一道木製的樓梯，不知通向哪兒？

「上去嗎？」我喊著，就往上跑。

四樓的上面啊，又是一幢小樓，白色的格子大窗外，是一個如假包換的小花園。

我在哪裏？我真的站在一幅畫的面前，還是只不過一場夢？

花園的燈打開了，我試試看走出去，我站在紅磚塊鋪的院子中間，而四周的牆、花壇，明明鹿港的風景。一叢叢蕨類草和一切的花果，散發著一種野趣的情調，而一切能爬牆的植物，貼著紅磚牆往上野野而自由的生長著。有花，又有花，垂到地面。我摸摸樹葉，發覺不是在一個夢裏，我活活的看見了台北市中這神秘的一角，它竟然藏在一條巷子裏！就在父母家幾步路外的巷子裏。

「看這棵櫻花。」壽美說。

我抬起頭來，在那凸出的花壇裏，一棵落盡了葉子的櫻花，襯著台北市灰暗的天空。它那麼高，那麼驕傲而自信的生長著，它，那棵櫻花樹，好似在對我說話，它說：「我是妳的，我將是妳的，如果妳愛我。」

那一刻，當我看見了櫻花的一刻，我的心裏受到了巨大的衝擊和感動，我突然明白了上天冥冥的安排——在墾丁開始。

那個夜晚，當我終於和賴家的人，很自然又親密的坐下來喝茶時，我捧著杯子，怯怯的問：「你們真的決定不住這兒了？」

他們看上去傷感又歡欣。他們說，付了定金的那幢比較大，也有屋頂小樓和花園，他們決定了，很不捨，可是決定搬了。

「有沒有買主了？這一幢？」

「有，還是妳間接的朋友呢，說是林雲大師的弟子，說妳們見過面的。還有另外兩家人也來看過了，刊登賣屋的廣告是在《國語日報》上的——我們喜歡這份報。」

「那位我間接的朋友，付了定金沒有？」我說。

「這兩天來付。」

「那我——那我——」我結結巴巴起來。

「三毛，我們絕對沒有賣妳房子的意思，我們只是請妳來看一看，因為要搬家了——」

「我知道。我知道。」我心很亂。一下子飛快的想了很多事情。

「可不可以給我四天的時間？可不可以向對方拖一拖？可不可以告訴我價格？可不可以——」我急著問，他們好似很不安，怕我誤會是向我賣房子似的。

那夜，告別了這家可愛可親的人，想到墾丁的偶遇，想到那和和樂樂的家庭氣氛，想到他們的教養和親切，想到這份「和氣」充滿的屋子，想到這就是接著了一份好風水，想到那棵櫻花樹……我突然想哭。吹著台北市冷冷的夜風，我想，在這失去了丈夫的六年半裏，在這世界上，居然還出現了一樣我想要的東西，那麼我是活著的了。我還有愛——愛上了一幢小樓，這麼一見鍾情的愛上了它，心裏隱隱的知道，裏面沒有後悔。

回到「名人世界」，我碰到了教鋼琴的林老師，她熱烈的招呼我，我也說不出話來，只是恍恍惚惚的對她微笑又微笑。

都夜深了，進了溫馨的屋子，拿起電話來就往父母家裏撥。接電話的是爸爸。

「爸爸，我有事求你——」

「你一定要答應，我一生沒有求過你，爸爸，你一定要答應我，我——」我越說越大聲。接電話的爸爸，突然聽見這種電話，大概快嚇死了。我猜，他一定以為我突然爆發出來要去結婚，不然什麼事情會用這種口氣呢？

「什麼事？妹妹？」媽媽立即搶過了電話。

「媽媽——我看到了一幢房子，我一定要它，媽媽，對不起，我要錢，我要錢……」

「妳慢慢講啊——不要哭嘛——要不要我馬上過來？妳不要哭呀——」

「一幢房子，有花的，我想要，媽媽，請妳答應我——」

「看上了一幢房子？也不必急呀！明天妳來了再講嘛，電話裏怎麼講呢？妳這麼一哭怎麼睡覺呢？明天媽媽一定聽妳的，慢慢講——」

「可是我的錢都在西班牙呀，媽媽，我要錢我要錢我現在就要錢——」

「要錢大家可以想辦法，妳不要哭呀——」

「那妳一時也沒有那麼一筆錢，我們怎麼辦嘛?!」

「妳那麼堅持，明天爸爸媽媽同妳一起去看，是不是依伶、依縵家的那幢呢?」

「是——我要。你們看不看我都要定了，可以先去貸款，再叫西班牙銀行匯過來，不然我——」

「不要急嘛！嚇死人了！妳聽話，不要激動，洗一個熱水澡，快快去睡，明天——」

「什麼明天？媽媽，妳親眼看到的，我什麼都沒有真心要過，現在我要了而我一時沒有你們一時也拿不出來那我急不急呢？西班牙那邊是定期的還要等期滿，那我——」

「妹妹，妳安靜、安靜，爸爸有存款，妳不要急成這種樣子，安靜下來，去吃安眠藥。爸爸這點錢還有，答應妳，不要心亂，去睡覺。不過爸爸還是要去看過。」爸爸在分機講話，我聽見了，大聲抽了一口氣，說了一個：「好」，又講：「對不起。」

「爸爸，你看那棵櫻花，你看。」

爸爸站在賴家的小樓門口，探頭向院子裏看了一看，和藹的說：「看見了！看見了！」

他哪裏看見什麼花呢，他看見的是女兒在戀愛的一顆心。

爸爸媽媽初見賴老師、壽美、依縵。而依伶，因為送包心菜去過，是認識的。爸爸媽媽喜歡上了這家人。其實，兩家人很像。

媽媽開始談起一同去代書那兒辦過戶的事情，賴家的人，給了我一幢他們也是心愛的房子，那種表情，謙卑得好似對不起我似的。他們一定要減價，說是房子給了我，他們心裏太快樂了。我們一定不肯他們減價，賴老師很堅持，不肯多講，一定要減。

我在微雨中跟在爸爸媽媽的傘下一路走回家。我又講那棵花，爸爸說，他確定看見了。媽媽說：「那『名人世界』就要出租了？」

壽美跟我說，他們的那幢新房子要等四月中旬才能搬過去，我能不能等呢？

是我的東西，當然能等，我欣欣然的等待，不敢再常常去，免得給人壓力。沒敢跟「名人世界」的鄰居講起要搬家的事。相處太融洽了，如果早就說起搬家，大家要難過的。既然一定難過，不如晚些才傷心。

跟街頭的朋友，我說了。賣水果的那位正在替顧客削水果，一聽，就說：「那妳以後就不會回來了。」我向他保證一定回來的。他說：「難囉！我會很想念妳，我太太也會想念妳。」說著他給了我一個蘋果，一定不肯收錢。

賣畫的朋友聽我快要搬了，一定要請我去吃水餃，一定要吃。我去吃，他在街口做生意，向餃子店的老闆娘喊：「叫她多吃，切些滷菜，向我收錢。」

鄰居們在我心裏依依不捨，有時，聽見他們的鑰匙在開門，我會主動的跑出去，喊一聲：「下班了嗎？早些休息。」

如果他們沒在做什麼，我也會主動的跑去鄰居家坐一會兒，不然請他們來家裏坐坐。

相聚的時間一天一天短了，我心裏悲傷，而他們不知道。

當壽美在四月份一個明媚的天氣裏，將那一串串鑰匙交在我手中的時候，我看見她眼中好似閃過一層淚光。賴老師的那串，連鑰匙圈都給了我。依伶、依縵沒有看見，她們在拚命幫著搬家工人運東西。告別的時候，壽美回了一下頭，她又回了一下頭，在那一霎間，我怕她就要熱淚奔流。一直說：「還是你們的家，隨時回來，永遠歡迎你們來的。」

小屋空了，我進去，發覺清潔公司的人在替我打掃，我吃了一驚。交給我的，是一幢完完全全乾淨的屋子。這種做法，在中國，可能不多，人走了，還替他人著想，先付了錢，要把地板擦得雪亮的給我。

清潔工人也走了。我一個人，在屋子裏，一個衣櫃一個抽屜的開開關關。進入依伶、依縵的睡房，看見抽屜上貼著一塊塊小紙片，上面，童稚的字跡，寫著——制服、襪子、手帕……這些字，是她們兒童時代一筆一畫寫下來，再用心貼在每一格抽屜上的。住了十一年的房子，不要說她們，注視著這些字，在安靜的小房間裏，我看得呆了過去。

想，就留下這間臥室吧，不去動它，也算是個紀念。

可是我一個人要兩間臥室三個床做什麼？

家具走了，竹簾拆了，盆景走了，花瓶走了，魚缸不在了，書籍不見了，而我的朋友，也走了。對著一簾窗外的花朵，感覺到的竟然是一份說不出的寂寥。這個房子，突然失去了生機。

「名人世界」的家一時還不能搬，我決定將家具、盆景、電話和一切的牆上飾物都留下來。這樣媽媽出租的時候，別人看了悅目，就會很快租掉的。雖然，捨不得那個帶著濃烈歐洲古老風味的大床。那本來就是一種古典歐風味道的佈置，是我慢慢經營出來的。

於是，八德路上的那些家具店，就成了每天去走一遍的地方。那兒離新家很近。看到一套米白色粗麻的沙發，忍不住跑進店裏想去試坐一下。店裏，出來了一個美得如同童話故事插圖裏的女孩，我們對笑了一下，問了價格，我沒說什麼，她哎呀一下的叫了起來，突然拉住我的雙手，說：「是三毛嗎？」

我不好意思，謝了她，快快的走了。

第二天晚上，爸爸媽媽和我又一同散步去看那套沙發。我沒敢進去，站在店外等，請父母進去看。沒想到，父母很快的也出來了。

「怎麼？」我說。

「他們店裏正在講三毛三毛的，我們不敢偷聽，趕快出來。」

我們三個人，好老實的，就一路逃回家了。

不行，我還是想那套沙發。

厚著臉皮又去了，來接待我的還是那個美麗脫俗的女孩，我發現，她居然是那兒的老闆娘。

這一回，沒有跑，跟到店的裏面，坐下來，一同喝起茶來。

另外一個開著門的辦公室裏，放著繪圖桌，一個好英俊的青年有些羞澀的走出來跟我打招呼，我發覺，原來他是老闆。

說著說著，我指著牆上一張油畫，說那張好，這個老闆跳了起來，孩子似的叫：「是我畫的！」

一問之下，文化大學美術系的畢業生——鄒仁定。我的學弟嘛！

這種關係，一講就親多了。「文化人」向心力很重，再說，又是個美術系的，我喜歡畫畫的人。

「怎麼樣？學弟，去看我的新家嗎？」

他說好，他的太太毓秀也想去，把店交給哥哥，我們三個人一走就由小巷子裏走到了我的家。

「以前，這個家是四個人住的，現在我想把它改成一兩個人用的，功能不同，房間就拆，你說呢？」我問學弟。

「妳要怎麼做？」他問。

「你敢不敢替我做？如果我的要求跟一般人不同？」我盯著這個稚氣未脫的學弟，知道他同時在做室內設計的。

「這個房子本身的塑造性就高，以前住的人必然不俗，很可能是藝術家。」學弟說。

「就是。」我說。

那時，我立即想到壽美，她除了教書，替人畫插畫之外，一向兼做著室內設計。當初愛上了她的屋子，不是她一手弄成的作品嗎？

可是，我不敢找她。如果要求壽美將她自己的家、自己孩子的臥室連牆打掉，在心理上，她必然會痛。如果我要將她心愛的磁磚打掉，釘上木板，她可能打不下手。如果我說，屋頂小樓向著後院的那面窗要封掉，她可能習慣的不能呼吸。不能找她，只為了聯想到她對這幢房子的深情。請她做，太殘忍了。

「我要，這幢房子的牆，除了兩三面全白之外，其他全部釘上最不修飾、沒有經過處理的杉木板，也就是說，要一幢小木屋。不要怕這種處理，放膽的去做。」

「想一想。」學弟說。我猜，他的腦筋裏立即有了畫面。

「想要孩子的這一間，連牆打掉，成為客廳曲折的另一個角落，將地板做高，上面放大的坐墊、小的靠墊，成為樓下再一個談天的地方。」

「我看見了。」

「我要，每一個房間都有書架，走到哪裏手邊都有書籍。」

「可以，除了樓上。」

「樓上大小七個窗，我們封上兩個，做書架。」

「好。」

「所有的家具，除了一套沙發之外，全部木工做，包括床和飯桌，也用杉木去做，不處理過的那種，粗獷的，鄉土的，可是不能刺手。」

學弟喘了一口氣，說：「妳不後悔哦！沒有人叫我這麼做過，那種木頭，太粗了。」

「不悔。」我笑著說。

「那麼我回去畫圖樣，給妳看？」

「好。不要擔心，我們一起來。」

天氣開始慢慢的熱起來，我的新家也開始大興土木，為了屋頂花園的那些花，常常跑去澆水。碰見了木工師傅，他們一臉的茫然和懼怕。學弟說，師傅講，從來沒有做過這樣的木工，很不自在，他們只想拚命做細活。

「把釘痕打出來，就是這樣，釘子就打在木板上，不要怕人看見釘子，要勇敢。」

我拍拍師傅的肩，鼓勵他。

「小姐不要後悔哦！」

「不會。放膽去做，假想，你在釘一幢森林裏的小木屋，想，窗外都是杉木。你呼吸，窗外全是木頭的香味。」

師傅笑了，一個先笑，另外兩個也笑了起來。「怪人小姐呢。」一個悄悄的說，用閩南語，我聽見了。

天好熱，我誠誠懇懇的對師傅說：「樓下就有間雜貨店，請你們渴了就下去拿冰汽水喝，那位張太太人很好，她答應我每天晚上才結一次帳。不要客氣，做工辛苦，一定要去拿水喝，不然我要難過的，好嗎？好嗎？讓我請你們。」師傅們很久很久才肯點頭，他們，很木訥的那種善良人。

我喜歡木匠，耶穌基督在塵世上的父親不就是個木匠嗎？

當，學弟將我的冷氣用一個活動木板包起來，在出氣口打上了木頭的格子架時，我知道，我們的默契越來越深，而他的太太，毓秀，正忙著我的沙發。我全然的將那份「信」，完全交託給這一對夫婦。而我，也不閒著，迪化街的布行裏，一次又一次的去找花布，要最鄉土的。

「那種，你們老祖母時代留下來的大花棉布，越土的越好。不，這太新了，我要更老的花色。」

最後，就在八德路的一家布行裏，趴在桌子底下翻，翻出了的確是他們最老最不賣，也不存希望再賣的鄉土棉布。

「小姐要這種布做什麼？都不流行了。」

我快樂的向店員女孩擠一下眼睛，說：「是個秘密，不能說的。」

這一塊又一塊花色不同的棉布，跑到毓秀的手中去，一次又一次。窗簾，除了百葉之外，就用米色粗坯布。毓秀要下水才肯做，我怕她累，不肯。結果是仁定，在深夜裏，替我把布放在澡缸裏浸水，夫婦兩個三更半夜的，把個陽台曬成了林懷民的舞台一樣。

我看見了，當一個人，信任另外一個人的時候，那個被信任的，受到了多大的鼓勵。當然，這並不是全部的人都如此反應，而我的學弟，他就是這樣。

燈，是家裏的靈魂，對於一個夜生活者來說，它絕對是的。什麼心情，什麼樣的燈光，要求學弟在每一盞燈的開關處，一定加上調光器。

客廳頂燈，用了一把鋸掉了柄的美濃雨傘，撐開來，倒掛著。請傘鋪少上一道桐油，光線透得出來。客廳大，用中傘。臥室，另一把美濃紙傘燈，極大的，小房間反過來用大傘，我，就睡在它下面。

媽媽來看，嚇了一跳，覺得太美了，又有些不放心。

「傘，散，同音，不好吧？」

「不，妳看，傘字下面都是小人躲著，百子千孫的。再說，我一個人睡，跟誰去散呢？喂，媽媽，妳要不要我百子千孫呢？」

「亂講！亂講！出去不要亂講，什麼生小孩子什麼的——」

我笑倒在媽媽的肩上。我嚇她：「萬一我有了小孩呢？」「神經病！」「萬一去了一趟歐洲回來有了個小孩呢？」我再整她。

媽媽平靜的說：「我一樣歡迎妳回來。」

「好，妳放心，不會有。」我大喊。

這一回，媽媽在傘燈下擦起眼睛來了。

這個家，一共裝了二十盞燈，全不同，可是全配得上，高高低低，大大小小，樓上樓下的。

植物在夜間也得打燈，跑去電器行，請我的朋友電工替我做了好多盞小燈。那時候，壽美，最愛植物的，也送來了一盞夾燈，用來照的，當然又是盆景。可是我還沒有盆景。盆景是生命，等人搬過來的時候一同請進來吧。

我正由台南的一場演講會上夜歸。開車的是林蔚穎，他叫我陳姐姐。車子過了台中，我知道再往北上就是三義，那個木材之鄉。

我怯怯的問著林蔚穎：「我們，可不可以，在這個晚上，去三義彎一下？只要十五分鐘，你肯不肯呢？」

他肯了，我一直向他說謝謝、謝謝。

店都打烊了，人沒睡，透著燈火的店，我們就去打門。也說不出要什麼，一看看到一組二十幾張樹椿做成的凳子，好好看的。那位客氣的老闆說：「明天再上一次亮光漆，就送出去了。」我趕緊說：「不要再亮了，就這種光度，拜託分兩個給我好不好？」他肯了，我們立即搬上汽車後座怕他後悔。

「那個大牛車輪，你賣給我好嗎？」

「這個不行，太古老了，是我的收藏。」

我不說什麼，站著不肯走。

旁邊一位小姐，後來知道也是姓賴的，就指著對街說：「那邊有賣好多牛車輪，我帶你們過去，那個人大概睡了啦！讓我來叫醒他。」

我就厚著臉皮催著她帶路。

在濛濛的霧色裏，用手電筒照來照去——我又多了兩只牛車輪。加上自己早有的，三個了。他們真好，答應給運到台北來。

那兩只隨車帶來的樹根凳子，成了進門處，給客人坐著換鞋的東西，襯極了。

眼看這個家一點一點的成長、成形，我夜間夢著都在微笑。

四十五天以後的一個夜裏，仁定、毓秀，交還給我新家的鑰匙。木工師傅再巡一遍就要退了。我攔住兩位師傅，不給他們走，拿出一支黑色水筆來，請求他們在衣櫃的門上，給我寫下他們的名字，算做一場辛苦工作後的紀念。

再見。

師傅們死不肯去簽名，推說字不好看。我說我要的是一份對你們的感激，字好不好看有什麼重要？他們太羞了，一定不肯。不能強人所難，我有些悵然的謝了他們，道了真心誠意的再見。

家，除了沙發、桌子、椅墊、燈光之外，架上仍是空的。學弟說：「這以後，要看妳的了。妳搬進來，我們再來看。」

要搬家了，真的可以搬了，我在夜晚回家去的時候，才去按了「名人世界」好幾家人的門鈴。

「要走了，大後天搬。謝謝你們對我的照顧，一日為鄰，終生為友，將來，你們來看看我？」

「怎麼？那麼突然？」林老師金燕叫了起來。

「不突然，只是我沒說。」

「妳走了我們不好玩了，一定要走嗎？」

我點點頭。「以後，還會回來的。」我說。

「去一個陌生的公寓多寂寞，不像我們這種大廈，開了門喊來喊去的。」林老師說。

「是會寂寞的，我先有了心理準備。」

「什麼！三毛要走啦?!」走廊的門，一扇一扇開了起來。

我點點頭，有些疲倦的笑著。

「我們請妳吃飯！」「我們跟妳幫忙！」「再多住一陣！」「我不喜歡妳走！」「怎麼那麼突然？」

我一直說：「會回來的，真的，會回來的。」

大家還是難過了。沒有辦法，連我自己。

過了兩個晚上，左鄰、右舍、對門，全都湧到家裏來。他們，一樣一樣的東西替我包紮，一包一包的書籍為我裝箱，一次一次替我接聽永遠不給人安寧的電話，說——三毛不在家。

我的父母兄弟和姐姐都要來幫忙，我說不必來任何一個人，我的鄰居，就是我的手足，他們——噯——

墾丁，紗燈，一棵櫻花樹，一幢天台的小樓，帶著我的命運，離開了曾經說過但願永遠不要搬的房子。

那一天，六月一日中午，一九八五年。全家的人全部出動，包括小弟才五歲的女兒天明，一邊在「名人世界」，一邊在育達商校的那條巷子，跟著搬家公司，一趟一趟的在烈日下穿梭。星期天，老鄰居也當然過來遞茶遞水。

我，好似置身在一個中國古老的農業社會裏，在這時候，人和人的關係，顯出了無比的親密和團結。我累，我忙，可是心裏被這份無言的愛，扎扎實實的充滿著。

不後悔我的搬，如果不搬，永遠不能體會出，有這麼多人在深深的關愛著我。

新家一片大亂，爸爸做了總指揮，他太瞭解我，把掛衣服和放被褥的事情派給家中的女性——媽媽、姐姐、弟妹。把書籍的包裹，打開來，一堆一堆的書放在桌上、椅上、地板上，是弟弟們流著汗做的苦工。爸爸叫我，只要指點，什麼書上哪一個架。什麼瓶，在什麼地方，我才發覺，怎麼那麼多東西啊，才一個人的。光是老碗和土罈子就不知有多少個，也不是裝泡菜的，也不是吃飯的，都成了裝飾。

腹稿事先打得好，什麼東西放什麼地方沒有猶豫，弄到黃昏，書都上架了，這件大事一了，以後的細細碎碎，就只有自己慢慢去做了。

那一夜，印度的大塊繡巾上了牆，西班牙的盤子上了牆，早已框好的畫上了牆。彩色的桌布斜鋪在飯桌上，拼花的床罩平平整整的點綴了臥室。蘇俄木娃娃站在大書前，以色列的銅雀、埃及的銀盤、沙漠的石雕、法國的寶瓶、摩洛哥的鏡子、南美的大地之母、泰國的裸女、義大利的瓷做小丑、阿拉伯的神燈、中國的木魚、瑞典的水晶、巴西的羊皮、瑞士的牛鈴、奈及利亞的鼓……全部各就各位——和諧的一片美麗世界，它們不爭吵。

照片，只放了兩張，一張跟丈夫在晨霧中搭著肩一同走的掛書桌右牆。一張丈夫穿著潛水衣的單獨照放在床頭。而後，拿出一大串重重的褐色橄欖木十字架，在另一面空牆上掛好，嘆了一口氣，看看天色，什麼時候外面已經陽光普照了。

電話響了，第一次新家的電話打來的是媽媽。「妹妹，妳沒有睡？」她說。

「沒有，現在去花市。」我說。

「要睡。」

「要去花市，要水缸裏有睡蓮，要小樓上全是植物。」

「家，不能一天造成的，去睡！」

「媽媽，人生苦短，比如朝露——」

「我不知道妳在講什麼，我命令妳睡覺！」

「好。」我答應了，掛掉電話，數數皮包裏的錢就去拿鑰匙，穿鞋子。

那個下午，我有了三缸蓮花，滿滿一室青綠青綠的盆景。不行，我不能休息，地板得重擦一次，玻璃窗怎麼不夠明亮，屋頂花園還沒有澆水，那盞唯一沒有調光器的立燈得換成八十燭光的，書架上的書分類不夠好……對不起妳，媽媽，如果妳以為我正在睡覺，那我也就安心。

人生那麼短，搶命似的活是唯一的方法，我不願慢吞吞的老死。

「妹妹，妳這次搬家，讓媽媽爸爸送妳一架電視機好不好？」父母同時說，我在他們家裏。

「嗯——自己買，只買一架錄放影機好了，從來不看電視的，不用電視機了。買錄影機去租名片來看，這個我喜歡。」

「那妳怎麼看？」大弟嚇了一跳似的。

「就用錄影機看呀！」我奇怪的說。

「看哪裏呀？」大弟叫了起來。

「就看好片子呀！」我也大驚。

「沒有電視機，妳想只用錄影機看片子?!」

「有什麼不對？」

「妳白癡啦！噯唷——」

我想了好久，才明白過來電視機和錄影機的相聯關係，這又大吃一驚。

過了三天，媽媽帶了一個長得好整齊又和氣的青年人來，他帶來了電視機和錄放影機，我只有將它們放在屋內最不顯眼的角落。

那個青年人，裝好天線，熱心的教我怎麼使用。我的問題多，他一樣一樣耐心給我講解。我問他什麼名字，他說叫他小張好了。

小張又來過兩次，都是因為我太笨，他教過的就給忘了。那一陣睡眠不足，記憶力立即喪失一半，我知道，眼看精神崩潰就在面前了。

那個錄影機，的確給了我極大的快樂。每個星期，我放自己三小時假；看影片。一週一次，其他的時間，仍然交給了要寫的歌詞、家事，還有三更半夜小院裏的靜坐。

寫這一段的時候，我又想到小張，沒過幾個月，杉林溪那邊峽谷崩石，壓死了許多遊客，小張的屍體，是最後給認出來的一個。

小張接的天線，成了他和我一種友誼的紀念，我永遠不會把這條線拆掉。他的死，又給了我更多的啟示，對於眼前的一分一秒，都更加的去熱愛它。

「妳呀——把那個家當成假的，有空走過去玩玩，灑灑花，就好了。晚上還是回來吃飯、睡覺。」媽媽說。

「那怎麼行，它明明是真的。」我說。

「夜裏我想想妳，怕妳寂寞，那邊沒有熟鄰居，太靜了。」

「媽媽，我好早就出國的，習慣了，妳何必自苦？」

媽媽擦擦眼睛不再說什麼。

突然發覺，寂寞的可能是她。爸爸整天上班，我不要她操心，姐弟各自成家立業——而媽媽，整天一個人，守著那幾盤菜，眼巴巴等著黃昏過盡，好有人回來吃飯。這就是她的一生一世。一——生——一——世——的——媽媽。

「媽媽，明年夏天，我去西班牙，把那邊完全結束，永遠回來了好嗎？」

「真的？」媽媽一愣。

我點點頭，不敢看她，又點點頭，我藉故走到浴室去。

夜裏，爸爸看完了電視新聞，我試探的說：「爸爸，空軍醫院對面在蓋一幢大廈，明年交屋，我們散步過去看看樣品屋怎麼樣？不買，只是參觀參觀。」

他們上當了，跟了我去。

「你們看，五十六坪，四房兩廳，分期付，還有貸款，住高樓視線也遼闊，又涼快……」

我說。

「裝修費，我西班牙賣了房子夠了，還有一筆定期，再把你們現在太舊了的公寓賣掉。如果有必要，我的新家也可以賣，蓮花也不必了，只養蚊子的。爸爸媽媽，你們苦了一生，理所當然應該在晚年住一幢過得去的房子——」

「我們兩個老人，何必搬呢？將來——聽說內湖的松柏山莊什麼的不錯，最好的養老院了。」

「什麼話，你們住養老院那我靠誰？」我叫了起來。

爸爸突然很快慰，立刻拿出定金，說好第二天再開支票給出售的公司，就定了下來。

爸爸買了一幢新房子，突然而然的，只為了我說：「如果你們進養老院那我靠誰？」再沒有這句話使父母更高興的了，就因為這樣，他們的內心，不會因為兒女的各自分飛而空虛。

「那妳將來，明年，房子好了，就跟我們住了？」

「當然嘛，那一幢小樓，不過是我的任性而已呀——現在告訴你們真話了，我哪裏在乎它呢。」我笑了起來。

那是一九八五年的秋天，那個夜晚的對話。

一九八六年十月我下飛機，全家人都在接，除了爸爸。

處理掉了迦納利群島的一切，我換機、換機再換機、換機，一路不停的飛回了台灣。

坐在弟弟的車裏，他遞上來一個信封，是英文的，爸爸漂亮極了的書法，寫著——給我的女兒。

打開來一看，又是英文信，寫著：

「親愛的女兒，請妳原諒我不能親自來機場接妳。過去的一切，都已過去了，切望妳的心裏，不要藏著太多的悲傷，相反的，應該仰望美好的未來。

這一次，妳在迦納利島上處理事情的平靜和堅強，使爸爸深感驕傲。我在家中等著妳的歸來。

愛妳的父親」

我看了，不說什麼，將信放入口袋中去。

知道爸爸不肯在中文裏用這些字，他用英文寫出「親愛的女兒」和「愛妳的爸爸」自然而然，而這種出自內心的深情，要他用中文來表達，是很羞澀的。這就是他為什麼去寫英文的道理。

回家了，仍睡父母的舊家。

大睡了一天一夜，起床後正是一個星期天的黃昏。爸爸媽媽等著我醒來，迫不及待的帶著我走向他們的那幢新房子。在一大堆水泥、磚塊、木材的工地上，爸爸指著第十四層樓，對我說：「看見了沒有？左邊那一個陽台，就是我們未來的家。現在我們走上去看裏面，爸爸在地上畫了粉筆印子代表家具和櫥櫃的位置，妳去看看，妳的房間合不合意，我們才開始裝修。明年春天，我們可以搬進去了，計畫做好多好多書架給妳放書——」

我聽著聽著，耳邊傳來了一年以前自己的聲音，在夜色裏向爸爸說：「爸爸，你看那棵櫻花，看見沒有，那棵櫻花？」

我有一些恍惚，我的小樓、我的睡蓮、我的盆景、書、娃娃、畫、窗外的花簾、室內的彩布、石像、燈、銅器、土壇……「我的家——我的生命」，都在眼前淡去。它們漸行漸遠，遠到了天邊，成為再也看不見的盲點。

我緊緊的拉住媽媽的手，跟她說：「當心，樓梯上有水，當心滑倒。爸爸，你慢慢走，十四樓太高，這個電梯晚上怎麼不開……前面有塊木板，看到了？不要絆了——」

分別二十年後的中秋節，我站在爸爸媽媽的身邊，每天夜裏去看一次那幢即將成為我們的家。我常常有些恍惚，覺得這一切，都在夢中進行。而另一種幸福，真真實實的幸福，卻在心裏滋長，那份滋味，帶著一種一切已經過去了的辛酸，疲倦、安然的釋放，也就那麼來了。

「我們去妳家玩，小姑，好不好？」

小弟的孩子天明、天白叫喊著。

「什麼家？」

「那個嘛！有屋頂花園又有好多梯子的家嘛！帶我們去玩好不好？」

「好呀！不過那只是個去玩玩的地方，可以去澆花。那不再是小姑的家了。」

「那妳的家在哪裏？」

「阿ㄧˋㄚ、阿孃[4]住在哪裏，小姑的家就在哪裏。」

「哦——好可惜啊——」天明叫著。

「不可惜，明天我們就去看它——那個屋頂花園。我們一起去澆水玩好不好？不能賴喔——來，勾勾手指，明天一定去——」

4. 阿ㄧˋㄚ、阿孃是寧波話中祖父、祖母的意思。

# 後記

對於出書這種事情，其實是沒有太多感覺的。在這遼闊的生活之海裏，寫作不過是百分之十的觀照，其他的日子才是真真實實活著的滋味。

我的書，從來沒有請求知名人士寫序的習慣。總是家人說一些話，就算數了。這樣比較簡單。

至於我的母親在她的序裏叫我「紙人」。我覺得很有意思。其實比我更紙的人還有很多。這半年來，健康情形不好，反倒比較用功，共寫了七十多篇，卻並沒有拿出來發表的打算。印成書的，其實只是一系列的「生活大綱」，堅守記錄事實，絕不給人生下定義。

母親說，我常會哀叫：「不寫了！不寫了！」又說，這就好比牧童在喊：「狼來了！狼來了！」一般。這倒是實在話。

對於寫字這回事，最不喜歡有人逼。每被人勉強時，就明明看見一隻狼在樹林的邊緣盯住我，於是自然會喊：「狼來囉！」

這一年以後，又會開始大幅度的旅行。前幾年看書看得很起勁，那絕對不是有目的的行為，那是享受。

讀書和旅行，是我個人生命中的兩顆一級星。快樂最深的時光，大半都由這兩件事情中得來。而這種經驗，其實又交雜著一種疼痛，說不明白的。

回想記錄在紙上的生活，大概每十年算做一大格，變動總會出現。這使我想到席慕蓉的一首詩，大意是這樣的：你不必跟我說再見，再見的時候，我已不是當年的我了。

・本篇原為三毛《鬧學記》後記

# 三毛一生大事記。

● 本名陳平，浙江定海人，一九四三年三月二十六日（農曆二月二十一日）生於四川重慶。

● 幼年期的三毛即顯現對書本的愛好，小學五年級時就在看《紅樓夢》。初中時幾乎看遍了市面上的世界名著。

● 初二那年休學，由父母親自悉心教導，在詩詞古文、英文方面，打下深厚的基礎。並先後跟隨顧福生、邵幼軒兩位畫家習畫。

● 一九六四年，得到文化大學創辦人張其昀先生的特許，到該校哲學系當旁聽生，課業成績優異。

● 一九六七年再次休學，隻身遠赴西班牙。在三年之間，前後就讀西班牙馬德里大學、德國哥德書院，在美國伊利諾大學法學圖書館工作。對她的人生歷練和語文進修上有很大的助益。

● 一九七〇年回國，受張其昀先生之邀聘，在文大德文系、哲學系任教。後因未婚夫猝逝，她在哀痛之餘，再次離台，又到西班牙。與苦戀她六年的荷西重逢。

● 一九七四年，於西屬撒哈拉沙漠的當地法院，與荷西公證結婚。

● 在沙漠時期的生活，激發她潛藏的寫作才華，並受當時擔任聯合報主編平鑫濤先生的鼓勵，作品源源不斷，並且開始結集出書。第一部作品《撒哈拉的故事》在一九七六年五月出版。

● 一九七九年九月三十日，夫婿荷西因潛水意外事件喪生，三毛在父母扶持下，回到台灣。

● 一九八一年，三毛決定結束流浪異國十四年的生活，在國內定居。

- 同年十一月，聯合報特別贊助她往中南美洲旅行半年，回來後寫成《千山萬水走遍》，並作環島演講。
- 之後，三毛任教文化大學文藝組，教〈小說創作〉、〈散文習作〉兩門課程，深受學生喜愛。
- 一九八四年，因健康關係，辭卸教職，而以寫作、演講為生活重心。
- 一九八九年四月首次回大陸家鄉，發現自己的作品，在大陸也擁有許多的讀者。並專誠拜訪以漫畫《三毛流浪記》馳名的張樂平先生，一償夙願。
- 一九九〇年從事劇本寫作，完成她第一部中文劇本，也是她最後一部作品《滾滾紅塵》。
- 一九九一年一月四日清晨去世，享年四十八歲。
- 二〇〇〇年七月三毛遺物入藏國立文化資產保存研究中心籌備處。現址為台南市中西區中正路一號國立台灣文學館。
- 二〇〇〇年十二月在浙江定海成立三毛紀念館，由杭州大學旅遊研究所教授傅文偉夫婦籌劃。
- 二〇一〇年《三毛典藏》新版由皇冠出版。
- 二〇一六年十月二十六日三毛作品《撒哈拉歲月》西班牙版與加泰隆尼亞版，於西班牙出版。
- 二〇一六年十二月二十日國立台灣文學館出版《台灣現當代作家研究資料彙編．89．三毛》。
- 二〇一六年至二〇二〇年三毛書出版九國不同翻譯版本。
- 二〇一七年四月二十日中國大陸浙江省舉辦「三毛散文獎」決選及頒獎典禮。
- 二〇一九年美國《紐約時報》（New York Times）推文介紹這位被遺忘的作家三毛，同年Google於三月二十八日選取三毛為華人婦女代表。
- 二〇二一年《三毛典藏》逝世30週年紀念版由皇冠出版。

國家圖書館出版品預行編目資料

流浪的終站／三毛作．-- 二版．-- 臺北市：皇冠，2021.03；面； 公分．--（皇冠叢書；第4922種）（三毛典藏；05）
ISBN 978-957-33-3657-0（平裝）

863.55　　109021626

皇冠叢書第4922種
三毛典藏 5
# 流浪的終站

作　　者—三毛
發 行 人—平雲
出版發行—皇冠文化出版有限公司
台北市敦化北路120巷50號
電話◎02-27168888
郵撥帳號◎15261516號
皇冠出版社(香港)有限公司
香港銅鑼灣道180號百樂商業中心
19字樓1903室
電話◎2529-1778　傳真◎2527-0904
總 編 輯—許婷婷
美術設計—嚴昱琳

著作完成日期—1988年
二版一刷日期—2021年3月
二版二刷日期—2023年3月
法律顧問—王惠光律師

讀者服務傳真專線◎02-27150507
電腦編號◎003205
ISBN◎978-957-33-3657-0
Printed in Taiwan
本書定價◎新台幣350元/港幣117元